青炎の剣士

束の間の平穏は春の訪れとともに去り、エンス一行が居を定めたオルン村に、元コンスル帝国軍人ライディネス率いる軍がおしよせてきた。エンスとトゥーラは、エンスを追ってきた邪悪な化物に立ち向かうべく〈死者の谷〉に降り、戦線を離脱。エミラーダはある目的を胸に、リコを伴いライディネス軍に寝返る。だが、事態はエミラーダの思惑を超えてとんでもない方向に動きだしていた。この世に戻ってきたエンスは事態を収拾し、トゥーラの念願どおり、魔女国千五百年の呪いを解くことができるのか。招福の魔道師エンスが活躍する三部作、ここに完結。

登場人物

エンス（リクエンシス）……紐結び（テイクオク）の魔道師
リコ（グラーコ）……エンスの祐筆（ゆうひつ）
マーセンサス……元剣闘士
トゥーラ……オルン村の〈星読み〉。魔女
ユーストゥス（ユース）……ロックラント出身の少年
エミラーダ（ラーダ）……元カダーの拝月教（はいげつきょう）の軌師（きし）
シャラナ……カダーの拝月教の軌師。元エミラーダの弟子
パネー……同、大軌師
ダンダン……〈思索の蜥蜴（とかげ）〉
エイリャ……ウィダチスの魔道師
サンジペルス……エイリャの弟子（？）
ライディネス……元コンスル帝国軍人
アムド……ライディネスの腹心
ケイス（ヨブケイシス）……エンスの大々伯父。故人

紐結びの魔道師III

青炎（せいえん）の剣士

乾石智子

創元推理文庫

KNOT OF LED

by

Tomoko Inuishi

2019

コンスル帝国版図
テオ
スタルビ
〈北の海〉
イスル川
イスリル侵攻
メリッサ
ヌーディアスの農場
グロン川
キンキアード
サンサンディア
ローランディア
ペッラ
グロリオサ
キンキ山地
ダアド
ルデロ川
〈山の村〉
クルーデロ海
フェデレント
フェデル
イスリル侵攻
グルディ

北の蛮族
ベイルス
ノルサント
メラサント
ボルデ
〈夜の町〉
ココツコ島
ネルラント
ミドサイトラント
ネルシート
ドラン
首都
テグド
チャイ
〈逃亡者の町〉
ヒバル島
ノイル
ノイル海
ロックラント
ダルフ
〈霧の町〉
カダー
コエンドー
ファム
オルン村
キサン
クラーロ海
キスプ
キスプ
バイアン湖
ティル
〈エンス村〉
ペレス
エズキウム
エズキウム
ナランナ
フォト
ナランナ海
パドゥキア
ナーナ
ファイラント
ファナク
マードラ
地方境
国境

青炎(せいえん)の剣士

紐結びの魔道師Ⅲ

1

忘れることは一種の救いだ。おのれの罪業すべてを忘れられるのであれば、どれだけ心の平安が得られることか。

おれとトゥーラは〈死者の谷〉を歩くにあたり、罪業の一つ一つを克明に思いだし、認めざるをえなかった。糾弾(きゅうだん)されることもなく裁かれることもなく、ただ認めること。それによっておれもトゥーラも、心にこごっていた闇をほどき、そこにあるものとしてそれを認め、受けいれた。悲哀の色を帯びたその闇は、胸の底に落ちついた。なぜ哀情があったかって？　闇を消し去ることができない、捨て去ることができない、それでも生きていかねばならない哀しさ、というものだろうか。それでもより高処へ昇っていこうとする人間の性(さが)への愛(かな)しさでもあろうか。

ともあれ、罪業を認め、それを抱えていく覚悟ができたとき、おれもトゥーラも自分が何者であるのかを見出した。おれはリクエンシス、紐結(テイクオク)びの魔道師、その本質を語れば、〈結び、解き放つ者〉。彼女はトゥーラ、天文学者にして〈星読み〉にして古(いにしえ)の女王トゥルリアラルの生まれ変わり、その本質を語れば、〈探求者〉、〈歩みつづける者〉。

自分で自分に名前をつけた直後、おれたちは〈死者の丘〉から放りだされた。ちゃんと死んだ次回には、〈死者の谷〉の影を歩くことなく、まっすぐ〈丘〉に来ていいとのお赦しをもらって。

放りだされたところはロックラントのど真ん中、オルン村の家に帰るにも一月以上かかろうかという遠方だったが、

「カダーデマツ。エミラーダサマガタイヘン。アナタガヒツヨウナノ！」

と幻視の巫女シャラナからの報せがくれば、一月以上もかけてはいられない。花畑の花を蹴散らし、鮮緑のまぶしさに目を細めつつ、東へ東へと駆けつづけた。

シャラナの光を呑みこんだ蜥蜴のダンダンは、おれの肩に乗ったり翼をひらいたりして道を示す。飛べるようになってくれてよかった。ときおり首に巻きついて耳元でわめくこいつの重くなったこと。いくら大柄なおれでも、こいつをおんぶして長距離を走るのは難儀なことだ。

十日分の行程を五日で踏破した。途中、一軒家や山小屋や羊の見張り番小屋に厄介になり、トゥーラの星占いとおれの紐結びで代価を払った。まだ機能している宿駅に泊まり、八駅の区間を馬で疾駆できたのは幸運だった。幸運はもう一つある。州をまたいで流れる川で朽ちかけた渡し舟を見つけた。気をもむトゥーラに手伝わせて、半日がかりで修理した。舟と水のことは任せておけ。半日を失っても、舟で下れば二日は稼げる。ま、どのくらい東まで行けるかにもよるが。

舟は浸水することなくちゃんと浮かんだ。故郷の湖を行くものと大した違いはない。幅広の川も、浅瀬や岩礁を抱えている心配はなさそうだった。とはいうものの流れは速く、落ちたり舟がひっくりかえったりしたら生命の危険がある。だがそこもおれの腕の見せどころ、紐を結べば安全航行の保障つきだ。

青ブナの葉が翻（ひるがえ）って陽光に輝く。陽射しはときに強く、ときに頼りなげに、水面も呼応して深緑や藍（あい）や銀に色を変える。風は定まらず、北から吹いたかと思えば追い風になったり、生暖かく吹きつけてくるかと思えば急に冷たい渦をまいたりする。

岸辺で水を飲むアカシカが、前足を踏んばっておれたちが通りすぎるのをじっと見送る。北帰行途上の雁（がん）の編隊が空を横切っていく。雑木林では小鳥たちの様々な恋の歌が錯綜（さくそう）し、急流にはときおり魚が跳ねる。

網の化物はもう出てこないと信じていた。そうでなくば、どうして水上にいられるだろう。呪（まじな）いは、かけた御当人にはねかえっていったはず。ヨブケイシスの亡霊は罪悪感とともに墓に戻ったはず。明るい昼の光の中では、そう確信できていた。夜も、野宿さえしなければ、漠とした不安がおれをとらえることはなかったのだが。

ダンダンは道行きに役立ってくれた。陽の光を浴びて背中をあたためた蜥蜴は、翼を広げて——ちょっと待て。ずっと蜥蜴、と決めつけてきたが、翼のある蜥蜴というものが種として存在するのだろうか。こいつは生まれたときは蜥蜴だったし、リコの知識によれば〈思索の蜥蜴〉という種類で、ものを考えないおれに代わっていろいろと考えてくれるはずのものだった。だが本当にそうなのか？　翼をもった段階で、蜥蜴とはいえなくなったのではあるまいか。

　この疑問を口にすると、前方に腰をおろしていたトゥーラが、飛んでいくダンダンから視線をおれに移し、にっこりした。おれはしばし疑問を忘れた。なんていい女なんだ、トゥーラ。目は窪み、隈（くま）が浮きあがり、唇は割れ、髪はもつれている。それでもその笑顔と赤銅（あかがね）の光をたたえた瞳で帳消しになるぞ。見とれていて、彼女の言葉を聞きのがした。

「……なんだって？」

「〈思索の蜥蜴〉は思索を終えると別のものになるって」

「別のもの？　そりゃ、何だ」

「そういう一文を読んだことがあるんだけど。でも、半分忘れてしまった。十二、三歳の頃のことだったし、興味もなかったし。リコに聞けばもっとわかるかもしれないわ」

　瀬音に負けないように声を張りあげる。

「あの翼を見る限り、鳥ではないみたいよね」

「あれはコウモリの翼みたいだな」

「ダンダンがコウモリになったら、わたし、絶対さわらないからねっ」

　おれはにやりとした。

「今だってさわれないくせに」

「さわれるようになったわよ。少しね」

「指先でつつくだけだろうが」

「それだって、わたしにしてみれば進歩なのっ」

猫は良くてコウモリや蜥蜴はだめか。彼らに失礼だとは思わないのか、とからかおうとしたとき、そのダンダンが戻ってきた。上空へ一気にあがり、小さく円を描いて背後からやってきたものらしい。突然足元に落下してきて、おれを驚かした。

「コノサキキタニマガッテニシニマガル」

「ああ、それではこの船旅も二日で終わりか」

「アワテルナ。ニシニマガッテモシンパイナイ。マタスグミナミ、ソシテヒガシニススム。ハンニチデイケル」

それはありがたい、と口では言ったが、心の中では、こいつ、だんだん生意気な口のきき方をするようになったな、と呟いた。

斥候ダンダンがいなければ、この川下りもなかなか難しかったかもしれない。船旅半日分は、徒歩二日分にも相当するだろう。先が見えているということは、続行できるか陸にあがるべきかの判断に大きな影響を与える。

その半日を終え、川辺の茂みに野営することにした。来し方に夕陽がゆっくりと沈んでいく。赤光を浴びながら竈を作り、火を熾す。前の晩に泊まった漁師小屋から、燻製の魚を一尾拝借してきていた。それを切り分け、枝串に刺してあぶると、脂がじゅっといって香ばしい匂いが漂った。野生の香草をトゥーラが茶に仕立てた。次第に冷えてくる夜の中で、魚に噛みつき、熱い茶を吹きさましながら飲む。黄昏の、影を帯びた紫や桃色が、青灰色や藍に変化していく。

茂みを風がゆらす。危険をはらむ甘やかな闇が、山猫の姿を借りて通りすぎていく。

気のせく旅ではあるものの、こうした貴重なひとときをおれは楽しむ。トゥーラは口数少なく、疲れた様子ではあったが、それでも彼女もまた、満ち足りているようだった。

やがて炎の色がひときわ鮮やかにはじけるようになると、おれたちはよりそって毛布を巻きつけ、去年の落ち葉の上に横たわった。まばらな梢のあいだに一つまた一つと生まれてくる星を数え、流れ星の行方をあてっこし、滔々と流れる川の音を聞きつつ安らかな眠りについたのだった。


川辺に寄せる水音も川底を削っていく流水の重い響きも途切れることなく、眠っているおれの意識にも打ちよせてきていたのだが、あるときその不規則な中に異質な音がまじった。トゥーラの指がおれの指を強く握った。彼女も気がついたのだ。

森の中では静けさの中にも様々な音がある。落ち葉の下で動く虫やネズミの気配、幹の皮が剝がれる音、寿命を迎えた老木の枝が落ちる音、腹をすかせたリスが貯蔵庫を思いだして掘りだす音。川辺でも、夜行性の獣や虫たちがひそかに動きまわる。だが、今聞こえた音はそれらのものとはまったく違っていた。自然に紛れることのない音。

おれはゆっくりと上体を起こし、川辺を見透かそうとした。おれの背中にはりつくようにしてトゥーラも起きあがる。昼行性のダンダンは枕元で丸くなっている。灌木のあいだに蝶の羽のように閃くのは、川面の光か。いつのまにか、十八夜の月が昇ってきていたらしい。

小動物のたてる物音が一斉にやんだ。頭上で獲物を狙っていたフクロウがそっと飛びたっていった。川べりに何かがあがってきた。その何かは這いずってくる。息を殺し、上目遣いにうかがいながら、ごくごくゆっくりと。

地面に横たえていた剣を取りあげる。横ではトゥーラが炉の火をかきたてた。茂みの陰に黒いかたまりが浮きあがった。と思うや、そいつは跳躍した。

そいつは何の形もしていなかった。ただ黒いかたまり。動く瀝青（れきせい）のように伸び縮みして、大きく平たくおれたちの頭上に広がった。トゥーラがそいつに燃えさしをつっこむのとおれの剣が閃くのが同時だった。

まっ二つになったそいつは、炎に包まれた。羊皮紙が焼けるときのような悪臭と煙がたち昇った。めくれてよじれたかと思った直後に、無数の火の粉となってはじけ、はじけた火の粉は宙を舞いながら黒い灰と化していく。

おれとトゥーラは、数度またたいた真紅の細片があっというまに闇に変じていくのに、なおもその正体を見極めようと目を凝らした。するとその一片、本当に麦粒ほどに小さい一片が、何気なく漂ってきておれの手の甲にくっついた。野焼きの煤がはりつくことがある。ちょうどあんなふうに。

軽く払いおとそうとすると、そいつは嚙みついた。棘（とげ）がささったほどの痛みだったものの、悪意が身体の中に入りこんできたのがわかった。

——おまえが憎い。

おれはそいつをはたき落とした。小片は粉々になって大気中の塵に紛れてしまったが、悪意は身体に広がっていく。

——おまえを破滅させる。おまえを滅ぼす。おまえを殺してやる。何もかも奪ってやる。

「エンス、どうしたの？」

気遣わしげなトゥーラの声がしたが、おれはその毒気に対抗するのが精一杯で返事もできなかった。

おまえはあいつか。ヨブケイシスの墓から、眠らせておくべきものを掘りおこしたやつ。おれの家を襲撃し、踏みにじったやつ。執拗(しつよう)で陰険なイスリルの魔道師か。

——よくもわが術を破ってくれたな。よくもわが呪いを返しおったな。

「エンス？　エンス！　しっかりしてっ」

いつのまにか炉のそばに尻もちをついていた。ぼやける視界に、トゥーラの顔がようやく浮かびあがる。彼女の目には、青ざめて震え、冷汗をにじませているおれが映っている。

「トゥーラ。あいつがおれの中に侵入してきた」

「あいつ……？」

「ちょいとやりあわねばならないみたいだ」

「あいつって、あいつ？　網の化物の——」

おれは彼女の手を握った。

「握っていてくれるか？　あいつを退治するまで」

トゥーラは素早く噛み跡を見つけた。

「ここから入ったのね？　あの化物」

「もし、朝になっても戻ってこなかったら」

「エンス、わたしも行くわ」

「そのときは、もうおれじゃなくなっていると思う」

「エンス、聞いてる？　わたしも行くってば！」

「そしたら――」

殺してくれと剣を叩き、目玉をひっくりかえし、敵に対するために身内に潜った。


　魔道師の悪意は火の粉の熱さをもっていたので、すぐにどこにいるのかがわかった。やつは手の甲から入って喉仏の下まで進んでいた。やつは心の臓を狙っている。心の臓の奥深くには、〈死者の谷〉を歩く際に沈めた闇がわだかまっている。やつがそこまでおりてかきまわせば、力を得たそいつらがおれを喰い破るだろう。おれは闇に喰われて滅びる。芥(あくた)となるか塵となるか、はたまた生ける骸(むくろ)となるか。

　だからおれは心の臓の戸口で待ち構える。左手には縛(ばく)の呪文をかけた紐を握り、右手にはさっきやつの本体をまっ二つにした愛剣を掲げて。

　すぐにやつは姿をあらわした。黒豹(くろひょう)の形をとって、あたりを王者のように睥睨(へいげい)し、肩甲骨(けんこうこつ)を二つの山のように交互に盛りあげて近づいてくる。牙をむき、毛を逆だて、鬼火さながらに激しく燃える両目で睨みつけてくる。

――そんなものでわれを締めだせると思っているのか。

黒豹が口をきいた。おれは真面目に答える。

「先だっては締めだせた」

――二度めはないと知れ。同じ手は通用せぬ。

「一体あんたは何者なんだ。逆恨みも甚だしいぞ。他人の国に侵入してきたかと思えば、他人の家を荒らしまわって、墓まで穢した。それなのに、呪いを返されたと悔しがり、おれを赦さないと言う。しつこいし。陰湿だと、自分でそう思わないのか」

言っているうちに、腹立ちがつのってきた。おれの言うことがまちがっているか？

――おまえが嫌いだ。

「見ず知らずのあんたに言われても、痛くもかゆくもないぜ」

――おまえを無茶苦茶にしてやる。

「おれがあんたに何かしたか？　東方のどこかで、あんたの仕事を邪魔したか、それとも間接的に気に障ることをしたか？　なら悪かったな。だがそれはあんたの都合でしかないな。本気で謝る気はないぞ」

――いい加減、黙れ。うるさい。

話しあう気も、説得に応じるつもりもないようだ。やつは腹這いになった。わずかに鼻面を下げ、上目遣いに、獲物に襲いかかる姿勢だ。おれは剣を握り直す。

「つまりは理屈じゃあ、ないってことか」

飛びかかってくるやつの喉元を狙ったが、その一閃は空を切った。やつは身体をひねって着地し、間髪を容れずにまた襲いかかってくる。鋭い爪でおれの頭を押さえつけ、首に噛みつこうという魂胆だ。おれの剣は縦に動いた。眉間を的にした刃は、今度はかすり傷を負わせ、やつは再びとびのいた。猫族の悲鳴を聞きながら、いや、どこかに理屈の元があるはずだ、と思った。直接おれが関わっているものでなくても、この憎しみ、この怒りの源となる何かがあるはずだ。

獰猛さを増した唸りを聞いて、おれはほんの少したじろいだ。大型肉食獣の爛々と光る目、威嚇のしゃがれ声をあげる強靭な顎、艶やかな毛並みをもち、優雅さを失わないその動き。いつでもおまえを打ち倒せる。易々と、一撃で、と語っている。

われしらず一歩退いていた。退きながら、なぜ黒豹なんだ、と考えていた。ゴルディ虎でも獅子でも、いや、大蛇や竜にだってなれるはずだ。こだわりがあるとしたら、その敏捷性、攻撃力、闇としてのうつくしさ、それに威圧感を求めてのことか。

大きな前足が一歩、二歩と間合いをつめてくる。なるほど、恐怖感と一緒に、その力強くなめらかな動きに目を奪われる。獅子や虎もうつくしいがこれほどではない。大蛇はなめらかで冷たい恐怖を与えるものの、威圧感の点では黒豹が勝る。そして竜は敏捷性において劣る。これで、黒豹になったやつの願望がはっきりしたぞ。

やつがとびかかってくる直前に、おれの方が動く。大きく踏みだして剣を横なぎにし、やつが耳を倒して首をすくめたところへ左手の紐を投げる。縛の結びで輪にしてあるので、うまくやつの頭にひっかかった。

――こんなもの、瞬時に溶かせるわ。

とやつは嘲(あざけ)ったが、その瞬時がおれの味方だった。やつがまだしゃべっている隙に剣をふるう。右上方からふりおろし、左から返し、素早く真上から切り下げる。さすがに黒豹たるもの、縛の紐を半ば力ずくで溶かし、同時に太刀筋に対抗しようとした。だが、そこは猫族の習性の哀しさ、左前足、右前足、今度は両方で反応したものだから、腹ががらあきになった。

おれは猫族に勝るとも劣らない素早さで――多分現実だったら無理だったかもしれない、それは認める――胸に突きを入れた。剣の柄まで深々とつきたてる。

「見栄っぱりの威張り屋め。それがおまえの望みだろう。つまらん望みだ」

黒豹はわずかに暴れ、少しばかりもがく様子を見せた。おれの身体は剣ごと大きくゆすぶられた。こいつの下敷きになってはかなわない。慌てて剣を引きぬく。大きい頭がゆっくりと落ちかかる。一歩退いて、倒伏していくのを見守っていると、虚(うつ)ろだった目に、いきなり焦点が戻った。

「危ないっ」

聞き覚えはあるが、トゥーラなのかダンダンなのか判別しがたい叫びがこだました。とっさに片腕をあげて喉元をかばう。腕が豹の顎にとらえられる衝撃が走った。その直後、金の光が破裂した。あまりのまぶしさに目がくらんだ。力を失った豹がのしかかってきて、おれはたまらず仰むけに倒れた。

――またしても。

野獣の黄金の目が悔しげに呟き、身体の上から重みが消えた。目がくらんだはずなのに、なぜかやつの瞳だけは見えたのだ。そして、その瞳の奥にわだかまっている記憶が防ぎようもなく流れこんできた。


イスリルの都から遠く離れた小さな北の町に、われは生まれた。凍(い)てつく季節が長い土地であった。痩せた畑でわずかばかりの野菜を育て、狩りをして暮らしていた。父も母も猟師であった。女の自分も雪原に獣を追うわけを、母は「父さんの狩りの腕が悪いから」と常にこぼしていた。炉端でそれを聞いて育ったわれが最初に覚えたのが、人を蔑(さげす)むことと憎むこと、自身を偉才と評価することだった。母は貧しさを嫌悪し、父のような男と結婚させられたことを恨み、自分にはもっと別の輝かしい生き方があったのだと思っていた。世はイスリルの内乱激しき時代、――内乱のないときが珍しいのだが――男たちは常に戦にかりだされ、能力のある者ほど早々と戦死した。父は三度の戦で徴兵されたものの、三度とも生き残って町に帰ってきた。世間の人は運のいい男、とうらやんだが、母に言わせれば、能力のない証拠であった。

「一度めの戦では、まだ十四歳、ろくに槍も扱えなかったから、後方待機で戦わずにすんだのだ」

と参戦時のことを父が語ったことがある。淡々とした口ぶりの中にも、運の良さをおもしろがり、かつ少しばかり自慢げな色があった。

「二度めの戦では、さきの戦では敵であった側にいた。町がそちら側に占領されていたからだな。おれは十七になっていた。槍術隊に入れられそうになったが、上官に進言して、弓の射手にしてもらった。狩人だと言ってな。それで、敵と直接戦うことはなかった」

何人か殺したか、と幼いわれが尋ねると、父は首をふった。

「いんや。四本射ったが全部はずれた。鹿より小さい的だったからな。四本射って、あとは潰走よ。生命からがら陣に逃げ戻ったが、そこもあやうくなったので、町の仲間と一緒に脱走した」

家に戻ってきた父を見て、まだ存命だった祖母は涙を流して喜んだ、と懐かしげに語った。われは、一人も殺さなかった父に不甲斐なさを感じ、手柄もたてずに戻った息子を喜ぶなんて、愚かな祖母だと思った。

「だがな、それがよかったのよ」

父は天神を嗤うかのように笑った。

「三度めの戦は、また一度めと同じ側、つまりさきの戦の敵側だった。司令部では、さきの戦でおのれらを苦しめた者を最前線に立たせることにした。おれも町の仲間も、敵陣のまん前に送られるところだったのだが、仲間の一人が弁のたつやつでなぁ。自分は誰一人殺さなかった、と言い訳をした。おれもおれもと皆、名乗りでてな、上官は渋い顔をしたが上にかけあってくれて、助かった。その戦は勝ち戦、おれたちの出る幕もなく、家に無事戻れたってわけだ」

父は自分は運がいい、天神のふるう鎌を三度もよけられた、と昔語りをしめくくった。われは黙って頷いたものの、内心、母と同じことを考えていた。度胸のない小心な男、と。確かに、運だけは良かったかもしれない。父の昔語りは、われに別のことも教えた。うまく立ちまわること、おのれの生命は守らねばならないこと（父はその後、大きな災厄や病気にみまわれることもなく、三十年も安穏と暮らした。六十歳まで生きたのだから、稀にみる長寿であった。母の方は十年も早くあの世へ行った）。

戦で男衆が少なくなり、仕方なく嫁いできた母は、家の貧しさに落胆し、猟のへたくそな夫に失望した。冬の原野に出かけるとき、離れた隣家の煙突から景気のよい火の粉と白煙が噴きあがるのを横目に見て出かけ、獲物を橇に乗せて戻ってくるときには、宴会の歌声を片耳に聞きながら通りすぎた。夫が役に立つのは、重い橇を引くときばかり。

「家に帰っても何にもしないんだよ、あんたの父さんは」

炉にかけた鍋の具合を確かめながら、母はよくそう言った。父は外で獲物の始末をし、牛に餌をやり、薪を割っているのだったが、母に言わせるとそんなのはあたりまえなのだった。水汲みをし、散らばった藁をきれいに片づけ、薪も整然と積み直し、家の中を片づけ、裏の畑から凍てつく土を掘って野菜の一つも取ってくる、そこまでしてくれれば満足だ、と。われは、そうした仕事の半分は母のすべきことではないかと思ったが、黙っていた。余計な意見を言えば母の怒りは自分にふりかかってくる、と知っていたからだ。うまく立ちまわること。われは幼いときから実地演習をしていたのかもしれぬ。

あるとき、隣家に物乞いのような男が泊まった。隣家とは畑を一枚へだてていたが、戸口を男が出入りするのがよく見えた。怪しげななんとか教の導師であろうか、それとも零落(れいらく)した高貴な生まれの居候であろうかと、近所の者が憶測しているうちに、母が粉屋から聞きこんできたところでは、

「都の魔道師だそうな」

　どうりで、隣家の家人が皆卑屈に会釈をしているわけだ。片田舎の北の町、畑と凍土と痩せた木々と馴鹿(トナカイ)しかいない小さな町にやってくるにふさわしい魔道師とも思われた。都の魔道師といえば、首には黄金の鎖をつけ、額には王族の冠にも見まごう宝石つきの環をはめ、黒繻子(じゅす)の長衣に黒豹の長外套(セオル)、軍靴に匹敵する丈夫で強靭な長靴といういでたちのはずであったが、この男はどう見ても落ちぶれた、あるいは皇帝陛下の機嫌をそこねて辺地に派遣されたものらしかった。

　母が食後の香茶を飲みながら、父に教えていた。

「隣家のだれそれが」――そのだれそれは、われと数度遊んだことのある四つ年上の少女だったが、名も顔も忘却の箱に放りこまれている――「どうやら魔道師に推挙されるらしいよ」

　母の声には驚きが満ちていたが、われにはその陰にひそむ粘つく妬(ねた)みが感じられた。父が応える。

「ほう。これでこの町からは、三人の魔道師が出ることになるな。戦ばかりであったから、一年に一人ずつというのも仕方のないことか」

　すると母はもどかしげに、膝をすすめた。

「それでも、隣の家からだなんて……！　あんた、うちの隣から、なんだよ」

「ああ、めでたいことだ。近所の誉れ、ってことだ」

母が言いたいことはそんなことではない。われにはすぐわかった。だが母もさすがにそれを言葉にはせず、かわりに膝の向きを変えてわれにつめよった。

「いいかえ、わが息子。おまえはこの母の子、根性があって頭がよい。出世して当然なのだよ」

細い肩をゆすぶって言いつのる。

「おまえにも都から迎えが来るように、この母がしてあげるよ。だからしっかり学ぶんだよ。隣のだれそれはルモールモ先生のところに通っているそうな。おまえもそこに入れるように、この母が話をつけてくるからね」

「待て待て」

と父が顔をあげる。

「馬鹿なことを言うな。この子はまだ六つだぞ」

「隣の娘は七つから先生のところに通っているよ。早けりゃ早い方がいい。ああ、もう遅いかもしれない」

「なにもそう躍起にならなくても――」

「この子が魔道師になったら、あたしたちも大威張りだよ。都からは年俸がもらえる。もう野っ原や森ん中で凍えながら狩りをしなくてもよくなるよ。あたしたちもすぐに年をとる。そんとき、炉端にあたって召使いから茶を手渡してもらうか、それとも相変わらず冷たい川に腰までつかって鹿を待ち伏せしているか、あんた、どっちがいいんだい。あたしはこの子が魔道師になるまでがんばるけど、あとはもうたくさんだね。よその家と同じように今年は狼が多いだの、馴鹿が仔を産まないだのと嘆いてばかりいるのは御免だね」

父の顔が炉の火に浮かびあがってすぐに影となる。

「なにもおまえ、この子が狩人になればいいだけじゃあ、ないか」

「あたしのした苦労をさせたくないんだよ」

母の顔が浮かびあがって、赤に映える。

「いいね、おまえは立派な魔道師になる。隣の娘よりずっとずっと高貴な魔道師になるんだよ」

われはそれを励ましととった。母と同じように目を輝かせて、大きく頷いた。横で「馬鹿なことを」とくりかえしながら、うつむく父を母と同じようにあなどった。一人で狩りのできない男は一家の主人ではない。魔道師にならなければ上等な暮らしができない。いや、いっぱしの人間でさえない。われのこの信条は、幼いときにうえつけられたものだ。

翌月から、われはルモールモ先生の家に通うことになった。入門させるにあたって母は十日も日参し、鹿皮や貴重な狐皮を献上したらしい。はじめは冷ややかに迎えたルモールモ先生も、われの機転と賢しさに気づくや、熱心に教授してくれるようになった。

教わったのは読み、書き、計算、年齢があがればイスリルの歴史や偉人伝、書物を二巻。われは秀でた子であった。母の期待どおりの子であった。書写では美麗なる文字をしたためることと年長の者をしのぎ、記憶力も抜群で、口伝の歴史は一文もまちがえずに唱えたし、与えられた二巻の書物の難語句も楽々と覚え、教えられたとおりの解釈をしゃべることも得意だった。

六年がすぎた。その間、ルモールモ先生の苫屋（とまや）に都の魔道師が四度訪れた。そのうち二度、年長の男女三人が召しだされ、苫屋の一室には都からの下賜品が山と積まれた。七年めにして十三の初夏、われもようやく皇帝の御座所に赴くことと相なった。

いかに知識を貯え、徳なるものを教えられても、幼少時にまかれた種に勝るものはない。どれほどそれが歪（ゆが）んだ茎を伸ばし、根に毒を含むものであっても。そして、ルモールモの教授した知識や徳が、茎の伸びる方向とさほど異なる方をむいていないとなればなおさらのことだ。

われは競って勝つことを良しと覚えた。われは立身出世することが人生の目的であると悟った。われは皇帝陛下のために役立つ者となることが最高の誉れであると叩きこまれた。

都へつれていかれて、皇宮に足を踏みいれたとき、まさしく「雲の上を歩く」心地であった。母はどれほど誇らしく思うだろう、と考え、故郷で頭をあげ、肩をそびやかす姿を想像した。ルモールモの苫屋に積まれたと同じ量の賜り品が、隙間風の吹きこむわが家を埋めつくしたであろうと思い描いた。われが魔道師になれば、母は家を新しく建て、父の尻を叩いて狩りに出ることもなく、召使いを雇って働かせるであろう。われは自慢の息子として、町中の評判となる。

皇宮のその一室は、黒々としたつややかな石に、黄金の自在なる線の入った壁、わが身が映る鏡さながらの銀の床、大きく切られた窓は縁に浮彫の施された雪花石膏（アラバスター）張り、太い蜜蠟（みつろう）が幾百本、天井を仰げば無窮（むきゅう）の宙（そら）かといぶかるほど。皇帝は奥まった階（きざはし）五段の上の玉座に座しておられた。螺鈿細工の大きな玉座に身体を斜めに傾け、うっそりとわれをながめられた。他にはわれをつれてきたくたびれた魔道師が一人いるのみ、彼にとってはどうやらこの極上の大広間も、些事を処理する事務室でしかないらしい。われは圧倒されて思わずひざまずいていた。

「そこではいかに余であっても遠い。もそっと近う」

二度促されて、二度膝行した。五段の階まで一馬身、魔道師は脇に寄って頭を垂れる。皇帝は頬杖をついてわれをながめられた。若かったのか年老いていたのか、玉顔をまともに見あげることなぞかなわなかったので判然とはしない。声もかすれていて、ただ長老と呼ばれるほどの御年ではなさそうだった。

「戦つづきよの」

と憂えた調子で言われ、

「わが為に働けるか」

と問われた。われは平伏し、喜んで御旨にかないましょうと答えた。

皇帝はしばらく黙していたが、それはわれの値踏みをしている一時だったのだろう、やがて、

「良いぞ。この者、充分なる闇を貯えておる」

と申されたが、それは階脇にかしこまる魔道師にむけた一言だった。次いで、われに賜った玉音は、

「人がいかにして魔道師になるか、知っておろうか」

というものだった。われは這いつくばって床の面がわれ自身を見かえしてくるのを目にしつつ、

「陛下によって力を賜るものと」

震え声で直にお答えした。そうじゃ、と皇帝はおおせられた。

「余は魔力を身の内に貯えて生まれ来し者。したが余自身はこれを使いこなすことができぬ。大昔はこうではなかったらしいがの。いつの世からか、皇帝は魔力の器になりさがった」

「陛下」

と魔道師がたしなめる。そのような卑下のお言葉は、と。それを鼻先で笑いとばして、

「従って、使いこなすことのあたう者どもに余の魔力を分け与える。魔道師はおしなべて余の分身じゃ。どれほど弱き魔道師であろうと、どれほど強き魔道師であろうと、わが子に違いはない。……ふむ、そちにはわからぬらしい。よい、それを理解せぬというも闇の子の証。余はそうした者すべての父である、許そう」

何を言われているのか、わからない。だが、わからなくてもいいらしい。

皇帝は御自ら立ちあがり、階をおりてこられた。われの目にはその爪先のみが映った。息を吐け、と言われて息を吐き、大きく吸えと言われて大きく吸った。やんごとなきその御手(おて)がわが頭上で何らかの動きをした。されど、その御手がふれることはなかった。

「これでそちは魔道師じゃ。わが子じゃ。励め」

と言われてなお平伏し、身を起こしたときには玉座は空となっていた。

鏡面の間を追いたてられるようにして、次に案内されたのは狭く薄暗い一室であった。椅子が一脚、油灯が一台のみの、窓もない部屋に入れられ、一昼夜そこですごすべし、と告げられ

た。牢獄に等しい重い扉が閉められ、独りになったときはじめて、心の奥底にうごめくものが完全に覚醒していることに気がついた。

皇帝は魔力を分け与えると申されたが、それはわれが想像していたものとは異なっていたようだ。われはその孤独でとじられた一昼夜、皇帝が目覚めさせた闇の獣をどのように飼い慣らすかに費やした。皇帝の力とは、その闇の獣を誘いだし、なおかつ縛る力であった。われは心で鎖を編んだ。わが子、と呼んで下さった高貴なお方への恩義と忠誠と誇りの鎖であった。闇の獣はわれが必要としているときにのみ、鎖の合間から漆黒(しっこく)の炎を噴くことがあたう。呪文によって方向が定まり、焦点が明確になり、敵を討ち倒すことが可能となる。一昼夜で習得できた者はそう多くない、と扉をあけてくれた魔道師が告げた。習得できぬ者は一日休んでからもう一度挑むのだという。三度も挑めば大抵使いものになる、と。使いものにならぬ者がどうなるのか、われは知らぬ。興味もない。

魔道師軍団、と呼びならわされるとおり、われらは魔道師の兵舎にて寝起きした。はじめの半年は最前線にて戦った。大昔はイスリルにも様々な力が存在していたようだが、皇帝御自らが魔力を発現せず、他の者に魔力を与えるようになってからは、軍事力に特化されてきた。われらは横一列に並び、山を駆け下ってくる歩兵どもの足元に地の裂け目を作ったり、平原に隊を組んで矢を射かけてくる弓隊の頭上に火の玉をふり注いだり、川の流れを変えて反逆者の陣をおし流したりした。

魔道師同士にも友情や仲間意識があるようだったが、われの目はもっぱら戦で手柄をたてることにむいていた。われの力は秀でていたので、友情より尊敬を、仲間意識より畏れを受け、われもそれを誇りとした。半年後、共に戦った彼らとは別れて、われは後方部隊五十人の精鋭の一員となり、二年後には百人の魔道師を率いる指揮官にのしあがっていた。

わが皇帝陛下が名高いお一人であったのは、その在世期間において生みだした魔道師の数によるところが大きい。断続的につづく戦乱の中、彼の君は何と五十人をこす魔道師を作られた。後年、数だけは見劣りせなんだと嘲られたが、あの王朝を十年もちこたえさせたのは、その力に負うところが大きかろう。

しかしその力も、われが若き指揮官として腕をふるおうというときに、枯渇した。最後の一人に力を渡されたわが君は、あの玉座に身を横たえたまま、皇宮から運びだされたという。その皇宮に乗りこんできたのは、これまでわれらが敵としていた反逆者どもであった。その者たちは次代の皇帝となる男をどこからかつれてきていた。男は衆人の前で少年を魔道師に変えてみせ、新しい皇帝となった。

われら魔道師軍団は、かつての敵を主として仰ぐ暗転を味わった。新しい皇帝が反逆貴族どもの傀儡（かいらい）であることは誰の目にも明らかであったが、彼の生みだす魔道師の力量には目を瞠（みは）るばかりだったので、次第に受けいれられていった。

実際、世の中が暗転しても、わが世界は大して変化がなかった。主が交代するという信じられない衝撃でも、十六歳の若い心はそれを乗りこえ、新しい忠誠と誇りを持てば前に進んでいけた。他の者は知らず、われにはそれが容易にできた。まるで衣服をかえるがごとくに、われは新しい体制に疑問ももたず、ただひたすらどのようにして自分を認めてもらえるかに心を砕いていた。新皇帝となった世が平和であったのはわずか二年、二年後にはまた、権力のおこぼれに与らなかった不平貴族が陰謀をめぐらせ、小規模な乱が各地に頻発した。

　われはそのたび軍功をあげ、出世の階を昇っていったが、完璧なる栄光をつかむに大きな障害が立ちはだかった。われ以上に手柄をたてる魔道師がいたのだ。それは、新帝が最初に魔道師にしたあの少年であった。年はわれより一つ上、魔力はどう考えてもわれより下、されどイドルールドを脅威と感じるのはその人望、出自、性格にあった。

　彼は大層見目良き青年となった。たくましい肉体に朗らかなる面、明確で迷いのない判断力、湿地の泥炭がごときわれらに比すれば、彼は朝陽の申し子、燃ゆる炎の中に黒点をしっかと抱いて、晴天を黄金の戦車で駆けぬける。ノーランノールの生まれ代わり、とまで口にのぼせる者もあり、将来魔道師軍団千人の頂点に立つは彼の男、と嘱望を一身に集めた。

　主の交代劇よりも、イドルールドの出現の方がわれに大いなる危機感を抱かせた。これは大地の不公平というものではないか。神々の贔屓ではないか。貴種の血、光の額、傷つくことを知らぬ心、そうしたものを生まれながらに持つとは。出世の階の途中に躍りでて、楽々と駆けあがっていくとは。このようなことがあってもいいものか。このような男が存在していいものか。神々に祝福され、何の苦労もせず、万人に笑顔をふりまいて、貧しさのなんたるかを知らず、順風満帆、嵐も大波もなく、さらに高処へ昇っていくなど、許していいものか。

　われが苛烈なる命令に唾を飛ばすとき、イドルールドは生命を惜しめ、潮を見よ、と命じる。

わが隊が敵を百人屠り、味方を十人失うとき、イドルールドは敵を十人屠り、味方を温存する。わが隊が先陣を切って突撃すれば、イドルールドは後方をゆるゆると進んで残兵の処理にいそしんだ。われらは百人殺し、イドルールドは五十人を捕虜にした。

あるとき、われがいるとも気づかずに、わが隊の数人が愚痴を言うのを聞いた。

——できるもんなら、隊をかわりてぇ。

——隊長の下じゃあ、生命がなんぼあっても足りぁしねぇ。

——イドルールド様んとこに行きてぇなぁ。

——あの人の下じゃぁ、みんな安心して、寒い思いもひもじい思いもしないんだとよぅ。

——器の違いってのかねぇ。ああ、嫌だ嫌だ。

——貧乏な田舎もんについちまったのが運のつきかねぇ。

わが心の闇の獣が身じろぎした。縛の鎖が重々しい音をたてたが、以前に比すれば心なし弱く響いた。われはその日より、ますます苛烈な指揮官となった。敵にも味方にも冷酷で無慈悲、否、この世は敵ばかりと信じた。人の生は孤独である。悩みや苦しみや辛さを他人は払拭してはくれない。すべからく、おのれ独り立ちむかい、乗りこえていくしかないのだ。口先ばかりの友人も、説教ばかりの上官も、われが生きていくうえでは何ら助けにはならない。われは独り。独りでつき進む。

三年がたち、皇帝がまたかわった。今度の皇帝は三十代半ばの働きざかり、たちまち十人の魔道師を作ったかと思うや、施政にも精力的に命を下し、側近たちを手足のごとく使って、長年の戦に荒廃した国土の復興にとりかかった。同時に魔道師軍団を再編制した。

最前線で使い捨てにされても仕方のない微力の魔道師たちを、畑に送りだした。土をひっくりかえし、穀物や野菜の生長を促すに、彼らは戦より役立った。十年以上顧みられなかった大地が、たわわに実る果実や青々とした葉におおわれ、黄金のカラン麦が頭のように穂をあげて陽に輝くのに、二年とかからなかった。すると、これまで王朝に敵対していた地方貴族や有力者が、和睦の申し出をしはじめた。国内は次第に平穏をとり戻し、忠誠と賞賛を皇帝に捧げるようだった。

われにとってそのようなことは、どうでもよかった。国土の潤いなどわがなすべきことの範疇にはなかった。わがなすべきはただ一つ、敵の殲滅のみ。そう思い定めていたのだが、一つの報せがわれを打った。まるで皇笏で頭を殴られたかのような報せ。

――イドルールド様が将軍におなりに。

豪胆ながら冷静、温厚ながら着実に当初の目的を達するその手腕に、皇帝が御心をむけたのだという。わが人生の目標は魔道師軍団千人の頂点に立つことであったが、イドルールドは軽々とその櫓をとびこし、歩兵、弓隊、騎馬隊、槍隊、そして魔道師軍団すべてを統べる長となった。

われは膝を折った。暗き部屋の格子窓の外に、光が躍っていた。われの首筋をかすめ、頭の上をとびこして、はるかな先へとわが宿敵は跳んでいってしまった。ひきずりおろすこともできない場所へ。わが身と同等と思い、いつかはあやつの上に立とうと励んだものを。あやつはまるで翼をもっているかのように一っ跳びに高処へ昇っていってしまった。

　では、われはなんなのだ。われは生まれながらに授けられなかった者か。われは土中のミミズか。黒く輝く野獣とならんとして、夜空駆ける天馬より嘲りのいななきを浴びた、虫けらにも劣る存在であろうか。

　どうしてこのようなことが起こる。神々は仕組まれたのか。地を這って努力することを虚しいと冷嘲するか。出自が、血が、生まれながらの力が、心身を労して行う積み重ねを上まわるというか。

　われは憎嫉と悔しさと呪詛にのたうちまわった。神を奉じる者の中には、前世の因果で現世の境遇が変わり、運命が決まってくると言う者もいる。だがわれは、そのような戯言に耳を貸す気はない。われが今あるここだけが現実であろう。前世の因果だと？　記憶にないことに責任があるとは、笑止千万。われはわれ、ここにいるわれのみがわれ自身、前世も後世も知るものか。

　じきにわれの処遇も伝えられてきた。魔道師軍団の第二の長に任じられたという。第二の長とは、もう一人いる同列の魔道師とともに、軍団を統べる第一の長の下で働くということである。あちらは将軍、こちらはただの副官。

　われは昏い考えにとりつかれた。あやつを今の地位からひきずりおろすにはどうすればよいか。中傷飛語は歯が立たぬ。屹立する大理石の柱の足元をひっかこうとも、どれほどの傷が残ろうか。斧をもってしても倒すことは難しい。それに斧など持てば近づいた時点でこちらが捕縛されよう。

　ならば、暗黒から影となって忍びよるしかあるまい。あやつの魔力はわれをしのがぬ。われの力が必ずややあやつの行方を阻むであろう。

　われはおのれの力の総ざらいにかかった。地を裂く。火球をぶつける。水を操り風に命じる。そのどれもが他の魔道師より優れていた。だが、最も性に合っていたのは地中と関わる魔法であった。土中に心を潜らせる。湿って生温かい感触は、かたい地殻の奥底に沸騰する真紅の偉大なる力の片鱗を宿している。一方で、土中には冷たい死が横たわっていることにも気がつく。死の周りを離れがたくめぐっているのはなんであろう。

　闇にひそむものは同類の気配を鋭敏に察知する。われもまた、滞り、憤り、無念や遺恨の気配を死の中に感じた。そう、これこそわが武器となるものぞ。他の誰も持たない力であろうぞ。

　皇帝から賜った魔力に訓練や演習がいらなかったように、その力に気づいたとたん、それはわれのものとなった。心の闇の昏く深いがゆえに、永年なじんだ愛人の肌のごとく、寸暇なくわれにはりつき、わが闇と同化した。

　第二の長に任じられたものの、戦のない日々が待っていた。われは国を富ませる政策にのっとって、畑地に水路を切る手伝いをしたり、開墾地に火を放ち、制御する役目に赴いたりしながら、死の周辺をさぐっては一定の法則を見出そうとしていた。

　死者の遺した思いを形になすには、共に埋葬された品が助けとなることを知った。たとえそれが形をなくした衣服の残骸であろうと、砕けて土と同化した土器（かわらけ）であろうと、長く骸（むくろ）のそばにあって長く個人の所有物であったのなら、強い思いがしみこんでいる。混沌とした様々な思いの中からわれがとりだすのは、尽きせぬ欲望、無念。それにわが呪文を吹きかけよう。呪文はわが腹から出でたる呪いの言葉、わが目的を混ぜこんだ悪意の言葉であれば、墓から起きだす死臭のかたまりは、故人に関わった者どもを恐怖におとしいれる。

あれやこれやと試してみるうちに、品物とまったく関わりのない者を害することはできないとわかった。生前、親しかったか腐れ縁で結ばれていたか、あるいは血筋の者にしか直接の脅威を与えることはできない、と。

それを確かめるために皇帝の書庫にも行った。階級が上であればあるほど、武人も文官も奥まったところに蔵してある秘書にふれることも許されるようになる。われは埃をかぶって蜘蛛(くも)の巣におおわれた穴蔵のような書棚に、昔人の記録を見つけた。巻物は広げる端から崩れるように裂けていったが、それでも〈墓暴き〉と呼ばれる類の魔道であることが読みとれた。千年以上も前に、それは確立されたものの、倫理にもとる手段であったので——はっ！　魔道師に倫理だと？——禁じ手として扱われ、やがて廃(すた)れた。しかしとある一派は、禁忌とされることを嫌って隣国コンスル領フェデレント地方へと流れていき、いくばくかの足跡を残すこととなったとある。

されば、われが最初ではないのだ。闇の黒さは年月の下で静かに細々と、されど途切れることなく流れ、われに至ったということか。われはこの魔法を秘さねばならない。秘して目的を遂げ、口をぬぐってほくそえむ。われらしきやり方ではないか。

新月の、あれは晩秋の真夜中であったか。われはイドルールドの家の墓に忍びこんだ。高貴の家の墓は、皇家のそれにほど近く、彫刻で飾りたてられた石室にあった。その奥津城(おくつき)には門までそなわっており、施錠もされていた。護符として金鎖が巻きつき、害意を退けていた。だがわれは、高貴な家墓には必ず裏口があることをつきとめていた。門をぐるりとまわって裏正面に達すると、少し離れた場所に出入口が隠されているのが常である。イドルールドの家墓にも、小さな藪の中に、地面に置かれた一枚板の戸が用意されていた。取っ手をひきあげて地中に潜り、懐(ふところ)から出した夜光草の光を頼りに十数歩。

石室の中の最も新しい棺は、悪者をよせつけないトウヒでできていた。金鎖にまかれて室の中央に二つ並んで横たわっている。おそらくあやつの祖父母であろう。他の棺は壁際にたてかけられた二十余り、中には棺も中身も崩れて今まさに土に還ろうとするものもあった。

われは悪者であった。真の悪者はトウヒの板も護符の金鎖も意に介したりはしない。鎖をひきちぎるときに、炎があがった。こういうこともあろうかと、羊皮の手袋をはめてきていた。じかにふれたら火傷のあとが動かぬ証拠となったやもしれぬ。手袋はほどなくぼろ布となったのだ。トウヒの蓋をずらして目を凝らしてみる。副葬品はそれ一つで貧乏人の一生分の稼ぎに匹敵する。額環、腕環、首飾り。指輪、帯、金糸銀糸の刺繡(ししゅう)をされた衣装、一度もはかなかった靴、抜くこともなかった短剣。夜光草の光にいずれも青白く反射する。

最も生前愛しんだ品、執着した品はどれであろうか。

しばらく意識を集中させてみたものの、はっきりした手応えがない。われは故人の残思を求めて精査をくりかえしたが、それもない。まさか。

あらためてまじまじと死者をのぞいた。きれいな骨となっている、漆黒の眼窩には死の静寂のみが棲んでいた。頭骨にへばりついている髪も、清らかな銀の糸と化して無邪気な輝きを返してくるばかり。

馬鹿な。このような死者がいるとは、思いもかけず。

長い人生を歩んできたのであれば、一つや二つの欲望が妄執と化していてもおかしくはないのに、この老人にはそれがなかった。うっすらと靄のような心残りは漂っていたが、

——あれもこれも楽しかったのう。

——快い思い出ばかりじゃ。

と人生に満足されていては、手の出しようがない。

隣の棺にはつれあいらしい老婆が眠っていたが、こちらもさして変わらず、満ち足りて穏やかなる死へと移っていってしまったと見えた。

われは棺のそばに座りこんだ。衝撃で立てなかった。この世に生まれたからには、人の上に立ち、裕福を極め、おしなべて思いどおりにできるようになる、というのが最もすばらしいことだと信じてきた。金と権力の両輪がうまく回っていれば、世界一の人物となれると母が言い、われもそう思ってきた。爪一枚ほどの疑いはあったが、イスリルの機構そのものがその疑いをつぶしてくれた。地位があがれば金も集まる。金が集まれば人々はひれ伏し、望みはなんでもかなう、と。世の人すべてがそれをめざしていると信じていたのに、この老夫婦は何としたこ

と。

もともと恵まれた身分であったのだろう。もともと裕福な環境だったのだろう。神々に祝福され、試練を味わうこともなく、辛さ苦しさもすべるように流れていき、常に笑って暮らしたのであろう。

それでも。それでも、なお、もっともっとと両手を伸ばすのが人の常ではないか。もっと地位を、もっと権力を、もっと金を、もっとうまいものを、もっといい屋敷を、もっと人々の羨望を、畏れを、敬いを、――もっと時間を。もっと生きたい、と。

そうした一切がなかった。これはどうしたことだ。この二人は人間であったのか？

わが知己は皆、欲望に操られていた。大抵はそれを隠す。されど隠しおおせるはずもない。イドルールド本人でさえ、高位に就いたとき、得意満面の笑顔であった。それなのに、この老夫婦は満足して逝き、欲望や羨望の澱ひとすくいも置いていかなかったのか？

われは、この二人にも嫉妬した。ますます神々を罵り、運命を呪った。過不足のない人生を楽々と送ったことが赦せなかった。それはイドルールドへの憎悪をも深くした。何としてもこの二人をおとしめ、穢し、イドルールドの足をすくってやりたい。

さがせばあるものだ。完璧な人生にも、わずかな瑕疵。否、瑕疵ともいえない程度の望みではあったが、わが憎しみと悪意は、そのかすかなる望みを昏き水によって膨張させ、暗黒に集まる汚泥で塗りたくり、老人の首にかけられていた黄金と黒虹石の装飾品に結びつけた。命令の呪文によってそれは妖しい一つ目をした鎖の化物と変じて、将軍の椅子に座すイドルールドめがけて馳せていきおった。

あやつを苦しませたいがために、二度や三度の襲撃で息の根を止めることはしない。われがこれまで感じてきたすべての苦痛をあやつにも感じてほしかった。一つ目の化物は、夜の闇とともにあやつの寝所を襲い、少しずつその精神を喰っていくはずだった。

ところが。数回の襲撃のあと、手応えがなくなった。と知った直後、はねかえってきた悪意と憎悪が、われの精神を喰いちぎった。衝撃で昏倒（こんとう）しながら、看破された、と悟った。イドルールドは防御の魔法を施したに違いない。あやつは護りの点ではわれより優れた力をもっている。

――皇帝陛下は激怒なさっておいでとか。

――お気に入りの将軍が攻撃されたのだ、そりゃお怒りだわな。

――しかし、誰があんな大それたことをしでかしたのか。

――魔道師には違いない。すぐにわかるだろう。呪いの痕跡を追っていけば、誰が発したのか判明するさ。

魔道師どものたまり場の会話を耳にした翌日、われは魔道師長より指示を受けた。

――この件について即刻調べるように。

もう一人の第二の長と二人して、調査に乗りだす。有能な部下十人を使って、呪いの痕跡をたどる作業にとりかかる。

わが精神のいくばくかを喰いちぎった化物の尻尾を辛うじて握りしめていたのだが、それを無理矢理、一人の男の心の隙間につなげた。妖しき一つ目にひそむ色のうち、燃えつきんとする熾火（おきび）の色がそちらにむくように細工した。その男は三十をすぎた魔道師であったが、われと同じ妬みと憎しみを飼って長年をすごしていた。上級魔道師のわれらを上目遣いに仰ぎ、卑屈な姿勢を崩さなかった。われは同類だとずっと感じていたのだ。
〈墓暴き〉の魔道の知識を持つ者は、この世にわれ一人であると確信していたので、その魔道師が捕えられ、糾弾され、裁かれて斬首されても、われは口をとざし、平然と常に変わらぬ日課をこなしていた。その男の運命について、われは何も感じない。われより下級の、力足らずの男が一人、この世から消えたとて、何の痛痒があろうか。神々だとて同じであろう。われにさえ、一瞥（いちべつ）もむけなんだ神々が、あのような下賤の者を気にかけるとは到底考えられぬ。

　事件は決着をみた。わが危機は去った。化物はかの男とともに滅びた、と皆が思っていた。かの男の嫉（ねた）み羨みが深淵より呼びだした魔物であったろうと考察して、それっきりだった。われはさまようそれが人に気づかれる前に、わが元にひきとった。それは心の奥底にうずくまり、次なる獲物があらわれるのを待つこととなった。

　イドルールドは魔道師のひきおこした恥とすべき事件について、皇帝に防止策を奏上した。

　そのうちの一個には、本来の役目を果たせぬ軍団の者たちの不満解消策も提示されていた。皇帝はそれを良しとし、その月のうちに全軍団の再編制がなされ、新しい魔道師たちが五人も誕生した。都と国を護る半数の兵士と、戦に赴くもう半数に分けられ、翌月にはわれらは何十年ぶりかで国土回復戦と銘打ったコンスル侵略に踏みだしていた。

めざすはスノルヌル。かの町は身持ちの悪い女のように、コンスルが扉を叩けば裏口をあけ、イスリルが呼ばわれば表門をあけ、保身に徹する町である。われらがおしよせるを見て、前例にたがわず、町門の鍵を渡してよこした。慣例どおり、われらの蹂躙はなされなかったが、食糧物資の供出を呑まねばならなかった。

——西進せよ。サンサンディアと称される町までの路程途上においては略奪を可とする。その十分の一は本国へ、残りはそれぞれの軍団へ給与するものとする。以降の西進はこれを認めず。速やかに帰途につくべし。

歩兵、魔道師軍団、弓隊で編制された遠征隊千人は、むかうところ敵なしであった。グロリオサ州、ペッラ州の北部を横断し、サンサンディアへ至ったときには、すべての者が背負いきれないほどの戦利品を背嚢につめこんでいた。スノルヌルを発ったのが春。サンサンディアに至ったのが晩秋。軍団は満足し、帰国を望んだ。コンスル帝国も土台ががたついていた。駐留隊はその役目を果たせず、逃散し、われらの目的は達せられた。この上は冬の前にせめてペッラまで戻っていたいものだ。湿気の多いサンサンディアの霧はもう御免だ。さもないと、荷車いっぱいのお宝を捨てて、かわりに食糧をのせて吹雪を行進する羽目になろうぞ。

だがわれは調べることがあると言いたてて、一人湖水の岸辺に残った。配下の者たちを帰しておいて、魔道師の館を探索した。護りの魔力の名残に興味をひかれたからだった。稀にみる強い力だった。これほどの力を持つ者であれば、余程後ろ暗いものを背負うているに違いない。館の中を歩きまわって発見したのは、打ち捨てられた槍や弓矢の収集品。壁に飾りつけてあった展示物などではなく、幾度か使用したものらしい。宴会をひらいたと思しく、大きな酒瓶が転がり、地下室には大量の冬越しの食糧もあった模様。わが配下の者どもが舟にのせた戦利品は、財宝と等しく喜ばれる燻製肉や魚か。

　余程大勢が暮らしていたかと二階へ登ってみれば、こちらは簡素な寝室が三部屋、使用しているのは二つの寝台のみのようであった。そしてそのうちの広い方には、後づけの木棚に蔵書が積まれ、床や大机の上にも、羊皮紙が蛾さながらに羽を広げておった。燭台を置く壁龕にさえ巻物がつっこんである。魔法書か呪文書の類かと数冊手に取ってみれば、遠くパドゥキアの歴史書であったり、ノルサントの伝承歌集であったり、〈北の海〉における二千年前の交易研究の書であったり。われでさえ皇帝の書庫で秘すべき魔法書をようよう盗み見でき、それで良しとしたのに、この男はなんだ、と怒りがわいてきた。これだけの書物をおのれのものにできる力がありながら、一冊も魔法に関する研究書がないとは。われは片っ端から書棚をひっくりかえした。どれもこれも、どうでもいいくだらぬ本ばかりであった。虫の種類を記述したもの、フェデレントの昔話集、魚や獣のさばき方を図示したもの、コンスル帝国歴代皇帝の造成させた街道について研究したもの、陶器の作り方、植生と気候の関係の著述、風土病や薬草に関する雑学……。

　わが憤懣は沸騰した。魔道師にあるまじき生活ぶりではないか。魔力の研鑽に励みもせず、好奇心にかりたてられてくだらぬ書物を読み散らかし、夜は夜で鯨飲馬食にふけるとは。

　歯嚙みしつつ再び階下におり、床に放りなげられている槍や剣をもう一度ながめた。わが配下の者どもは、ほとんどを持ち去っていたが、久しく使わずなまくらと見えるものだけは残っていた。われは腹立ち紛れにその一つを蹴とばした。主人のいなくなった館に、金属音が虚ろに響く。

なぜこのような暮らしをする。魔道師たるもの、皇帝のためおのれのために戦陣に赴くべきであろう。このような――このような、のほほんと暢気な、まるで隠居暮らしの、つまらぬ市井の輩が生涯の夢とするような日々を送るとは。呑んで食って憂えること何一つなく。

わが怒りは頂点に達した。こやつに魔道師を名乗る資格はない。いかに護りの魔力に秀でていようとも、こんな者を生かしておくわけにはいかない。

館の中には陽の気ばかりが満ちて、闇濃くわだかまるものを見つけることはかなわなかった。されば、年経た古き住処であるのならば、代々暮らした人々の墓もあるやもしれずと、外に出てうろつきまわって墓所にたどりついた。

ここぞ、ここぞ。これこそわが力をふるう場所ぞ。思ったとおり、故人の残した思いの薄片を感じることができる。この家族も、イスリルの者と何ら変わることはない。人同士のしがらみ、軋轢、血筋であるがゆえの消えない恨みつらみがわだかまっていた。大層なものではなかったが、その中に闇に半ば喰われた者がいることを知った。草におおわれた墳墓は忘れられて久しいらしい。顧みられることなく、寂しく横たわる骨の隣に、生前よく使っていた漁網が葬られていた。これぞ求めていたもの。

墓を暴き、骨と綱の残骸から、必滅の化物を創りあげた。その過程で、わが怒りをぶつける相手は、学者のような知的生活を好む人物ではなく、下男の仕事を喜んでやり、薪割りや魚とりや料理を楽しむ男だと知った。一瞬、眩暈がした。食うことしか考えず、腕っぷしの強さを自慢にするような能天気が、この館の主人なのか。武器をながめて酒を呑み、下卑た笑いで灯りをゆらし、同居人の安全を念じて護りの呪符をはりめぐらせる。

くらくらする頭の中で、こやつとイドルールドの光が混ぜあわさった。人生を笑いとばして跳びこえていく、運命に生まれながらに祝福された種類の人間たちだ。

深いところからせりあがってきた漆黒の憎悪が、憤懣と怒りをも巻きこむ渦となってわれを支配した。こやつを恐怖におとしいれ、絶望にひきずりこみ、辛苦の沼でおぼれさせてやろう。破滅しろ、死んでしまえ、消滅しろ。われはイドルールドを呪って戻ってきた化物をからみつかせた。深淵の水と網と、忘却を許さぬ金鎖がとけあった。化物と化物が融合して、魔物となった。生半な魔力ではこれを防ぐことはできまいぞ。ただの陽光ではこれを、われを、焼却することもかなうまい。われは、われの創りし魔物は、執拗に容赦なくそなたを破滅させようぞ──破滅させよう……破滅させるはずであった……。

どうしたことか。おまえは幾度もわが分身を退け、はては人の立ち入るはずのない〈死者の谷〉にまで追いこみ、退散させた。しかも呪いを破った反動がわが身にふりかかり、われもまたすっかり喰われてしまいそうになった。何と無念なことよ。痛憤に耐えぬ。したが、いい気になるなよ、おまえ、リクエンシス。何に敗れたのか、何故退けられたのか、必ずつきとめて戻ってこようぞ。おまえ、おまえ、おまえを滅するまでは、われは妄執の魔物となってでも、この世にしがみついている覚悟だ……。

「つきとめるって言ったって、なあ」

おれにとって自明の理が、どうしてこやつにはわからんのだろうか、と顎をかいたところで、焚火の光が見えた。いや、トゥーラの赤銅の瞳か。ダンダンの喉元の輝きか。

気がつくと、現世に戻っていた。トゥーラの手を握りしめたまま、梢のあいだに十八夜の高く昇った月の光を浴びて、川底の水流の音を聞いていた。

トゥーラが大きく吐息をつき、

「嫌なやつ！ 大っ嫌い」

とそれがおれであるかのように手をふりほどいた。おれじゃないよな、と確かめるまでもないことを確かめようとすると、ダンダンも相槌をうった。

「バカナヤツ。マモノニオチテトウゼンヨ」

「しかしなあ。考えれば大した精力だよなぁ。恨みつらみにあれだけ浸りきって、全人生を賭けてしまうんだから」

「ベツノコトニソノチカラヲムケレバタイシタモノトシテイキラレタノニ」

「根っから曲がっちゃってるから、それは無理なんじゃないのかしら」

トゥーラは焚火に小枝をくべて炎を少し大きくした。森の奥の方で狩りをする獣のざわめきがした。東の空が明るんできた。

「本当に賢ければ、自分の曲がりを正そうとするでしょ。あいつは自分が曲がっていることにうすうす気づいていながら、直そうとはしなかった。……いえ……直せなくなっていたのかもしれない、のか」

相変わらず手厳しい分析だ。

「アワレナヤツヨ。シットデジンセイヲボウニフルネ」

ダンダンの言うとおりだ。おれは凝った首を回した。

「敵として手強いのはどんな人間だと思う？」

「強いやつ」

「ナカマヤドウシガタクサンイルヤツヨ」

「一番手強いのは、強くて頭のいいやつだ、とおれは思う」

「ライディネス、ミタイナ……？」

「ライディネス、もそうだな。それから人生棒にふったあいつも」

「……まだ、あきらめないって言っていたわね」

トゥーラがぶるっと震えた。おれはその肩をすかさず抱いた。

「気掛かりはそれだけじゃないんだ。気づいたか？」

一人と一匹は無言で疑問を返してよこした。おれは白けていく月を仰ぎ、闇に一層赤々とゆれる炎に目を落とし、嘆息をおし殺した。

「あいつの名前が、わからない。いまだもって」

2

醜穢(しゅうわい)なる男どもを駆逐する、とパネーはわめいたが、その手段として月の闇を使うことには何の疑問も抱いていない。エミラーダはこの老女が、はたしておのれの口にしたことの半分も理解しているのだろうかとあやぶんだ。

月の教えには、物の形を正しく目におさめよ、とある。あるがままを正視し、憶測や希望的推測を退けよ、と。同時に貫くように射しこんでくる光を逃してはならない、とも。直感の光を信じよ、と。この相反する教えに従って均衡を保つ者のみが、幻視者の資格を得る。パネーもかつては優秀なる大軌師(きし)であった。世に交わることをせず、寺院の奥に祀(まつ)られて神のごとく君臨して幾年月か。月光に洗われて、あるべき姿を磨きあげたものの、それはもはや地上のものではありえなくなってしまった。その乖離(かいり)を埋めるべく、男という敵をつくりあげ、滅ぼさなくてはならないと、極論に走った。曰く、男は乱暴者でがさつ、自己中心的で、欲望にふりまわされ、気配りもできず、金と権力と女を人生の目的とする。争いを好み、他者への思いやりなど微塵(みじん)もなく、都合が悪ければ目をそらし、逃げ、すべてを女に押しつける。よって男、男の存在を許すまじ、と。

そういえば、カダー寺院にはかつては男性も入れたのだ。このパネーが君臨する前は、男性も平信者として月の光をたたえることが許されていた。入信者が女性のみに限定されたのは、そう遠い昔ではなかったはず。そうして、とエミラーダは皮肉に唇を歪(ゆが)める。現在でさえ、寺院を支える寄進の多くは男性の懐(ふところ)からのもの。それを知らないパネーではあるまいに。

人の欠点をあげつらうは易い。男性側からすれば、女は生きのびるに価しない、脆弱(ぜいじゃく)な生き物と見なされるだろう。ことほど左様に、理屈は理(ことわり)によって破れる。人であるものに瑕疵(かし)はつきもの、それゆえ男だ女だと指つきつけあうことの不毛、愚かしさ、それすらわからなくなってしまったのか。

パネーは両手をあげて呪文を唱えている。従う軌師たちも、まるで彼女の影であるかのように同じ動作をしている。

ライディネスが剣を鞘走らせた。月の光が炸裂(さくれつ)すれば、武器など役には立たない。男は地面に身を投げだし、視界を灼かれまいとつっぷすしかないだろう。

冷たい一陣の風が吹きすぎた。直後に、矢音がつづけざまに起こった。軌師たちのあいだに悲鳴があがった。地面に倒れていく女たちの目に驚愕が広がり、狂気の月が霧散していく。

西の水路から、東と南の門から、ライディネス軍が殺到し、今ようやく内苑にたどりついたのだった。いつのまにか彼女たちは、射手に囲まれていた。ライディネスが拳(こぶし)をあげて攻撃をおしとどめ、素早くパネーの前へ足を運んだ。剣の柄で老女を殴りつける。止めるまもなかった。

　エミラーダは叫びをあげて飛びだした。軌師たちとライディネスのあいだに割って入り、男を睨みつけた。ライディネスは眉をわずかに動かしてから剣をおさめた。

「刺し殺した方が事は簡単になると思うのだがな、エミラーダ殿」

「四人の血が流れただけでも充分です」

　エミラーダは肩越しに、軌師たちにふりむいてから目を戻した。

「手当てをさせていただけるかしら、ライディネス殿」

　ライディネスは両手を広げた。

「何が不満だ、エミラーダ。こうなることは予見できたであろうに。死人が出ないだけ、ましだと思ってはくれんのか」

と笑いをまじえた口調で言ったが、それはまるで虎の咆哮のように響いた。

「無用な血を流すことはないでしょう。彼女たちはパネーの魔力でいいなりになっていただけ。カダーはあなたの手の内に。目的を達したのだから、手当てさせて下さい」

　虎は唸った。

「根性のねじまがった婆ァなんぞ、生かしておいても何の役にも立たんぞ」

「新月の力と彼女はまだつながっているのです。殺したらその経路はふさがれることなく野放しになって、どのような災厄につながるかわかりませんよ」

「はっ！　月の巫女の言うことはさっぱりわけがわからん」

ライディネスはエミラーダの前に立ちふさがった。

「リクエンシス殿を使ってうまくわたしを騙したつもりだろうが、それはお互い様ゆえ、水に流そうというものだ。おかげでカダーを手に入れたからな。だがここまでだよ、エミラーダ殿。あんたのように賢くしたたかで冷静な女に出会えて楽しかった。月の巫女でなければ、腹心の部下にしたいと思ったかもしれん」

踵をかえそうとするのへ、エミラーダは必死に喰いさがった。

「せきとめられた川がどこへあふれていくかわからないでしょう？　パネーを死なせたら、新月の魔力がどこに流れこむのか、わかりませんよ。手当てをして。そのあと、わたくしが封印いたしますから」

ライディネスはしばし立ちどまっていたが、それは熟考するというより、おのれの忍耐をはかっているかのようだった。やがて彼は答えた。

「あんたは策士だが、信用のおける女だ。わたしが他人を信用するなど、そうそうないことだが、まあいい。新月の力の怖さは充分に味わったからな。アムド！　アムド、どこにいる？……おお、そこか。この女たちを全員施薬所につれていけ。手当てをさせてやれ。だが、一人たりとも逃がすな」

ライディネスの兵士たちにつきそわれて、エミラーダたちは内苑の中の施薬所におしこめられた。病床が十余りある大部屋と、調剤用の小部屋が二つ、二階には月の光を浴びる静養室が造られている。

パネーを寝かせる一方で、矢傷を受けた四人の治療にとりかかる。皆口数少ないのは、それぞれがおのれの身に起きたことをまだはかりかねて混乱しているせいだった。呻き声と泣き声となだめ励ます声、火にかけられた化膿止めの薬草酒の匂い。柿葺きの下屋をはねまわる小鳥たちの足音がやかましく、気に障る。

手当てが終わると、エミラーダは炉のそばに腰をおろして凝った首筋をもんだ。隣にシャラナが座り、他の女たちも憔悴した顔で集まってきた。

「……わからないことが多すぎます、エミラーダ様」

ともにじっと躍る炎を見つめて、数十呼吸もした頃に、シャラナがようやく口をひらいた。

「月は欠け、再び満ち、塔は変わらず建っておりますのに。どうしてこのようなことになってしまったのでしょう。どうしてわたしたち……わたしたち、穢されたのですか？　パネー様に。闇の月に」

エミラーダははっとした。全員が自分を注視していることにはじめて気がついた。

「月が……そなたたちを穢すなど、そのようなことがどうして起こりえますか」

「でも、エミラーダ様」

「ええ、エミラーダ様」

と女たちは口々に訴える。手を胸にあて、あるいは喉にあて、

「なにやら良くないものを無理矢理呑まされたような気がしてならないのです」

「瀝青にも似たものが肌から内側にしみてきたような気がしてならないのです」

「かきむしってもかきむしってもとれないような」

「まるで火傷のあとのように」

　エミラーダはひとわたり全員に目を走らせてから、そっと溜息をついた。

「それは新月の名残でしょうね。パネー様が力ずくでそなたたちを操った、そのときの打ち身のあと、とでも申しましょうか。……心配いりませんよ、やがて小さくなっていきます」

「小さくなって……」

　ほっと緊張をほどく女たちだ。エミラーダはその後の予想は語るまいと思った。小さくはなるが、残っていく、とは。終生消えないそれは、傷跡ともいえるし、闇の欠片を宿した、ともいえるか。パネーは汚濁を嫌って、かえって冷え冷えとした闇を彼女たちに与えてしまったのだ。それでも、物事には必ず表裏が存在する。彼女たちは傷を負ったことのない巫女たちよりも、はるかに深い洞察力を持つ巫女になるだろう。パネーのように、穢れを排除するために力を傾けるという、愚かしい所業に走ることはないだろう。ときあれば、その傷跡と対峙して、自問自答をくりかえし、より良い道をさがすことになるだろう。……再びカダーに拝月教が許されるとしてのことだが。

「エミラーダ様、これからカダーはどうなるのでございますか」

　彼女より三つほど年上の軌師が尋ねた。

「ライディネスの支配下におかれることでしょうね。ここは彼の宮殿に変えられるかもしれません」

「宮殿……！」

「王になる、のですか？」

女たちがざわめいたとき、シャラナが明るい声を出した。

「大丈夫、助けが来ます」

「助け、とは？」

「何からの助け？　何を助けて下さるというの？」

「パネー様に操られる寸前、テイクオクの魔道師リクエンシス殿に助けを求めました。あの方が、助けて下さる――はず……」


勢いで叫んだものの、シャラナもよくわからなくなったらしく、口ごもってしまった。

頼もしいこと、と女たちを安堵させるためにエミラーダは呟き、呟いた直後にそれがあながち、こちらの勝手な希望だけではないかもしれないと気がついた。彼女の裏切りにリクエンシスは腹をたてただろう。リコ老人を拉致同然につれてきたことにも、憤りを感じているだろう。それでも、と彼女は思った。それでも、あの繊細な指先をもった大らかな男は、救援に駆けつけてくれる。シャラナの叫びが届いたのなら、確実に。

それから一日、二日、と日はめぐっていったが、状況に変化はなく、パネーや怪我をした軌師たちの容体も変わらずであった。エミラーダはリクエンシスの救援を信じながらも、この状況を打開するにはおのれが行動を起こさなければならないのではないかと、次第に思うようになっていった。

そうして、ある朝のこと——とじこめられてから三日後であろうか——下屋の上で騒いでいた小鳥たちが、一層姦しくさえずりはじめた。

「……春ですわねぇ」

と誰かが肩をすくめ、若い一人が溜息をついた。

「こうなってしまうと、普通の女の暮らしに戻りたいですぅ。鳥でさえ、恋をするのに、あたくしは何を考えて普通の暮らしを捨てたのでしょうか」

「そりゃあなた、月陛下との普通の暮らし、ですわよ」

誰かがまぜっかえし、忍び笑いが広まった。パネーの前では決して口にされなかった自嘲気味の揶揄である。こうした減らず口が女たちの思考の方向に均衡をもたらすのかもしれないわ、とエミラーダも微笑んだ。常に自省し、ふりかえり、ときにおのれを皮肉ってみる、こういうことが大切なのではないのかしら、と。

数羽の小鳥に追いたてられるようにして、一羽が下屋をくぐり、高窓から室内に飛びこんできた。せわしなく羽ばたきながら天井をしばらく飛びまわり、煤や蜘蛛の巣を落としてよこす。軌師たちは口々に悪態をつき、埃を払う。小鳥は炉端に近づいてきた。と思うや、細い脚は大きな長靴をはいた太い足に、小さな身体はひょろ長い胴体に、つぶらな瞳をたたえた丸い頭はいささかまのびした若い男の顔に変化した。

女たちはけたたましい悲鳴をあげ、誰かがはずみで炉を蹴とばし、もうもうと灰が舞いあがった。逃げまどい、咳きこみ、男は男でなだめようと声をあげ、なおさら騒ぎが大きくなる。

戸口の番兵が何事かと踏みこんできた。エミラーダは灰を払いのけるように手をふりまわしながら、番兵の視界をさえぎるように立ち、

「まぬけな鳥が入ってきたのに驚いて、誰かが炉に足をつっこんだだけですの。すぐにおさまります。お騒がせして」

セオルをぬいでぱたぱたと扇ぐ。機転をきかせたシャラナが真似をして、のぞきこもうとする番兵の目をくらます。灰を吸いこんで、たてつづけにくしゃみをした番兵は、悪態をつきつつ踵をかえした。重い扉が閉まり、舞い散った灰もおさまった。エミラーダはきまり悪そうに立ちつくすサンジペルスにふりかえった。

「もう少し！　ましな登場の仕方があったでしょうにっ」

サンジペルスは頭をかきかき、首を縮める。

「いやあ……おっしゃるとおりで……本当は、窓辺でひとさえずりしてから降りてくるはずだったんですがね、キビタキやらシジュウカラが放っといてくれないんで……」

エミラーダは薄い唇をさらに薄くして近づき、斜交(はすか)いにエイリャの弟子を見あげた。

「小鳥相手に色目を使った……？」

「エミラーダ様っ、なんてお言葉っ」

女たちがのけぞるのを尻目に、彼女は指先をゆっくりとおろして椅子を示した。サンジペルスはおとなしく腰をおろす。彼女も膝をつきあわせるように座ると、

「説教はエイリャ殿にお任せするとしましょう。……まったく、節操のない……それで？　大

切なおしらせを持ってきたのでしょうね」

サンジペルスは肩をすくめるのと上目遣いに女たちをながめるのと鼻の下を伸ばすのとを一緒にやってのけ、エミラーダの冷たい視線に気づいて肩をすとんと落とした。骨が鳴った。

「ええと……エイリャさんからの伝言で……」

「集中しなさいね、サンジペルス。事と次第によっては、ずっと牛のまま、ということもありえますよ」

「いやぁ、それはさすがにないんじゃないかと。信頼されてますから、おれ――」

「信頼というのは、それに足る行いをつみあげてようやく成るものですよ。ところが、たった一度の愚かな過ちが突き崩してしまう、易々と、ね。さあ、エイリャ殿は今どこにいて、何を伝えようとしているのか、さっさと話しなさい」

弟子になって数ヶ月、少しばかり図に乗っていたサンジペルスは、エミラーダの言葉でようやく目がさめたような顔をした。

「あの……本当に、また、牛のまんまになるかもしれないって……」

「あなたがさっさと役目を果たして戻らなければ、牛どころかコウモリにされてしまうかもしれませんよ」

いらだちで早口に指をつきつける。ようやく彼は居ずまいを正した。

「エイリャさんからの伝言です。『あたしにとっちゃ拝月教がどうなろうと知ったこっちゃないが、あんたにとって、それから多くの女たちにとってどうでもいいこととは思えない。一度は肩を並べて本に頭をつっこんだ間柄、どうしてほしいかはっきりすれば、拝月教のために何かしら助けてやれる。このサンジペルスに伝えてくれれば、なんでもやってやるよ』だそうで」

「エイリャ殿は今、どちらにおいでなの？」

「リコ爺さんにつきそってまさぁ」

「ということは、ここに来ておいでなのね」

「ライディネスがテイクオクの魔道師を御所望で、門のところでうろうろしていたリコさん、捕まっちまったわけで。下にもおかないもてなし、なんですかね。でも、ほら、魔法を使えって言われたら、リコさん困るでやんしょ？　リコさんのポケットにハタネズミになって入ったエイリャさんが、いざとなったら代わりにごまかしの魔法を使う覚悟で」

エミラーダはそっと息を吐いた。リコのそばにエイリャがついていてくれるのなら心強い。だが、いつまで騙しとおせるか。馬脚をあらわす前に、本物のリクエンシスが助けに来てくれなければ。

「そんで……お返事は……」

自分を棚にあげてせっつくサンジペルスに、少しばかり呆れながら、エミラーダは周囲を見わたした。おそるおそる近づいてきた女たちの輪が、少しずつせばまっている。彼のま後ろに立つ一人なぞは、エナガであったときの名残だろうか、彼の頭頂部の髪の一束が、削りだされた木屑さながらに螺旋(らせん)状にゆれているのを興味津々に凝視している。よろしくないわね、と思った。男を見る目のない女が、サンジペルスのようなのにひっかかったら、お互いによろしくない。さっさと返事をして追い払わねば。

「いつぞやも話しあったことがあったかもしれませんが、ライディネスにとってどうしてカダーが重要な地なのか、よくわからないのです」

ふんふん、と調子良く頷くサンジペルス。頭頂部の巻毛もそれにつれてゆらゆらと動き、軌師たちは——一人でなく三人に増えた——猫の目でそれを追っている。

「わたくしには、娘御のことを語っておりましたが、それとて真実かどうか。彼が真に求めているものがなんであるのかわかれば、たとえ彼がこのあたりの支配者となっても、拝月教の存続も可能になるかもしれず……彼がカダーに求めるものを与えれば、女たちの行き場もなくならずにすむかと思うのです。それをさぐっていただければ——」

わかりやした、と大きく頷き、勢いよく立ちあがった。本当にわかったのかしら、とあやぶむエミラーダに、にっこりと女殺しの笑みを投げかけ、——まのびした顔もその笑みが浮かぶと男前に見えるから不思議だった——両足をそろえて跳ねた。たちまち重そうな長靴は針ほどのエナガの脚に変わり、白黒の小さなかたまりとなって、羽ばたきを残し、窓から出ていった。

それを見送っていると、シャラナが彼女を呼んだ。

「パネー様が気づかれました」

側頭部を強打されたパネーは、うっすらと目をあけたが、その視線はまだ定まらなかった。煎じておいた薬湯を四人がかりで飲ませると、再び目をつむってしまった。軽い鼾(いびき)をかいて、これが回復のための眠りなのか、昏倒(こんとう)しているためなのかは判断に苦しむところだ。

エミラーダは寝台のそばで碧の石を握りしめながら、あれこれと思考をめぐらせる。新月の力を封じるには、パネーに正気でいてもらわねばならない。彼女が正気であったときがあったのかどうかも、今では定かではないが。ともかく意識がはっきりしたときでなければ、その思考経路をたどることが難しいだろう。狂気の縁にあったとして、手のひら程度の幅のその縁を歩むこともエミラーダは辞さないが、困難なことこの上ない。できれば一直線の意識の道をおりていって、新月の闇とのつながりを断ちたい。とはいえ、碧の力をどのように使うのか、彼女自身もまだわからないのだ。封印の石であるのだから、新月の力を封じることはできるのだろうと、甚だ心許ない根拠しかない。裏打ちするのは直感と幻視、理屈はとけて形を失ってしまっている。

その後は思索をめぐらす暇もなくなった。矢傷を負った一人が熱を出し、全員でその看病にあたったのだ。ありとあらゆる薬草を選抜し、傷口を確認し、対処法を検討した。化膿しはじめた部位を焼灼するべきか、はたまた切り落とすべきか、縫いあわせるべきか、薬草をおしこむべきか。考えられるあらゆる手を使って、彼女を助けようと皆必死だった。シャラナは自らの月光を傷口に注ぎこみ、血の気を失って倒れる始末。祈りの唱和が途切れることなく、薬草を煮込む煙がたちこめ、薬効あらたかな木の実をすりつぶす音も延々とつづいた。

それから三日後の昼すぎに再びサンジペルスが訪れた。外は雨模様であったが、明かりとり用にひらいた高窓からツバメの姿で降りてきた彼は、嘴にくわえてきた一輪のスミレを落として女たちを喜ばせた。呆れているエミラーダの前で男に戻り、

「エイリャさんからの伝言。『いましばし待たれよ。全体像が見えたら訪う』そうで」とうやうやしげにコンスル風の会釈をした。女たちの嬌声を浴びて御満悦な笑みを浮かべ、ツバメに戻るとなめらかな飛行を披露してから帰っていった。

さらにその翌日も、またその翌日も、女たちの戦いはつづいた。エミラーダは番兵を呼びたてて、リコに来てもらえるようにライディネスにかけあってくれと懇願したが、けんもほろろに扱われた。リコの知識と知恵と経験が必要だった。彼の皺だらけの指がめくるあの書きつけの束がどうしても必要だった。彼ならこの軌師の生命を呼び戻し、パネーを正気づかせる大きな力となってくれるだろうと、拳を握りしめ、うろうろと歩きまわり、歯をくいしばった。

何日すぎたのだろう、記憶も曖昧になったある日の夕刻、ほとんど全員が疲れはて、ふりみだした髪もそのままにうなだれていると、シャラナがしゃがれ声でささやいた。

「熱が……下がってきているみたい」

のぞけば汗をかいて相変わらず苦しそうだったが、燃えるようであった指先からは熱が心もちひいているようだった。息遣いも最悪のときを脱したように、穏やかになりつつあった。

ちょうどそのとき、番兵たちが食糧を届けに扉をあけた。日に一度、チーズ、パン、葡萄酒の大籠が幾つかライディネスから届くのだったが、寺院の備蓄であることは疑いがなかったので、大してありがたくもなかった。とはいえ、腹を満たせるということは大きな安心の一つではあった。

番兵の足元をすりぬけるようにして、大きな猫が一匹、さも当然という顔で入りこんできた。

「……あ、……おい」

と見とがめる一人に、他の番兵たちが笑った。

「放っておけ。ずっとここに居ついているやつだろう」

ネズミをとる猫ととらない猫のどちらがいい猫か、という古い冗談を交わしながら扉が閉められると、耳の立った大きな猫は堂々と女たちのあいだを縫って進んできて、空いている椅子に飛びのった。一呼吸後にはエイリャがそこに座っていた。

「あの馬鹿、ちょっと調子に乗ったみたいだね。迷惑かけなかったかい」

あの馬鹿がどの馬鹿なのかは、問わずと知れたこと。女たちは顔を見合わせて笑いをもらし、
エミラーダは片眉をあげた。

「伊達男の真似は上手になったみたいですね。変身の魔法も大分上手に使えるようになったらしいですし」

ふん、と鼻を鳴らしたエイリャは、シャラナが差しだした杯を当然のように受けとった。空いている方の手で皆に集まるように促し、女たちもめいめいに陣どって杯を満たすのを待ってから話しはじめた。

「ライディネスは奥伽藍を本陣と定めて、寺院内の略奪を許しているよ。巫女たちや信者たちは追いたてられて、町中にはきだされた。リコ殿が、女たちに乱暴すれば自分は協力を拒むと啖呵を切ってね、見せたかったよ、爺さんの勇姿。サンジペルスなんかよりずっと男前だったよ」

女たちを冷ややかに一瞥(いちべつ)し、

「町中にはきだされた女たちがそれでよかったかというと、疑問だけどね。拝月教に恩義を感じている商家や宿屋では数人ずつひきうけているらしいけれど、冷淡な家もあるからね。行き場もなく、仕方なくカダーを出ていった者も少なくないよ。……まあ、陵辱(りょうじょく)されるよりははるかにまし、かね」

「ああ……リコ殿には何と感謝申しあげたら……」

「それで、だ。あんたが伝えてよこしたライディネスの思惑について。噂やらアムドとのつながりやら聞きこんだうえに、やつの持ち物にこんなものを見つけてね」

エイリャが懐から手渡してよこしたのは、古びた羊皮紙の一片だった。何度も広げたりたたんだりした証拠にすっかりすり切れて今にも四つの断片となりそうな代物である。中には急いで書きなぐったような文字が躍っている。


あなた、ごめんなさい。

今から取りかえして参ります。


「……これは……」

「あいつの胴着の胸ポケットにいつも入っていたよ。毎朝毎晩、やつはそれを見つめて決意を新たにしていたようだ。ハタネズミになってちょいとちょろまかしてきたけれど、やつが気づく前に返してこないとね」

　エミラーダはそれに深く頷いた。どれほどの悪人であろうと、心から大切にしている品物を盗んでいいということではない。文面からして、書き手は彼の恋人か妻であろうか。二人にとって何か貴重なものを失い、それをさがしにいこうとしていたらしい。

「サンジペルスを新兵に紛れこませてね、古参に根ほり葉ほり聞いたところによると、ライディネスには昔、深く愛した妻がいたらしいよ。ところがある日、突然二人は別れてしまった、とね。その原因がなにやら彼が若いときから持ち歩いていた品物を、彼女が拝月教寺院に寄進してしまったことだというじゃないか。ライディネスは怒り狂い、妻はたまらず家を出て、それっきり、という」

「彼女は寄進物をとり戻そうとカダーにやってきた、というわけですね」

「その書きおきだと、そうなるね」

「ところがそれっきり、帰らなかった。彼はわたくしに、流行病で亡くなった愛し子の話をしましたわ。多分、それが奥様だった、と……」

「女の一人旅など巡礼でもしないもの、カダー寺院の門前までは護衛もついていたはず。町中の宿で何日か待っていたその男が、彼女の死をライディネスにもたらしたのだろうと見当をつけてね、あれこれ聞きまわったら、側近のアムドらしいと名前が浮かびあがってきた。けれどあの男、滅多にしゃべらないだろ？　そこで糸は切れてしまったよ」

「そうですか……」

「ところが！」

エイリャはシャラナに葡萄酒のおかわりを促しながら、身を乗りだした。

「ライディネス御本人が新しい糸口を示してくれたよ」

「と、言われますと……？」

「寺院内の略奪をゆるしたと、さっき言ったろ？　ただ一つ条件があってね、お宝の中に打敷（うちしき）のような、祭壇布の小さいやつを見つけたら必ずやつの目をとおすように、と命じているらしいよ」

「祭壇布、ですか？」

エイリャは頷いた。

「お頭の命じるままに、というより目をかけてもらいたくて、皆こぞって持ちこんでいるようだがね、いまだお眼鏡にかなったものはないらしい、ってさ」

「色や形や特徴は、わかっていますの？」

「これより大きくはないらしいよ」

エイリャは杯を持ったまま、両手を広げてみせた。肩幅よりわずかに大きい程度か。

「つややかな真紅、というから、天鵞絨（びろうど）でできているのかね。金糸で縁どってあり、中央に翼を広げたシマフクロウの刺繍（ししゅう）があるってさ」

その正体に思いあたったエミラーダが目をしばたたき、エイリャはおもしろそうに口角をあげた。

「……祭壇布、として寄進したのですか？」

「らしいね」

「……軍人として最も誇りとする軍団旗を？」

「知らない、ということは怖ろしいね」

エミラーダは大きく吐息をつき、椅子の背に身体を預けた。

「そりゃ、ライディネスでなくとも激怒しますね」

「しかもシマフクロウなんだってよ」

天を仰いだエミラーダに、シャラナがのぞきこむようにして尋ねた。

「あのぅ……エミラーダ様？　わたしたちにはさっぱり、わからないんですけれど」

エミラーダは杯に目を落とし、やおら一気にあおってもう一度吐息をついてから、静かに説明した。

「今はもうコンスル帝国も崩れた焼菓子同然の有様ですけれど、繁栄を誇った年月も確かにあったのです。それを支えたのは千に及ぶ軍団。北はノルサント、メラサントから南はエズキウム、フェデレントまで、駐留していないところはないと言われておりました。彼らは砦を護り、侵入者を見張り、道を造り、森林を開墾し、水道橋を建て、治安に目を配っていたのです。その中でも武勇の誉れ高かったのが、イスリル侵攻を常にくいとめた第三十九連隊と北の蛮族に対抗した第五〇八連隊です。その第五〇八連隊のうちの一大隊がシマフクロウの旗を掲げ、特にミドサイトラント、つまりは皇帝直下の護りをひきうけておりました。厳しい軍規に耐えながら、その勇猛果敢な第八師団は、帝国民の誇りでもあったのですよ」

「今じゃどの軍団も落ちぶれて、野盗まがいになっちまったけどね、シマフクロウの旗はこの前まで皇帝陛下にお仕えしていたんだよ」

　エミラーダは女たちを見回して、付け加えた。

「エイリャさんの『この前』というのは五十年以上も前のことですよ」

「グラン帝が事故死してからこっち、ミドサイトラントはぐっちゃぐちゃになっちまってね、シマフクロウ軍団も十年ほど前の大きな内乱にかりだされて消滅しちまった」

「ところが、まだありし日の栄光を覚えている生き残りがいた、というわけです」

「それが、ライディネスさん、なのですか……」

　シャラナたちは目を瞠って呟いている。

「生死をともにすごした戦仲間の絆は、わたくしたちの想像をこえるものがありましょう。ましてや歴史ある軍旗の下に集まっていたのであれば、ライディネスが半生を捧げた象徴として大事にするのも無理からぬこと、と思われますね」

　幻視をしなくても容易に想像できる。男たちの愛国心、義務感、おのれの存在意義をすべて注ぎこんだ軍旗は、軍団がどのように落ちぶれようともその翼を大きく広げて翩翻と青空に翻るべきなのだ。そしてまたそこには、ライディネスを教え導いた先達たちの熱い想いがはためいている。今再び、強き帝国軍を。今再び、盤石の王国を。今再び、われらの誇りを。

　シャラナにはまだよく理解できないだろう、とエミラーダは思った。若い軌師たちの世界は狭い。強い軍団の礎となる価値を認められるほどの洞察力は育っていない。そしてそうした欠損が、パネーのようなかたよった人生観を育ててあげてしまうのかもしれない。

「……それで、その軍旗は見つかりましたの？」

「一体あんたたちはどのくらいのお宝をためこんでいたのかって、逆にあたしは聞いてしまうよ」

エイリャは皮肉を返事のかわりにした。戸惑った顔の女たちに補足説明する。

「千の塔があるって言われていて、そのすべての塔の半分までお宝で埋まっているとするとだね、千匹の竜もまっ青ってほどの一大財産だろうが。寄進者たちも嘆きの涙を流すだろうさ。それにこの御時世、物そのものの数が足りなくなってるんだもの、いくら金貨や宝石がきらきらしく輝いていたって、何の役にも立ちゃしない。塔から放りだしたものの、使えそうなものはさらわれていくけれど、路上に散らばって誰も顧みもしなくなっているよ」

「小さな祭壇布など、あっても誰も見ようとしない、ということですのね」

「あたしが物さがしの得意な魔道師だったらね、さっさと見つけてライディネスに献上申しあげるよ」

エイリャは身を乗りだして、いたずらっぽく目を光らせた。

「拝月教の存続を条件に、ね」

「わたくしも同じことを考えておりましたわ」

エミラーダは深く頷いた。

「彼は軍旗を再発見したこのカダーの地を基点として、新しいコンスル帝国をうちたてようというわけです。新興勢力やコンスル帝国の栄光を忘れられない者たちを集めて、まったく別物の国を建てようとくわだてている。その組成に拝月教が入りこむ余地を、軍旗発見で作ればよろしい、というわけ」

「さて、それが容易にできればいいんだがね」

エミラーダは天井を仰いだ。

「シャラナ……今宵の月齢は？」

「はい、エミラーダ様……二十二日、下弦の月です」

満月に比べたらその力は半減、しかも欠けゆく月である。

「未来を視るにも現在(いま)を視るにも力不足ではありましょうけれど」

とエミラーダはシャラナに意味ありげな視線を送った。

「小さな一布(きれ)のありかくらいならば視ようと思えば視られるのではなくて？」


未明の月は下弦ながら中天に皓々(こうこう)と力を誇示していた。こうした晩は、巫女たちや信女たちが数ある広場に佇立して、その明らかなる知恵を浴びようとしていたものだが、今は男の力に蹴散らされて、白々と石畳が照りかえすのみ。

エミラーダとシャラナは足音を殺して広場を急いで横切った。青黒い二つの影を狼のようにまとわりつかせて、水盤まで駆けよる。水盤には半分も水が入っていない。これでは幻視の助けとならない。

　二人は右手奥にそびえる奥伽藍を見やった。かつてパネー大軌師の住まいであった奥の院には、ライディネスが居を構えている。扉の内側ではアムドが仮眠をとりつつ護衛をしているに違いないが、青い月光の下に動くものはなかった。奥の院はその名にふさわしく、幅も奥行きもそれぞれ十馬身はあろうか。高さは五階建ての商家に匹敵するほど。巨人が胡座をかき、背をそらして腕組みをしているように見える。窓は小さく、数も少ない。春の夜の香しい大気を吸いこもうというのだろうか、あいている窓は、黒々とした口のようだ。

　水場は、その右翼端にしつらえてある。水盤からは三馬身ほど離れていた。水がないのであれば、汲みにいくまで。

　施薬所をぬけだすのには、エイリャが力を貸してくれた。夜鶯のさえずりを断末魔の叫びに変えて、衛兵の気をそらした。肌が粟立つ悲鳴を耳にして、さすがの衛兵も仰天する。その目の端に、白く長い尻尾がかすめたとしよう。一人がもう一人の袖を引き、視線をともにめぐらせれば、塔の落とす影になにやら銀に閃く動きをとらえる。思わず扉から二、三歩離れ、及び腰ながらも槍を構えて角からうかがう。目に映ったのは悠然と歩みを進める雪豹の姿だ。二人空唾を吞みこみ、顔を見合わせ、角を曲がって大猫を追う。一体どこから紛れてこのような場所にやってきたものか、雪豹は少しも混乱している様子もなく、のそりのそりと伽藍に沿っていく。

　衛兵たちの方はすっかり困惑している。あのうつくしいが獰猛な獣を、どうしたらよいものか。二人で追いたてるか、それとも援軍を呼びに走るか。どこかに行ってくれればいいが、槍をつけたその先に、逆襲の牙が迫ったのならこれは生命がけとなろう。

その隙に、エミラーダとシャラナは扉をすりぬけ、反対側の角から別の塔の後ろへとまわって、この奥広場へと至ったのだった。雪豹はやがて影に紛れて遠ざかり、迷いの中にもおのれの本分を思いだした番兵二人は、まず大事を回避でき安堵して、施薬所前に戻っただろう。よもやこの夜半、慎ましい巫女二人が忍びでたとは思いもよらずに。

幼い頃のかくれんぼの快感を味わいながら、エミラーダとシャラナは水盤に至ったわけであったが、今度は極力音をたてぬように水汲みの作業である。建物に接して掘られた井戸から水を汲み、桶にあける作業を五、六度くりかえして、ようやく満足のいくほどに水盤は満ちた。下弦の月が昏（くら）い水面に黄金のゆらめきを映しだした。二人は軽く息をはずませて互いを見合い、それからシャラナがおおいかぶさる。かつての二人とは役目が逆であった。エミラーダはこの少女を軌師としたおのれの判断が正しかったのだと、安心と誇りを感じて見守った。

シャラナはしばらく月の面をためつすがめつしていたが、やがて、

「あらら……エミラーダ様、ありましたわよ。ありましたけど、ちょっととんでもないことになって――」

「何が、あるのだ？」

シャラナは跳びあがり、エミラーダはさっとふりむいた。一体いつのまに近づいてきたのか、すぐ背後にライディネスが立っていた。

「夜中に出歩くとは、淑女としてほめられたものではないのではないか」

少年のように大きく澄んだ目が細められた。あら、とエミラーダはとっさに言いかえす。

「拝月教の女たちはこのような晩には、皆、月を仰ぎに出るのですわ」

「その仰ぐ月は、水の中にあると見える。井戸で物音をたてられて、浅い眠りを破られたのが、水の中の月のせいだとは」

彼の後ろからは剣の柄に手をかけたアムドもあらわれて、無言で睨みつけてくる。と、水盤の陰から雪豹のままのエイリャがのっそりと歩みでて、威嚇の低い唸りを発した。

「おやおやおや。御婦人方をあなどってはいかんということか」

アムドの手が柄から離れる。

「取引をいたしましょう、ライディネス殿。わたくしたち、あなたの望みがなんであるかつきとめましたの。そしてあなたが求めている物のありかを、たった今、このシャラナが発見したようですわ。いかがです、シャラナがあなたにお教えする、あなたはわれら拝月教を自由にして下さる。ここカダーでなくともよろしいのです。わたくしたちの集まりを黙認して下さるだけで」

ライディネスはしばらく無言で彼女をながめていた。やがて鼻息をつき、大塔の方に歩くように手で示した。先立って歩くエミラーダ、シャラナ、雪豹についていきながら、彼は言った。

「わたしの求めるもの、それが何かわかっていると言うのかな」

「小さな祭壇布、とうかがいましたわ」

ふりむきもしないでエミラーダが答えた。

「真紅の天鵞絨、金糸が縁どり、中央にはシマフクロウの刺繍。軍団旗ですわね」

一瞬の沈黙ののち、ライディネスは笑いをはじけさせた。

「これはこれはこれは……！　見くびっておったようだ、エミラーダ。それがどんな意味あいをもつかも、よく承知、ということかっ」

「あなたの秩序ある王国に反対する気は毛頭ありません。反対しても無意味でしょうし。さんざん生命を犠牲にしてここまでやりとげたのですから、再び軍旗を高く掲げてその夢、貫徹させなければ、ね。協力いたしますわ、ライディネス。ですから、わたくしどもにも保障を。女たちは再び月を仰ぎますが、二度と新月に媚を売ることはしないと、約束いたしましょう。いかが？」

ちょうど大塔の表扉に至ったところだった。張り出し屋根の影がエミラーダを包みこんだ。彼女は石段を一段登ってからふりむいた。ライディネスは顎をあげ、薄ら笑いを浮かべたまま、よかろう、ときっぱりと言った。

「申し出を受けよう。だが、拝月教をよそにやるわけにはいかん。正門にほど近い五つの塔を返還しよう」

おのれの支配の直近におくということなのだ、とすぐにエミラーダは察した。手放しで彼女たちを信用するわけではない、ということなのだ。それでも、それはありがたい。行き場のない女たちの終の棲家として調えることができるのなら、新生王国にくみこまれても耐え忍ぶまで。

「……で？　われらが軍旗はいずこにある、と視えたのかな？」

その問いに、うずうずしながらこらえていたシャラナが、二段とばしで石段を登ってから、

「ここですの！」

と叫んだ。月光に目のくらんだ想思鳥が高らかにさえずるように、その声は広場中に響きわたった。

「この奥の院の中、パネー大軌師の寝室にあります！」


大軌師の寝室には南向きの大窓が切られているが、板戸がおろされた上にぶ厚いタペストリーがかけられて、ほとんどまっ暗だった。黴の臭いに老女特有の体臭がこもり、強烈な伽羅香の残り香が混じって、息のつまる思いがする。シャラナが大急ぎで窓に駆けより、咳をしながらタペストリーをひきおろした。アムドも無言でそれを手伝い、二人がかりで大きな板戸をどうにかおしあけると、夜明けのさわやかな大気が遠慮がちに入ってくる。

薄明に埃が煙のように舞うのが浮きあがった。四人はしばらくそのまま待った。エイリャはこの五階にあがる前に、ふいっと姿を消していた。獣の嗅覚にはとても耐えられるものではなかったのだろう。

大気が入れかわって埃も落ちついてから、ライディネスはゆっくりと動きまわって軍旗をさがした。黄金の獅子の置き物、黒檀でできた熊の彫物、大粒の紅玉を幾つも連ねた首飾り、パ

ネー若き日の似姿といった高価な代物が、安物の指輪や真鍮のフィブラ、曇ってしまった色ガラスの壁飾り、さびた髪留め、やりかけのまま何年も放っておかれて色もあせた刺繍布といったがらくたと混在し、触れるのもためらわれた。指でつまむようにして持ちあげて、乳香木の下に敷かれた天鵞絨が、めざす軍旗ではないことを確かめたライディネスは、大きなくしゃみを一つしてから、いらだたしげに吐きすてた。

「どこにあるというのだ。この、ごみためみたいな部屋を隅々まで這いつくばってさがさねばならんのか」

　それに対してシャラナはパネーの寝台の天蓋を見あげ、次に視線を落とし、にっこりした。

「這いつくばるのは一度で大丈夫ですわ」

「なんだって？」

「寝台の下をのぞいてみていただけます？　多分、そこにあると思います」

　ライディネスはいまいましげな唸りをあげながらかがみこみ、すぐに足台をひっぱりだした。足台のおおいをはがして窓辺に寄り、埃を払ってから曙光にかざした。隣からのぞきこんだシャラナが、

「シマフクロウのしるし、ですわね。すり切れてしまっているけれど」

と呟く。ライディネスは一瞬瞑目した。激情を抑えこんだように見えた。次いで、

「アムド！」

と大音声を発した。はい、お頭、と背筋を正した腹心に、

「この部屋のもの、すべて投げ捨て、焼いてしまえ。糸屑一つ残すな」

そう命じるや、軍旗をかたく握りしめたまま、階（きざはし）を駆けおりていった。シャラナとエミラーダがあとを追うと、彼は玄関の石段に腰をかけて身をふるわせていた。少し離れたところに、エイリャの雪豹が腹這いになって彼を見守っている。

東の空には薄桃色と紫の雲がたなびき、今しも朝陽が背のびしておきあがってこようとしていた。下弦の月は西に傾き、藍（あい）色の空に白々とした骸（むくろ）を横たえている。小鳥たちや鴉（からす）の鳴きかわすこだまが響いてくる。風はそよ風だが、肌には冷たく、それでもかすかな花の匂いを含んでいる。

ライディネスは男たちの夢を再び手にして感きわまっているのだろうか。それともパネーの足に長年踏みつけられてきた屈辱に怒っているのだろうか。エミラーダははかりかねてしばらく男の後ろ姿をながめていた。すると、雪豹の瞳が意味ありげにものを言い、それに応えるようにしてシャラナが石段を軽々とおり、男の隣に腰をおろした。少女のその屈託ない態度に感化されて、エミラーダもまたもう一方の隣に座ってみた。

男の頬には滂沱（ぼうだ）と流れおちる涙があった。二人は見るともなしに見てしまい、視線をそらした。言うべき言葉がすべて空々しく思われ、しばらく沈黙のときがすぎた。

左手から朝陽が射しこんできた。彼の手に広げられているシマフクロウは、輪郭（りんかく）もすでにおぼろで、かつて銀と青のつやめく糸が輝いていたことさえわからなくなっていた。

ライディネスはやっと口をひらいた。

「こんなもののために、わが妻は……アディライーラは、生命を落としたのだ」

エミラーダははっと息を呑み、思わず男を見直した。

「こんなもの、と彼女は罵った。わたしがあまりに執着していることに腹をたて、過去の栄光にとらわれすぎていると懸念して。彼女の言うとおりだった。誉れある第八師団も、内乱鎮圧の名目にかりだされて戦ったが、今日の味方が明日の敵となり、昨日酒を酌みかわした相手と切りあう体たらく。互いの目の中に諦念と哀しみだけを認めながら、おのれの生命のためだけに殺しあわねばならなかった。だがそれでも、いや、それだからこそ、われらは命令に忠実なる精鋭部隊としての誇りにしがみつかねばならなかったのだ。……こすりあわされた石と石がすり減っていき、もとの形を失うように、われらの師団も失われていき、残ったのがこの軍旗のみだった。わたしはミドサイトラントを離れ、アディライーラを妻として、傭兵の暮らしをたてた。短いあの二年間が最も幸せなときだった、にもかかわらず、心の目は常に師団の再建にむいていた。妻との暮らしを大切にするべきだったのに、見果てぬ夢を追いつづけ、心ここにあらずの夫に妻は業を煮やしたのだ」

エミラーダは頷いた。

「夫の心をとりこにしている軍旗を、女の牙城に納めてしまうことで、奥様は二人の関係を打開しようとなさったのですね」

「彼女は何度も懇願した。それを忘れてくれ、と。打ち捨ててくれ、と。それができぬのなら自分を捨てていけ、と。わたしは頑迷に両方を拒否した。男の愚かさよ。思いどおりにならぬことに腹をたて、認めることを拒み、妻を追いつめた。……こんなもののために」

愚かな、と言えるだろうか、とエミラーダは考えた。愛と生き甲斐が相容れないものだとしたならば、どちらかを選べと言われて選べるだろうか。家族を捨てて、拝月教に入信したおのれを顧みれば、ライディネスがしがみついていたものがいかに大切であったか、よくわかった。愛をとれば自分の半分が失われる。かといって生き甲斐をとれば一生虚しい風が心に吹くことになる。エミラーダが家族と離れてはいても、耐えていられるのは自分を理解してくれる子どもたちとの深い絆があると信じているからだ。

選ぶことができず、結果として軍旗を失い妻を失ったライディネスを、むしろ今までより近しい人間として感じる。

「まる一日怒り狂ったあと、わたしはだんまりを決めこみ、妻を追いつめた。五日後、妻はこれを取りかえすためにここを再訪し、軍旗を取りかえそうとした。事務手続きが滞ったのか、はなから返すつもりがなかったのか、妻は宿坊で待たされ、そのあいだに流行病をうつされた。寺院門外で待っていたアムドが報せを受けたのは、葬られたあとだった」

流行病の骸は一ヶ所に集められて荼毘にふされる。アディライーラの亡骸は、他の犠牲者と一緒に焼かれて埋められてしまった。

ライディネスは軍旗に額をあてて、またしばらくむせび泣いた。

今となってはその墓さえ確定することもできない。ぬかずいて花の一輪も手向け、贖うことのできない罪の赦しをこうことさえ、できない。エミラーダは唇を一文字にひき結び、こみあげてくるやるせなさに耐えた。どうしてこのようなことが起こるのか。ライディネスに限ったことではない。あちこちで数多の人が、くりかえし同じようにさらされる試練だ。月に力があるのなら、どうしてこうした苦しみをその光で焼却してくれないのだろう。愛と生き甲斐の両方を手に入れることは、稀であると定められているのだろうか。愛を支えにして生き甲斐を全うすることは赦されないと定められているのだろうか。

ライディネスはひとしきり涙を流してから、大きく息を吐いた。

「妻の生命を奪った『こんなもの』であるにもかかわらず」

ぎゅっと軍旗を握りしめ、

「笑ってくれ、エミラーダ殿。それでもわたしには生命同等の価値をもつものなのだ」

と泣き笑いの顔を見せた。エミラーダは深く頷いた。戦死した仲間たちの、見果てぬ夢が凝縮した軍旗は、男たちの生命そのものだ。

愛は生命に息吹を与え、力を育んでくれる。生き甲斐は生命を削っても惜しくないと人に思わせる。双方を得るにはどうすればよかったというのだ。

おそらくは、と月の知恵が額にまたたいた。

おそらくは、ライディネスがおのれの夢を妻に理解してもらえるように語ればよかったのだ。妻アディライーラも愛する夫の夢を共有できればよかったのだ。若い女にはありがちな、夫の夢が自分への愛を阻むという思いこみを捨てて。二人で同じ夢を追うことができれば、この悲劇は避けられたのではなかったか？　ライディネスもアディライーラも、互いの想いを語りつくしただろうか。と、そこまで考えて、エミラーダは心の中で首をふった。

理想はそうだ。だが、観念のみでは解決できない何かがそこにある。片方の矜持、片方の深い愛、このあいだには深い淵が横たわり、理屈の橋を架けることはできない。心をひらき、相手を完全に受けいれなければ、——完全におのれを相手に委ねなければ——橋は架からない。そのような境地に達することのできる人など、どれだけいるのだろう。

ライディネスは立ちあがった。アムド、と部下を呼ぶ。軍旗を手渡し、

「われらの旗印がよみがえった。柄にとりつけて、周知させよ」

と命じた。それからエミラーダをふりかえったが、もうその目には鋭く冷たい光が戻ってきていた。

「約束は守ろう、巫女殿。正門から最も近い塔五つを、拝月教に返そう。入り用なものはアムドに申しつけてくれればよい。できる限りのことをさせよう。だが、大軌師パネーはわれらの監視下におく。そなたが新月の力をどうにかするまでは。そなたとパネー、それにそこなる幻視の巫女殿の三人は、わが幕僚にとどめおくとする」

それから再びアムドに指示した。

「この伽藍は封鎖せよ。ここはあまりにも奥まっている。わたしは表の大塔に本陣を移すことにする。では、御婦人方、参るとしよう」

片手で道を示されては、否やはなかった。エミラーダはシャラナに目で頷き、先立って歩きだした。一度、ちらりとふりかえると、エイリャの雪豹はもう姿を消していた。

3

われは何であったのか。

川底の石裏にひそんでしばらく黙考していたように思う。漂っていく虫を捕えてひとのみにすれば、矮小(わいしょう)なわが身に少しばかり力が戻ってくる。力が戻れば思考も明晰(めいせき)になっていく。

われは何であったのか。

われは歪(ゆが)められた子どもの魂であったか。それとも自ら望んで歪み、たわんだのであったか。魚を喰らう。生えたての牙で嚙みくだけば、水は血に染まる。されど絶えまなく流れ下ってくる清流は食べこぼしの断片も血も、そこになかったがごとくにおし流していく。大きな時勢に流されておのれを見失ってしまったわれそのものではないか。

われは、わが人生は何であったのか。

イスリルの魔道師として何をなしたのであったか。皇帝陛下の御為に、とわが身と心をふるいたたせ、わが生命を捧げ、わが力を惜しみなく使った。にもかかわらず、われは今、水面に頭をつきだして、獲物を狙う冷血動物と変じている。思考には、黒い血液がゆっくりとめぐっていく。われはこんなものになりさがったのか。

水辺にかがみこむ鹿を川底にひきずりこんで喰らえば、われはまた別のものへと変じた。四本の足で立つ。黒い雫（しずく）をしたたらせ、川から大地にあがれば、黒豹（くろひょう）の姿を借りて原野を駆ける。昇りくる明け方の月は黒ずんでうつむき、風は生臭く暖かい。

われはこのままでは終わらぬ。かつてわれは皇帝にぬかずいた。われに魔力を与えたは皇帝であったが、汲めど尽きぬ闇の井戸を心の内に発見したのはわれ自身、そう、これぞわが真の力。さればわれは真の姿を得なければならぬ。

われは何になるべきか。

われはすでに闇である。深き淵（ふち）であり、果てのない地底の湖であり、反転して光になどなりようもない奈落そのものである。

であれば、わがなすべきことはただ一つ。

安楽を消し去り、笑いを葬り、善きものを踏みにじり、誠実を嘲笑（あざわら）い、美を穢（けが）し、陽の光、星の光、月の光、水面の反映、大地の輝きを汚泥に落とすこと。

獲物を。喰らうべきものを喰らい、われは再び人の形をとることにしよう。そしてさらなる獲物を。

なにやらにぎわしい町の気配がする。おお、あの中に黒と金の闇を感じる。ひときわ輝く、昏（くら）き情熱と決意に満ち、さだめとまっこうから対峙（たいじ）するゆるぎなき覚悟の闇。あれを手に入れることができるとしたら、数多の滅びを呼びこむ強き手足を得ることになろう。

されば、この世の支配者になることもできそうだ。されば、われは魔道皇帝になろう。世界におおいかぶさる闇の天幕となろう。

4

舟を捨てて自分の足で歩かなければならなくなって二日め、トゥーラとエンスはキサンの神殿跡にたどりついた。森と藪をかきわけ、夕陽の方角を確かめながら進んでいくと、偵察に飛んだダンダンが戻ってきて、「キサネシア！」と叫んだのだった。再び〈レドの結び目〉にまみえるとは。けれども、この機会にもう一度確かめることができるのはうれしかった。〈レドの結び目〉は二本の支柱のあいだに、少しも変わることなく綾なす模様を輝かせていた。西に大きく傾いた陽の光が、女王の望みを虹の色に燃えあがらせていた。

エンスとユースがゆるめた中心の結び目は、白に銀にと色合いを変えながらも、ときが来るのを待っているかのようだった。トゥーラはそれにそっとふれた。何も起きなかった。不足があるのだ、とわかっていた。これをこのように封じた力が必要だった。

「トゥルリアラル、女王の結び目」

手を引きながら呟くと、エンスが頷いた。

「中心が女王自身をあらわしている。それがゆるんで、トゥーラも半分、昔の自分を解きほぐした。ってことだな。……で、他の結び目が幾つあるか知っているか?」

「もちろん」

彼女は男のがっしりした腕に自分の腕をまわした。ともに〈死者の谷〉を歩き、〈死者の丘〉に登り、帰還した男。二人とも死の影を踏むことで、一層深い闇と正対し、強くなった。戦う強さ、傷つく強さ、逃げる強さ、そして受けいれる強さが身についた。

彼女は迷うことなく一番右上端の結び目を指さした。

「これはファルナ。誰よりも素早く動けた娘」

次にその下を示し、

「これはコーゴ。口数少ない忠実な娘。その隣はロウチャス。城門の一番高いところから少しの恐怖ももたずに飛びおりることのできた少女。それからその左は──」

不意に喉元にせりあがってきた嗚咽(おえつ)を片手でこらえると、エンスは肩を抱いてくれる。その腕に額を押しつけて、激情が去っていくまでじっとしていた。これはトゥーラではない。女王の記憶がなせる後悔と罪悪感の発露だった。〈死者の丘〉を登ったことで、女王が犯した罪は自分とは関わりのないことだと、冷静に受けとめることができるようになった。確かにトゥルリアラルの生まれ変わりかもしれないが、罪まで背負う必要はないのだ。彼女の望みをかなえたいと思うけれども、やりとげなくても赦されるのだ。それがわかったとたん、女王の呪縛が半ば解けたように感じた。自分は自由なのだ、と確信すると、逆に女王の切なる願いをかなえたいと心から思った。魔女たち一人一人の苦しみをときはなちたい。コーゴ、ロウチャス、フアルナ、メガン……。

やがて、彼女を抱いたままエンスはゆっくりと回れ右をした。一歩一歩踏みしめるたびに、足元のあたためられた草から黄色い花の匂いがたちのぼってくる。

「六十六人全員の名前がわかるのか？」

彼の声はしがみついている腕に響いて、深い湖から聞こえてくるようだった。

「あと数人くらいしか思いだせない。全員を思いだしたら、結び目も全部ほどけるのかも」

「そもそも、女王は一人一人に気を配っちゃいなかったかもしれんな」

エンスは淡々と可能性を口にした。以前ならそれを聞いたトゥーラは、責められているように感じて怒っただろう。今は、彼が真実を言いあてたとわかって、素直に頷くことができる。

「魔女たちなど、国を護る道具、くらいの認識しかなかったろうから……でも、そもそも覚えていないのでは、思いだしようもないわね。どうしたらいいのかな」

「書庫に記録が残っていなかったか？」

どうだったかしら、とトゥーラは記憶をさぐる。

「オルンを離れたのがついこのあいだのようにも思えるし、三年もたったような感じもするし」

エンスの低い笑いが伝わってくる。

「とんだ冒険に巻きこまれたな。やぁれやれ、だ」

「エミラーダたちに間にあうかしら」

「ダンダンが焦っている様子はないな。なんとかなった、と思いたいが……まあ、それでも、だ。心配したって仕方がない。竜に変身して飛んでいけるわけでもないんだから、ひらき直ってゆるゆると参ろうぞ」

　そのダンダンは、神殿の柱が横たわる隣に小さな炉穴を掘り、火を熾(おこ)して待っていた。少しは生活力がついたらしい、とエンスが朗らかに言いつつ、何も燃えていない火にかき集めた小枝をくべた。はじめてぱちぱちとはじける音がした。もっとちゃんとほめろ、と上目遣いのダンダンに、トゥーラはやさしく言葉をかけた。

「いい子ね、蜥蜴(とかげ)くん。ひと手間省けて、すごくうれしい」

　蜥蜴は鼻先を一番星にむけ、エンスは笑いだす。

「柄にもない、無理するな、トゥーラ」

「あら、失礼ね。わたしだってお愛想くらいは言えるようになったのよ」

　野生のショウガとニンニクをまぶして、ホウの葉にくるんで携行してきた二日前の鹿肉に塩をふって、その火でじっくりと焼きあげたのが、その晩の夕食だった。腹が満たされると、二人と一匹は身をよせあって草の上に横たわり、次第に増えていく星々を愛(め)でながら寝(やす)んだ。梢(こずえ)の上方で夜鶯(ナイチンゲール)がひとしきり歌っていた。風は廃墟の上を忍び足ですりぬけていった。

　夜明けに起きだすと、うつむいた二十八夜の月が東の空にかかっていた。トゥーラたちは昨夜の鹿肉の残りをしたためると、再び月の方へと歩きだした。

　オルン村に帰着したのは、それから三日後の午前早くだった。いつぞやサンジペルスが雪中に行き倒れていた原野に立つと、〈星読みの塔〉が変わらず青空にそびえているのが目に入ってきた。しかし近づくにつれて、どこかが違っているのに気がついた。

「びっくり……花が咲いている」

塔の周りとトゥーラの家の玄関先には、冬の終わりから初夏にかけて咲く三色スミレが絨毯（じゅうたん）となっていた。

「家の周りも片づいているぞ」

エンスが指摘したのは、棒切れや農具や桶が一つところに集められて、命令を待つ兵隊のように直立していたからだ。窓も大きくあけはなたれて、煙穴からは白い煙がゆったりとあがっている。

村の境をこえるとき、トゥーラは歯をくいしばった。六十六人の魔女たちの叫びは、心なし厳しさが薄れていた。原野と家の敷地をへだてているちょっとした崖――サンジペルスをひきあげるのに、ひどく苦労したあの斜面――を数歩で踏みこえると、花壇にひざまずく父の後ろ姿があった。

トゥーラは首を傾げた。父のようで父ではないような。頭頂部が薄くなっている頭の形には見覚えがある。だが、首根や肩のあたり、腰回りに水膨れの革袋さながらに浮腫（むく）んでいた肉がない。

人の気配を感じたのだろう、その人物は軽々とした身ごなしで立ちあがり、ふりかえった。

「トゥーラか。やっと帰ったか」

「……父さん……？」

　病持ちの証拠に赤らんでいた頬や鼻の頭は、まともな血色になっていた。耳下に弛んでいた皮膚もそいだかのようにひきしまり、往年の見目の良さを思いおこさせた。瞳にも光が宿って、まっすぐこちらを見つめてくる。

　どうしちゃったの、と直截な質問を投げつける代わりに、トゥーラは花々を示した。

「すごいわねぇ、これ。父さんが植えたの？」

　すると父は照れたような顔をした。人の顔を見れば食事だ、水だ、薪がなくなる、とわめいていた父が、である。

「マーセンサスさんとユーストゥスがな、森のきわにあった株を持ってきてくれたんでな。放っときゃ枯れちまうだろ。可哀そうってもんだと試しに植えたら、もっと植えたくなってなあ。すっかり庭師の真似ごとにはまってしまった」

　トゥーラは目を瞠った。二言以上つづけて話す父など、これまで見たことがない。エンスが両手を広げて言った。

「いやあ、いいなぁ。花の色、匂い、それが広がっていると、笑いたくなるなぁ」

「家も、きれいになっている」

「それもマーセンサスさんの教えでな。置き場所を決めて、必ずそこに戻すようにすればいいんだと。おまえ、知っていたか？」

「知っていたわよ、そんな、あったりまえのことじゃない」

何をいまさら、と呆れるが、笑いがにじむ。

父は両手を腰にあてて首を家の方に倒した。

「遠くから歩いてきたようだな。喉が渇いているだろう。香茶でも淹れるか」

父さんが、と疑ってみたくなるのは、これまで傷つけられてきたことへのささやかなお返しだろうか。だが、それを口にする前にすかさずエンスが身を乗りだした。お茶、ですか。ではご馳走になりますかな。と、突然丁寧な物言いに変わっている。

多少ぎこちなさはあったが、不思議に穏やかな一連の動きで、父は二人に香茶をふるまった。薄荷とヤマハッカとマンネンロウを混ぜた香茶は、初夏の兆しを告げるようだった。

台所も整頓されて、あるべきところにあるべきものがおさまり、心地良い空間になっていた。

「食いものはまだちょいと不足気味だがな、ひもじい思いまではしないですんでいる。村の若衆とライディネスの兵が訓練も兼ねて狩りを何度かやるんで、そのおこぼれがときどき届けられる。一昨日は猪肉を焼いて、昨日は煮込みだった。うまかったぞ」

「……父さんが、調理して？」

「さばいてあるから、焼くだけ、鍋に放りこむだけだ、調理ともいえん」

「すごいね」

「何がすごいもんか。あたりまえだろうが」

隣ではエンスが吹きだすのをこらえている。トゥーラはもう一度、すごい、とくりかえした。

茶を淹れる、料理をする、家を片づけ花を植える、そうしたことをこなせるようになったことがすごい、のではなかった。お迎えがいつ来てもおかしくないような五十に近い爺さんが、わずか一月弱でここまで変われる、ということが、トゥーラにとって驚きであり奇跡に近かったのだ。

「マーセンサスは少しは手伝いましたか?」

マーセンサスから教わったのか、と本当は問いたいところだったのだろう。しかしエンスは上手にはぐらかすように変えて尋ねた。男のひそかな誇りを尊重してくれたのだ。父はおお、と声をあげた。

「マーセンサスさんと、ユーストゥスと二人で手伝ってくれた。一人じゃとてもとても。随分横着しておったからなあ」

「気持ちのいい、居心地満点の家ですねぇ」

こう歯の浮くようなお世辞を、いかにも本心だというかのように満面の笑みで口にするエンスに、トゥーラは束の間見とれてしまう。これは自分が決してできない芸当だ。裏に嫌味の欠片(かけら)もないので、鼻につくこともない。エンスのあけっぴろげの人柄がなせる業、ということなのだろう。頼もしい限りだ。

「ところで、ですね、お父さん」

エンスは親しげに身を乗りだす。お父さんって、まるで婿のような物言い、と内心苦笑していると、

「村の様子はどんな具合ですか。ライディネスの軍が居座って、何か問題でも起きてはいませ

んか」

「攻撃のときに壊したところを、自分たちで修復しているのは見たな」

父はそう答えて、少し黙りこみ、それから膝を叩いた。

「おお、そうだ。血の気の多い兵士たちが村の若衆と衝突して、あやうく剣を抜くところだったことが一度あったとか。くだらないことがきっかけでな。注がれた葡萄酒(ぶどう)の量が自分の方が少ないとかで。それがほれ、くったらないって怒ったそうだが、周りは仲間も皆、呆気にとられるやら失笑するやら。わしも見たかったぞ、それはな」

人嫌いの父が、つまらないいざこざに野次馬根性を動かされるとは。トゥーラはそちらの方に呆気にとられる。

「で、どうしたんです?」

「わめき散らして卓上にあがったその足を、マーセンサスさんが払ったそうで」

ひゃひゃひゃ、とリコそっくりに笑う。あちこち歯が抜けているのがまる見えで、俗物になりさがった感が強い。ところがトゥーラには、父を軽蔑する気持ちが少しもわいてこなかった。これが普通の年寄りというものなのだろう、と妙な安心を覚える。

「倒れた野郎の首根っこをつかまえて、二人で外に出ていき、しばらくして戻ったそうで。何をしたのかわからんが、マーセンサスさんはやっぱりすごい。すごい男だぞ」

と手放しだ。

「そうですか。マーセンサスが仕切ってくれましたか」

「その次の日からだな、男どもが狩りに出かけるようになったのは」

小さい村におしこめられるようにして、ライディネスの兵士たちにも閉塞感があったのだろう。つまらないことで激昂したその兵士自身にも、本当の原因はわからなかったに違いない。マーセンサスがうまく舵をとって、野外に目をむけさせ、鬱憤晴らしをさせたのだろう。

「ライディネスの本隊の方からは、報せはありましたか？」

「おお、一度きりであったがな。カダー占拠に成功したと。軍の再編も間近だろうから、待機していろと、伝令が叫んでおったぞ」

トゥーラとエンスは顔を見合わせた。

「拝月教はどうなりました？　女たちは？」

「リコさんは無事なの？」

「さあなぁ」

父は香茶のおかわりを注ぎ、自分で焼いたという菓子をすすめて、興味なさそうに肩をすくめた。

「そういった報せは一切、なかったと思うぞ。わしにはどうでもいいことだったからな。聞いたかどうかも、よく覚えておらん」

父を責めるわけにはいかない。村の人々も父も、今日の暮らし、自分たちの生活が何よりの関心事だ。特に今頃は、父は花の世話なぞして隠居同然だが、村の衆にとってみれば、踏みあらされた畑地を回復させるのが目下の一大事だろう。

「マーセンサスはどこにいますかね」

「なんだ、もう行くのか。もう少し休んでいけばいいのに」

エンスにつづいてトゥーラも立ちあがった。

「急いで確かめなければならないことがあるんで。すぐに戻ってきますよ、お父さん」

「今夜はここに泊まるから、父さん」

「泊まるって……ここはおまえの家だろうが」

少し寂しげに見えたのは、気のせいだろうか。それをふりきるようにして、再び陽光の庭に出た。

「びっくり……！　人ってあんなに変わるものなの？」

「マーセンサスとユースがうまくお世辞をふりまいて、おだてあげた結果だろうさ」

村への小道をたどりながら、トゥーラはまだ驚きがさめやらない。エンスは笑いを含んだ口調で、

「ヨブケイシスにしろ、トゥーラの父さんにしろ、身内じゃあ、かえってこじれちまう問題ってのがあるんだな。お互い意地をはりとおすとか、昔の恨みつらみのしがらみで。むしろ赤の他人に心をひらきやすいってことが往々にしてあるってことか」

トゥーラは路端のタンポポやスミレを見るともなしに見ながら、エンスの言うことは本当だわ、と思った。父の言動にいちいちかっとなっていた自らを思いおこす。今だって自立していない父を目のあたりにしていたのなら、腹をたてたに違いないのだ。マーセンサスとユースだ

からこそ、父をその気にさせてくれた。自分ができなかった悔しさがないとはいえないが、結果が良い方に出たのなら、受けいれるしかないと思った。

「ねぇ」

とトゥーラはエンスの腕に自分の腕をからませた。

「自分の与り（あずか）しらぬところで、事が進んでいくって、楽だけど少し寂しい」

　エンスは青空をむいて笑った。

「すべてを把握しようなんて思っていたのか、トゥーラ。女王様でさえなせない業だな」

そうね、とトゥーラは素直に頷く。すべてを支配して制御しようとしてきた。完璧に。

「わたし、愚かだったわねぇ」

「みんな、愚かなんだ。だから、おもしろいんじゃあないか」

「エンスのようにぶっちぎれていたら、それはそれで問題なんじゃない？」

「おれが？　心外だ。おれはぶっちぎれてなんぞいないぞ。大地にこう、ちゃんと両足を踏みしめてだな、こんな頼もしく歩いている男なんぞ、そうそういないだろうに、トゥーラ」

　声をあわせて笑いあい、村の広場を遠目にする地点で立ちどまった。晴れあがった空に、木剣同士がぶつかりあう音が響いていた。広場で模擬試合をしているのは、村の若者たち――ナフェサスの配下だった者も、そうでない者も全員――とライディネスの兵士たち。どちらがどちらであるのか判別しにくい。皆、粗末な麻布の胴衣とズボンを着て、裸足、腕と脛（すね）に古布を巻いて防具がわりだ。

ははぁん、とエンスが目を細めながら言った。

「これもマーセンサスの仕業だな」

一組が打ちあって勝負がつくと、別の一組が中央に進みでる。その進行をになっているのは村の男。審判はその男の後ろで石に尻をすえたマーセンサスだった。勝負あり、の声でまた別の組の番になる。

ナフェサスが訓練と称して広場を占領しているときは、力の強い者ばかりが打ちあいに加わっていた。仲間うちでも下位と認識された者たちは、加わることができなかった。マーセンサスは、全員がそれぞれの力量にあった相手と組んで鍛錬(たんれん)できるように心遣いをしているようだ。片方の木剣が宙に舞って、野次と罵声(ばせい)があがる。次に登場したのは、いかにも帝国軍兵士というがっしりした体格の、三十がらみの男で、指揮官の一人のようだった。指笛と野次は、隊長、勝たねぇと面目が立たねぇぞ、と遠慮ない。おそらくは十人隊長か。

対するのはユーストゥスだった。トゥーラは目をしばたたいた。記憶していた痩せっぽちの少年は、肩幅が広くなり、首は太くなり、胸板も厚くなっていた。背丈は相変わらず低いようだが、相手がコンスルの熊だからそう見えるだけなのかもしれない。少しは縦にも伸びたか。こちらには前者と質の違う歓声があがる。いけ、ちび、突進しろ。つっこんでいってふっとんじまえ。いい気になるなよ、青二才。帝国軍人様に逆らったら、あとで袋叩きにしてやらあ、と罵詈雑言(ばりぞうごん)が浴びせられる。

ユーストゥスは唇をひき結び、緊張した面持ちだが、その内側には冷静さがうかがえる。ゆっくりと鞘から引きぬいたのは、木剣ではなくあの刀身の短い剣だった。それでまた野次が高まる。またかよ、そのなまくら。腕の短いおまえが短剣ふりまわして、どうしようってんだ。届くのかぁ。かすりもしねぇだろう。

だが、トゥーラは気がついてエンスを見あげた。エンスもにやりとして親指を立てた。

さんざんな悪罵だが、男たちの目は期待に輝いている。こきおろしながらも、何かが起こることを待ちうけている節がある。何か、新しいことが。何か、今までになかったことが。

十人隊長が大きく一歩を踏みだしざまに、木剣をふりおろした。稲妻もかくやと思われる速さだった。ユーストゥスはあやうくとびのく。まともに当たったら、頭が割れていただろう。野次は頓着しない。行けぇ、頭かち割ってしまえ、と冗談に聞こえないことを平気で叫ぶ。

ユーストゥスは、トゥーラならそうすると考えたことをそのとおりにやってみせた。とびのいてすぐさま、一歩斜めに踏みだし、相手の小手を狙ったのだ。隊長の剣はさすがに反応した。手首をかえしながら短剣をはねあげ、横払いに翻す。ユースの剣はその翻ったのへ上から押さえつけるように落ちた。鈍い剣戟が響き、野次は鳴りをひそめる。隊長は熊の唸りとともに、ユースの剣を払いとばそうとした。彼の膂力にかなうはずもない、ユースの手が空をむき、胴ががらあきになるかと思われた。ところがユースは、むしろその小柄な身体を利用した。払いとばされるのと同時に、彼の片足は隊長の横腹を蹴った。隊長の半ば体勢を崩しながらの次なる一閃は、空を切った。ユースは一馬身離れた右に着地した。

「ほ、ほう」

エンスが感心した。

「小っさい身体をうまく使っているじゃあないか。まるで魔女たちの戦い方のようだ。トゥーラ、いつのまに教えたんだ？」

「ああいうことを教えるのは、人の悪い剣士くらいでしょ」

トゥーラは肘で彼の脇腹をついた。うっ、やられたぁ、とふざけているあいだに、ユースはむきをかえる途中の相手に切りこんでいく。受け身に立った隊長の木剣とユースの短剣が再び打ちあわされる。もしあの剣がもっと長かったなら、もしユースがもう一本の短剣を手にしていたのなら、とトゥーラは想像し、勝負はもうついていると直感した。エンスも同じだったのだろう、二合三合の剣戟のあと、彼はふりむいた。

「マーセンサスめ、大きい顔をするぞぉ。トゥーラの父さんにユーストゥス、だ。しばらくは頭があがらん」

彼とともに歩きだしながら、トゥーラは首を傾げた。

「エンス、彼が剣をふるうのに反対じゃなかったの？」

「今でも反対だ、本当はな。だが、狼の狩りの本能を誰が禁じることができる？　覚えちまったもんは、しようがない」

「狼？　狼というより、シマリスだけど、彼」

「厳しいな、トゥーラ」

「わたしが独りでつみあげてきたものを、彼は教えてもらってあっというまに身につけてしまった。それって、不公平だわ。それにエンス、あんなに反対していたのに……」

本気で愚痴を言っているわけではない。少し難癖をつけてみたくなっただけだ。

「おれも変わる。おまえも変わる。あいつも変わっていくんだろうさ」

とそれはわかっていて、男の方もさらりと流すのだ。トゥーラはその横腹に今度は軽く拳を入れた。

「それにしても、あんな試合にあの剣を使うなんてっ。もっと大事にしてほしいもんだわよ」

言い終わったときに、マーセンサスのそばまでやってきた。ちょうど彼は勝敗の宣言をしたところだった。ユーストゥスが熊男の背中に一突き、――無論寸止めだった――それで勝負はついた。野次のかまびすしい中で、マーセンサスはしっかりトゥーラの一言を聞きとったらしい。ひょい、と顔をこちらにむけて、

「使い慣れすることが一番上達するんだ。どうだ、あんたも一試合、やっていくか？　エンスはどうだ？　腕もすっかりなまってんじゃぁ、ねぇのか」

「おぉい、友よ。挨拶もそっちのけかい。無事だったか、とか大丈夫か、とか大変だったな、とかあるだろう」

エンスが両腕を広げた。マーセンサスはやおら立ちあがってその胸に拳を叩きこむ真似をした。こん畜生め、やっと帰ってきたか、と罵って、二人がっしりと抱きあった。

「おまえのことだ、化物なぞに喰われるわけがないと、全然心配はしていなかったが」

身体を離してマーセンサスは笑った。

「あんまり遅いと、さがしに行かなけりゃならないなと思っていたところだぜ」

エンスは頷いた。

「これでも急いで戻ったんだ。ロックラントから半月もかからないで来たぞ」

半月は大袈裟だが、驚異的な速さで戻ったには違いない。

「そりゃすごい。空でも飛んできたか」

くたびれ果ててエンスの首の周りにとぐろを巻いていたダンダンが、そのとき片目だけあけた。

「ソラトンダノ、ダンダンネ」

マーセンサスはその頭を拳で軽く打った。

「そうか。おぬし、飛べたのか。しっかし……大きくなったな！」

こいつは一旦大きくなって重たくなり、それからまた軽くなるをくりかえしているようだぞ、とエンスが言った。今は軽い時期らしい。

そこへ、ユーストゥスが意気揚々とひきあげてきた。遠目で見たときより、やはり上背がある。前はトゥーラとどっこいどっこいだったのに、今は見下ろしてくる。鼻高々に薄笑いを浮かべて。

「どう？　見ていてくれた？　おれ、すっごくうまくなったろ？」

彼を突き倒そうとして、トゥーラは両手のひらを出した。しかし、厚くなった胸板はびくともしない。

「まったく……！　男ってずるいわよね」

「ず……ずるい？」

「あれだけ禁止されたのに、剣技をちゃっかり教わっちゃって、しかもうまくなるんだから。少女たちなら、ちまちま努力を重ねてつみあげる技を、一日でものにしてしまうし。エンスがいないのをいいことに、マーセンサスは教えるし、エンスはエンスで『覚えてしまったのは仕方ない』なんて軽く決着をつけてしまうし。ああっ、もう、癪に障る」

二人の大男はにやにやと顔を見合わせる。ユーストゥスは少し慌てた様子で、それなら、と片手を差しだす。

「試合、やってみる？　おれならもう一試合、大丈夫だけど」

大男たちは吹きだした。ユースは何を笑われたのかよくわからず、トゥーラは両手を腰にして睨みつけた。

「中身は相変わらずなわけね。そんならいいわ」

エンスとマーセンサスは再び爆笑し、ユースがおたおたとまごつくのを背中に残し、ナフェサスの両親に会ってくるわと片手を閃かせた。

ナフェサスの両親がすすめるままに、半ば兵舎と化している館の大広間で、薄めた葡萄酒をご馳走になり、夕刻まですごした。ナフェサスの思い出を語りあっているうちに、トゥーラはだんだん落ちつかない気分になってきた。

ライディネスの兵士たちがどやどやと入ってきて、外で自分たちが調理した鍋を持ちこみ夕食をはじめると、その気分はますます大きくなってきた。これからオルンはどうなるのだろう、自分は魔女たちを解放できるのだろうか、ライディネスはもっと戦を広げていくつもりなのだろうか、と思いわずらうことは多い。

エンス、マーセンサス、ユーストゥスの三人組が、大きなパンと葡萄酒の水差しと干し葡萄、干し杏、チーズのかたまりを抱えてトゥーラたちに加わった。しばらく食事をしたためながら、自分たちの冒険をもっぱらエンスが語った。〈死者の丘〉まで至ったことまで話が及ぶと、ユースが目を丸くして呟いた。

「すげぇ……。おれも一度行ってみたいなぁ」

エンスがそれに答えようと口をひらきかけたとき、半開きの板戸窓から黒いものが落ちてきた。それはマーセンサスの頭にとびついたあと、はねかえるようにしてエンスのそばに着地し、蝦蟇の姿から人間に変わった。しゃがんだ恰好のまましばらく呼吸を整えているサンジペルスを、全員が胡散臭そうに黙ってながめていた。やがてユースが口をひらいた。

「ぶきっちょな魔道師の見習いだなぁ」

「少しは腕をあげたか？　鳥より蛙は難しいんじゃあ、なかったかな」

エンスがからかうと、サンジペルスは片手を左右にふって唾を呑みこみ、ようやくしゃべった。

「皆さん、お久しぶりで。エイリャさんの言いつけで、カダーからやって参りました」

「カダーからだって?」

とエンスが身を乗りだし、

「蛙の姿でずっと来たのか?」

とマーセンサスが感心しない、というように首を傾げ、

「一体何日かかったのさ」

とユースが容赦のない質問を投げつける。サンジペルスは慌てて首をふった。誤解です、蛙になったのはここの壁をあがるときだけ、実はずっと鴉(からす)になって飛んで参ったんですよ、と弁解する。

「じゃ、鴉のまま入ってくりゃよかったろ。壁をあがるのに何刻かかったんだよ」

「鴉のままでは板戸のあいだをとおりぬけられそうもなかったんですよぅ。それに、たまには蛙になるのを試してみたいとも思いやしてね」

「夕方でよかったな。昼だったらまぬけにへばりついているうちに、他の鳥やら猫やらに喰われていたかもしれないだろ?」

　サンジペルスははじめてそれに思いあたったかのように、両手で自分の頰をはさんだ。まあ、無事だったんだから、とエンスがとりなす。とりなした先から、

「エイリャはカダーにいるのか? リコは無事か? 正体はばれていないのか?」

と矢継ぎ早の質問責めにするのを、今度はトゥーラがおしとどめた。杯を渡し、一気に干すのを待った。大きく一息ついてから、サンジペルスは報告する。ライディネスはカダー占拠に成

功し、軍の再編をすすめている、とそこまではトゥーラの父から聞いたとおりだったが、

「拝月教の軌師たちは正門近くの塔に居住を許されました、とこれは表向きでさぁ。出入りは厳しく監視されて、身動きのならない状態。ま、女たちはさほど不便を感じていないふうですがね、もともと修道女さんたちなんで。よくよく見ると、彼女たちって美人ぞろいなんだって、おれ、はじめて知りました。みぃんな同じ服着て同じように歩くもんだから、顔も同じかと思いきや、若いのから年とったのまで、でも清楚ってのは美人に見せるもんですねぇ」

「そんなことより、リコはどうしてるんだっ」

「そうよ、それにエミラーダさんは」

「まあまあまあ、慌てなさるな」

マーセンサスが、もったいぶるその頭の横を平手で打った。

「どこの語り部だ、おぬしは。さっさと要点を言え、要点を」

首をすくめてサンジペルスはつづけた。

「いててて……ひでぇな、マーセンサスさん。はいはいはい。報告ですね、報告。ええと、エミラーダさんはお弟子だったシャラナさんと一緒に、中央に近い大塔にとじこめられています。大軌師パネーが寝たきりになってしばらくたつんで、その見張り役と看病とを兼ねてます」

「病気?」

「パネーがどうしたんだ」

ユースとエンスが同時に尋ねる。

「ライディネスがパネーを殴ったんすよ。で、老婆はそれっきり意識が戻らねぇんで。意識のないまま逝っちまうと、新月の力が暴走するかもしんねぇとエミラーダさんは心配なさっておいでなんで」

「なんてこと。大変じゃあないの」

「エミラーダさんは、いざとなったら潜るお覚悟らしいって、こっちをエイリャ師匠が心配していて――」

「潜る？」

　マーセンサスの問いに、サンジペルスは頭をかきむしった。

「おれに聞かねぇで下さいよ。おれだってよくわからんのです。パネー大軌師の中に潜る、とか何とか」

「頭の中に入りこむ、ということか。イスリルの魔道師の片鱗がおれの中に入ってきたときみたいに」

　エンスが独り言のように呟いた。

「彼女ならやりとげるだろう。大丈夫だ、かつて幻視の力を持っていた強い人だ。それで、リコは？」

「リコさんはライディネスと同じ館に無事でいます。信者たちの集会所だった伽藍の奥の部屋で、元気に暇していますよ」

「そうか……よかった……」

「でも、なんでか、正体はばれちまいました」

全員がぎょっとしてあらためてサンジペルスに目をむけた。頬をぼりぼりとかいて、

「それがねぇ、なんか、ライディネスが変なんでさ」

「変……とは？」

「変になっちまったような……おれは鳥になったりネズミになったりしてやつを見張ってきてますがね。ある日を境に何となく違ったような感じがするんで」

「なんだ、あんたの感じだけか」

ユースが言うと、エンスがいや、と首をふった。

「直感を馬鹿にしてはならんぞ、少年。特に魔道師の直感は」

「魔道師ったって、この人、まだ見習いじゃん」

トゥーラはその脛を思いっきり蹴った。いてっ、いきなり何すんだよ、と息まくのへ顔を近づけて威嚇する。

「ちょっと見ないうちに随分お偉くなったんじゃないの、ユーストゥス。剣が少々使えるようになっただけで、大っきな顔、するぅ？」

はっと身を引いた少年に、にっこり笑って指をつきつけた。

「明日にでも、指南したげるからね、覚悟しときなさいねぇ」

二人のやりとりにはかまわず、エンスが尋ねた。

「どうしてリコの正体がばれたんだ。リコは無事だと言ったよな」

「だからぁ、ライディネスがおかしくなっちまって、それでリコが魔道師じゃないってわかっちまったんですよぅ」

「マーセンサス」

「なんだ、リクエンシス」

「こいつの頭、蛙なみになっているのか？　それともおれの理解度が低いのか？」

「そりゃあんまりだ、エンスさん」

抗議だけは一人前のサンジペルスである。気色ばんで、

「おればかりか、エイリャさんにだってわかんねぇんですから。ある朝突然、起きてきたら人が変わった……ううん、そういうのとも違うな、なんか凄みがましたっていうのか、狂気に一歩大きく近づいちまったというのか」

「埒（らち）があかねぇ」

と皮肉っぽく投げやりに吐きだすマーセンサスを、エンスがまあまあ、となだめた。トゥーラもいらいらしてきていたが、エンスが辛抱強くサンジペルスに問い質すのを聞いて、ああわたし、この人のこの穏やかさを尊敬しているのだわ、と気がついた。誰もが放りだす状況の中でも、リクエンシスは道をさがすのをあきらめない。それでいて、その粘り強さは執拗（しつよう）に変じる一歩手前におしとどめられる。思いどおりにならなければ断ち切ってしまおうとした以前のトゥーラにとっては、地団駄を踏むようなまどろっこしさだったが、今は彼の懐（ふところ）が深いのだと理解して、いつしかそれへよりそう気分にもなっている。

「狂気……？」

「ライディネスっていう人は、老人でも子どもでも平気で刺し殺すような人ですよ。でもそれをこれみよがしに表に出すことはしない。自分が冷酷なことは隠しもしないけれど、それで脅したりはしない。なんていうのかなぁ……ええっと……うん、ものすごく切れ味のいい名刀をちゃんと鞘におさめている、と、うん、そうそう、これだ、この言い方ですよ」

サンジペルスは鼻を天井にむける。それで？　とマーセンサスが冷たい横目で促(うなが)す。

「えっとですね、ある朝起きてきたら、その名刀が鞘をつき破って刃先をむきだしにしてたって……感じ、ですかいなあ」

「つまりは、誰彼かまわず傷つけるようなってこと？」

トゥーラが口をはさむと、サンジペルスはわが意を得たり、というように何度も頷いた。

「実際、傷つけたってわけじゃあありませんぜ。まだ、って但し書きもつきますけどね。ほら、あの男の目って、子どもみたいなきれいな形をしているじゃあ、ないですか。でもって、目つきはいつも冷静でしょ？　歓迎を口にしていても、処刑を命じていても変わらなかった……それが、何か、ぎらついているんでさぁ」

「それだけかぁ？」

とマーセンサスは皮肉っぽい口調で相槌(あいづち)がわりにする。

「だからぁ。そのぎらついた目でリコさんを見たわけですよ」

「リコが石になったとでも？」

「さすがにそれはなかったんですけどね」

ユーストゥスが忍び笑いをもらした。トゥーラもにやっとした。マーセンサスの皮肉は毒にもならないが、サンジペルスは大真面目に受けとって大真面目に返す。意外にこの男、芯は誠実なのかもしれない。生命がけでキーナ村のエイリャの図書庫まで行って帰ってきたし、その後もウィダチスの魔法を着々と身につけているようではないか。口先では薄っぺらなことを言っているものの、蛙に変身したり鳥に変身したり、努力を積み重ねていることがうかがえる。

サンジペルスはつづけた。

「リコさんをじろじろと……まるではじめて会ったかのように凝視して数呼吸ですかね。食堂で皆が朝食っていたときです。リコさんのそばにつかつか寄っていって、『おぬし、魔道師などではないな』っていきなりです。リコさん、スープで咳きこみましてね、苦しそうでしたよ。『あいつの仲間だな。あいつの匂いがぷんぷんする。だが、魔力は持たないな』って言うんです。おかしいでしょ？　何か起きたって思ったのは、おれだけじゃないはずですよ」

エンスの表情がこわばった。トゥーラも思わずサンジペルスを見直した。二人の反応には頓着しないで、彼はつづけた。

「で、次の瞬間、おれの方に目をむけやしてね。いきなり皿を投げつけてきやがった。ひょえ、あの目つきのおっかねえことっ。それこそ、むきだしの凶刃って感じで。『この化猫めっ』て唸りやしたよ。おれの正体、ばれてたようで。おれはすたこらさっさ、その場から退散してエイリャさんとこに報告しにいったら、さすがはエイリャさん、やつには気どられもしないで観察したんす。わが師匠にもやつの変わりようはわかったようで。何がどう変なのか、はっきりと言葉にはできねぇけど、とにかく変だって」

「それでもリコは無事だ、と」

エンスの声には雪崩(なだれ)の前の雪の軋(きし)みがあった。

「そこも変でしょ？　あのライディネスなら、騙されたってわかった時点で、いくら親しくしていたとしても、一介の爺さんなんぞ平気で殺すはずなんすよ」

トゥーラも同感だった。「いやぁ、残念だ、心外なことだよ」と、あのつややかな声でいかにも本心、というふうを装いつつも、ライディネスなら処刑してしまうだろう。

「でもね、それっきりリコさんには興味を失くしたらしくてね、部下への指図もなし、なもんで、リコさんは部屋に戻っていつでも逃げだせる構えです。エイリャさんがついているので、心配ないって伝えろってなわけで」

エンスは立ちあがろうとした。その肩をマーセンサスがとっさに押さえつける。

「罠よ、エンス」

とトゥーラも叫ぶ。何、何がどうしたの、とユーストゥスが目を白黒させる。

「エイリャさんからの伝言、まだあるんで。『慌てなくていい。リコはきちんと護る』そうで。もしエンスさんたちが帰っていなかったら、マーセンサスさんに伝えろ、と言いつかって参りやした」

マーセンサスは不本意そうに唸った。

「ユースと同じ、おれにもさっぱりだ。せっかくの伝言だがな。しかしエンスには通じたと、伝えてくれい」

　するとエンスもふり絞るように言った。

「リコをよろしく、と。おれも明日の朝にここをたつ。罠だろうがなんだろうが、必ず助けにいくから」

「ええっと……できることなら、何が起こってんのか、教えてもらえますかね」

「多分、だが、思うに、ライディネスにイスリルの魔道師がとりついたのかと」

「わたしもそう思う」

「なんだって？　一体何がどうなってんだ？」

とマーセンサス。ちゃんと説明してよ、とユースも身を乗りだす。

「おれとトゥーラは、網の化物に呑まれたよな」

「ありゃあ、暴挙だったぞ、エンス。おれとおまえの仲だがな、あんなやり方はないぜ」

「マーセンサス、しばらくぷんぷん怒ってたよ」

「化物の闇に下ったら、〈死者の谷〉に出た。そこで化物の本質——つまり、あいつを掘りおこしたイスリルの魔道師の力と対決した」

　そこまではさっき説明していた。

「二人であいつをやりこめた。だから戻ってこられたんだけど。魔道師は呪いが返っていったから、大きな痛手をこうむったと思うわ。でも、完全にやっつけたわけじゃない。そのあとも一度、襲ってきたし。すごくしつこいやつよ。おそらく、彼自身の肉体なんか、もうなくなってしまっているんだと思う。闇に喰われて闇に支配された心だけが残っているんじゃないかしら」

それまでおとなしくしていた蜥蜴が、突然声をあげた。

「ダンダンモ！　ダンダンモテツダッタノヨ！」

エンスがその口元から耳を離すように首を傾けて、苦笑いした。ああそうだ、おまえも手伝ってくれたな、となだめるうちに、彼の内から噴きこぼれんばかりだったいらだちと怒りが静まっていく。トゥーラはほっとする。

「そいつがライディネスにとりついたってかぁ？」

「そぉんな偶然、あるのかよ」

マーセンサスとユーストゥスが受けいれられないというように、同じように肩をすくめた。

「エンスを襲って、反撃されて、んじゃ今度はエンスの敵にとりつこう、って？」

「チガウノヨ」

「うん、違うと思うぜ」

ダンダンとエンスが首をふり、トゥーラも、

「わたしたち、あいつの考えていること、あいつの願っていること、わかってしまったのよ」

とイスリルの魔道師の半生を簡略化して話した。ナフェサスの両親はもうとうに寝室にひっこみ、兵士たちも短い宴会を終えて片づけにかかっていた。語りおえると、マーセンサスはぶる

っと身震いし、ユースは空唾を呑み、サンジペルスは身を縮こめた。トゥーラはつづけた。

「だからあいつがライディネスにとりついたのは、偶然なんかじゃないと思う」

「ライディネスの強さに、あいつが惹かれたとしても不思議はないな」

エンスも同意する。

「人を傷つけるときは誰だって躊躇する。しかしライディネスはひるまないだろう？　あいつには良心の入りこむ隙間がない。大きな目的のためにはどんなことでもやりとげる覚悟があるんだ。だから心を鎧って、あえて良心を締めだし、苛烈な行状も平然とやりとげられる」

その言葉を皆が嚙みしめた。やがてユースがふうっと息を吐いた。

「すげぇ……そんな強さ、どうやったら身につくんだ。……かっこいいよな……」

「だからイスリルの魔道師はライディネスに惹かれたってかぁ……」

マーセンサスの口調にも珍しく皮肉の響きがない。

「だがよ、それほどの男がみすみす身体を乗っとられるか？」

「ジブンカラヨ」

ダンダンの発言に、全員が目をぱちくりした。当の本人（？）はあとは知らぬげにエンスの肩に顎を乗せ、細めた目で遠くを見ている。

「おいおいおい、瞑想するな、ダンダン。自分からって……そりゃ、どういうことだ」

耳下に窮屈そうに首を曲げて尋ねるエンスに、蜥蜴は面倒臭そうな視線を向けた。リコそっくりの声で、

「ノットラレタワケジャアナインジャ。モウシデヲウケテジブンカラトリコンダンジャヨ。ギャク、ギャク。ツヨサニヒカレテチカヅイタマドウシガ――」

「そうか」

エンスがさえぎって、ダンダンの代わりに早口でつづけた。

「強さに惹かれた魔道師が、取引をもちかける。ライディネスは抜け目のない計算をした。使えるかどうかいまだによくわからないテイクオクの魔道師よりも、闇そのもののようなイスリルの魔道師のなれのはて、人というより魔物に近いその力の方があてになりそうだとふんだのだ。それでそいつを身の内にひきいれた。利用するだけ利用しようという魂胆なんだろう」

うわあ、とユースが身震いする。

「魔物を自分の中に入れるって、どんな感じなんだろう」

「油断すれば喰われちまうだろうな」

と、あやうくその目にあいかけたエンスは足元を見つめて答えた。トゥーラとダンダンの助けがなかったのなら、とあのときのことを思いだしている。

「ライディネスにはそうならない自信があるのよ。でも、いつどうなるかはわからない。少しの油断、小さな弱み、わずかな迷い、そうした罅から悪意の魔道師は泥水のように入りこんでいく。現に、もう操られている兆候があるじゃない」

他の三人が首を傾げる中、エンスはまだうつむきながらも頷いた。

「そうだな。リコがお構いなしになったのも、それかもしれない」

「エンス、あなたとリコの絆をあなたへの復讐に使おうともくろんでいるのかも」

「人質か」

　マーセンサスが吐きだすように言った。

「とすれば、のこのこ出張っていったら罠にはまるってことだ。こりゃあエンス、ちょいと熟考しなけりゃならんぞ」

「その暇があるか？」

「マア、ナニハトモアレ、コンヤハネルニカギルノヨ。ヨナカニオモイツイタコトナンゾ、ロクナモンジャァ、ナイゾイ」

　マーセンサスがダンダンの意見に賛同するように、エンスの膝を叩いた。ユースが背筋を伸ばしたかと思うや、両手をあげて大きく伸びをした。

「みんな、寝ようよ。サンジペルスさんだって、くたびれていると思うよ」

　少年に、人への労(いたわ)りを思いださせてもらい、おとなたちは少しばかり恥じ入った。一同は手早く後片づけをすませると、館を出た。塔に帰る途中、空には〈花の姉妹〉座が橙(だいだい)や金の光でまたたいていた。

5

　塔に戻ったトゥーラは四階まであがり、暖炉に小さな火を焚いて、そのそばの椅子に座った。薄い葡萄酒の酒気が抜けていくと、疲労感が重くのしかかってきた。長い長い旅の疲れに、家に帰ってきた安堵が加わり、翌朝まで夢も見ずに眠った。

　目覚めたとき、自分がどこにいるのかすぐに把握できなかった。二呼吸後にようやく、ああ、家に帰ってきたのだったと肩の力を抜く。階下から男たちの動きまわる音が響いてきていた。

　三階にエンスとユースが泊まり、マーセンサスとサンジペルスは母屋で父とともに寝んだのだった、と思いだした。扉をあけたてする音、階段を駆けおりる音、炉に薪を放りこむ音。男の人ってどうしてあんなに容赦のない物音をたてるのだろう、猫のように静かに動くことができないのかしら、といまいましく思いながらようやく立ちあがった。椅子の上で一晩すごしたせいで首のつけ根が凝ってしまっていた。肩を回しながら扉と窓をあけに行き、鳥の声と晩春の光と朝方の大気を室内に入れる。伸びをしてふと大卓の方に目をやれば、冬のあいだの調べ物の名残が広げられたままだった。

厳冬期、エミラーダ、エイリャ、それにリコと、書物を漁り、解釈をのべあい、議論した。わずか数ヶ月前のことなのに、数年もたったような気がする。トゥーラは身を乗りだして、愛（いと）おしげにその一冊一冊を指でなでた。

あら、これは、と指を止める。こんな巻物、見ていない。そういえばこっちの小冊子も。この『予言解読法大全』はエイリャの蔵書だが、この頁にはまだ目をとおしていない。ざっと卓上を見わたすと、彼女たちが漁った書物はそのままに、その上に無造作に新たな数冊が広げ置かれている。

階下からユースの呼ぶ声があがってきた。

「トゥーラ、起きてる？　朝ごはんだよ」

焼いたパンの匂いが漂って心惹かれたが、トゥーラは先に食べていてと返事をして、広がっている書物に身を乗りだした。

誰かがあのあと、さらに何かを調べたらしい。エイリャだろうか、それともリコか、エミラーダか。ライディネスとの戦闘がはじまったので、エイリャとトゥーラは調べ物をする余裕などなかった。リコはリコで村長の館かここの暖炉にくつろいで、こんな精力的な働きをしたとは考えられない。すると、エミラーダ？　彼女が他に何を調べたというのだろう。

「『バーレンの大予言、第三〇一章』……」

乙女たちの力　失われたる光は
大地より生ぜし希望（のぞみ）　そを救うは
月とは似つかぬ光なれど　碧光（みどり）にて

トゥーラはその解釈を熟考することなく、別の巻物に目を移した。両端から丸まって中央でぶつかりあっているその古い羊皮紙を、そっと広げる。古地図だった。ああ、これはトゥルリアラル女王の側近だったネスティの手によるものだわ、とあちこちに書きこみのあるその筆跡で判断する。幾つかの山や森、川筋のあいだに、コエンドー（カエンダン）、キスプの神殿キサンが記されている。コエンドーは白塔の位置、キサンは〈レドの結び目〉の場所だ。驚いたことに、ここオルンの〈星読みの塔〉も載っている。この三点を結ぶのは細い道筋だった。

ネスティは女王の娘をここで育てたのだった、と思いだした。〈星読み〉になろうとする少女に、この地図を描いて、母親の果たせなかった夢を伝えたのだろう。誇らしげな書体で、〈星読みの塔〉と書き入れてある。

トゥーラはわれしらず微笑んだ。わたくしの娘にして、わたしの祖先。すると女王の罪悪感がかすかによみがえってきて、魔女たちを早く解放せよとせっついた。トゥーラはひとまずそれを遮断する。別の書物には何が書いてあるの。エミラーダは何をさがしていたの。

『予言解読法大全』にむき直ると、そのあちこちに書きつけがはさんであった。リコがよく使っている切り落とし片の四半分ほどの小さな紙片が何枚か。のびやかに大きめの筆跡は新しい。

エミラーダの覚え書きか。カヒースの解読法では、バーレンの予言の表記が云々。トゥーラにとってはよくよく知っていること。エミラーダだってそうだったはずだ。なのにどうしてわざわざもう一度、調べ直しているの？

不審がつのって、一枚一枚を丁寧に見直した。はさんであった本の頁にも目をとおした。すると、本の下になっていた一枚があらわれた。いろいろと書きこまれ、ある部分では図式化されていたが、「碧の石」という文字が目にとびこんできた。

そういえば、ネスティの巻物で読んだ。〈レドの結び目〉を解くには、ユースの剣と碧の石が必要、と。それに幾人かが関わってくる、と。エミラーダもずっと前に、碧の石のことを語ってはいなかったか？

その覚え書きには、「碧の石」の文字から三方向に矢印が走っていた。一方の先にはパネーの名があり、もう一方の先には「剣」と記されている。「剣」の脇に小さめに書き加えられているのは、「魔女たちの名前」だった。最後の矢印が示していたのは、「補遺」なる文字。「補遺」とはもちろん、『バーレンの大予言補遺』のことだ。

トゥーラははっとして、さっきの地図を再度広げ、〈星読みの塔〉の大きな黒点を凝視した。それから、問題の補遺をさがした。それは斜め上方にちょうど第九五八章の頁をひらいて彼女の目にとまるのを待っていた。

「これは予言にあらず、さほど重要性も認められぬが、かつてこの件に関する幻視を得たゆえに記しておくことにした」

トゥーラは早口で但し書きを音読し、目を先へと走らせる。

「われがここに記することにより、数多の乙女たちを救い、魔女たちを解放する一助とならんことを」

一瞬息を止め、今度は心してゆっくりと次の文を読む。

「〈オルン魔国〉の女王の手によって生まれたる宝石（たからいし）の行方。その娘にひきつがれたと過去にまつわる夢の訪れがあった。これを記すがわが使命の一つであると確信した。願わくば、やがて役に立たんことを」

なんですってぇ、とトゥーラは呟き（つぶやき）、再び地図をのぞきこみ、頭をあげて大予言の第三〇一章を読みかえし、さらにもう一度地図の一点を凝視した。

〈星読みの塔〉。

ネスティは、自分たちの住居を記したわけではなかったのだ。剣と記憶の埋まっているコエンドー、〈レドの結び目〉のキサン、そしてここは、碧の石、〈封印の石〉をおさめたことを記していたのだ。エミラーダはそれをつきとめ、碧の石を手に入れた。だからライディネスの軍門に降った（くだった）ふりをしたのだ。カダーを救い、拝月教（はいげつきょう）の乙女たちを救うために。

大卓の中央が空いていた。そこだけ、物が払われて、鍋か何かを置いていたのだろうと気にもとめないトゥーラだったが、あらためて目を近づければ、かすかに靴跡が残っている。エミラーダがあえてこの無作法を犯したのだとすれば、大きな意味を含んでいるに違いない。トゥーラもそこに躍りあがってみた。

まっすぐに立って、あたりを見回す。書棚や壁龕(へきがん)につっこんである古書類は、もともと雑然としていたので、変化はわからない。それでも、碧の石をさがしたのであれば、放りだされた紙片一枚、戻された巻物の山の崩れ一つくらいは見分けがつくはずだった。だが、そうしたものも見当たらない。暖炉脇の物置き場、壁の石一つ、タペストリーの陰はどうだろう。さしたる違いは見つけられない。あとは、床？　エミラーダがここに立って床に何か認めたとは考えにくい。それならば、とトゥーラは天井を見あげ、かすかな期待を抱いた。

大卓から飛びおり、屋上への階段をまっしぐら、夏の気配をはらんだ陽光の下に躍りでる。山々や森は若葉に染まり、土の匂いと村人たちが畑仕事にかけあう声がそよ風に乗ってきた。誰かが歌っている。朝とはこれほど輝かしいものだったろうか、とトゥーラもわくわくしながら、石床に目を走らせる。

煙突から少し離れた日陰に、それはあった。トゥーラの手のひらより少しばかり小さいくらいの穴だった。雨水がたまっている。試しに指を入れてみれば、手首すれすれまで沈みこんだ。もちろん、碧の石はない。

エミラーダは石を手に入れ、拝月教寺院を救うためにカダーに行き、乙女たちは傷つくことなくなんとかなった、ということね。トゥーラはほっとして立ちあがった。今のところは、だな、と心のどこかでエンスの声がした。そう。今のところは。それにエミラーダには、もう一つ宿題が残っている。パネーの新月の魔法を封じなければならない。

わたしにも宿題があるわね、とトゥーラは彼女の残していった書きつけを思いおこした。

「剣」、「魔女たちの名前」。六十六人の名前すべてを思いだすには、ユースの剣が必要ということか。エミラーダはトゥーラがやがて見るだろうと思って、書きとめておいてくれたのかもしれない。

　母屋では、男たちはもう食卓を離れていた。父は庭先で昨日のつづきの花の植えかえをしていた。サンジペルスとマーセンサスは水汲みに薪割り、ユースはエンスとともに村の広場へ剣の訓練に行ったという。

　トゥーラは大急ぎで朝食をしたためた。食欲はさほどなかったが、男たちが気を遣って残しておいてくれたものを、ご馳走にならないわけにはいかないだろう。パン、チーズ、冷めてしまった香茶、目玉焼きには香り高いイノンド（ディル）の若枝がそえられていた。腹ごしらえをしっかりすると、はやる気持ちを抑えてことさらゆっくりと、村への小路をたどっていった。

　耕された土の匂いに満ち、揚雲雀（あげひばり）は他の小鳥たちのさえずりをかきけすほど絶えまなく姦（かしま）しく、松明草（たいまつ）や歓喜草の茎がぐんぐん伸びて小路を縁どっていた。

　昨秋に踏みあらされた麦畑は、たくましく生長した畝（うね）と、枯れ果ててしまった畝の差が、歴然としていた。いつもより太い茎と穂を高々と掲げた青緑色のカラン麦は、生きのびた喜びと誇りを仰向いた頭で示しているようだった。一方、しなびて地に這ってしまった場所では、村人たちが鍬（くわ）を入れ、春麦の種をまこうとしていた。たくましいのは人間も同じ、とトゥーラはついぞ思っていなかったことを思った。これまでは知識をもたない彼らを半ばあなどっていたのだが、そうではない、彼らには彼らの必死さ、強さ、知恵があるのだとようやく悟った。相変わらずわたしは愚かだ、と忸怩たる思いがする。千五百年前のトゥルリアラルと大して変わらない。

おのれへの嘲笑を唇に刻んで広場へ行くと、エンスとユース、他に数人のライディネス兵が軽い打ちあいをしているだけだった。他の者は皆、畑におりているのだろう。

トゥーラはユースを呼んだ。すると二人は手を止めて、一緒に駆けてきた。トゥーラの嘲笑が本物の微笑になった。

「エンス」

「よく眠れたか、魔女殿」

ユーストゥスは、さっそくかよ、と目をぐるりと回した。

「おれに用じゃないのかよ」

「あ……あ、そうだった」

陽にあたっているタンポポのように、エンスは彼女の隣で見守ってくれる。それだけで彼女は余裕をもてるような気がするから不思議だった。

「えっと……ユース、あんたの剣を見せてくれない？」

一瞬怪訝な顔をしたが、ユースは素直に剣を渡そうとした。トゥーラは一歩退いて両手を前に立てた。

「あんたが持ってて。見せてくれるだけでいいの」

「ああ、そうか。トゥーラ、さわれないんだっけ。変なの」

ユースは両手に捧げるように持ち、彼女の鼻先に掲げてみせる。

「何が変なのよ」

「だって、前世のあんたがこれを作らせて魔力を注ぎこんだんだろ？　なのに本人はさわれないなんて、おかしいじゃないか」

　そうね、そういえばおかしいわよね、と上の空で呟きながら、柄から鍔までじっくりと調べる。裏返しにさせてさらにのぞきこみ、村の革職人が作ってくれたという鞘から抜かせて、刀身にも何かしるしがないかと目を皿にする。

「なんだよ、どうしたんだよ」

　ユースがいらだった。トゥーラはわずかに肩の力を抜いて離れた。失望を見てとったエンスが尋ねた。

「何かさがしていたのか？」

　トゥーラはそれに答えるより、エミラーダの書きつけの矢印を思いおこすのに忙しい。確かにあそこには、「剣」「魔女たちの名前」とあった。エミラーダの単なる憶測であるわけがない。

　その沈黙を誤解したユースが、わかった、と大声を出した。

「話したくないんなら、いいよ。おれと勝負してくんない？　おれが勝ったらトゥーラが話す条件でさ」

「なぁんですって？」

　赤銅色の目がちかり、とまたたいた。トゥーラさん、とこれまでは敬称つきだったのが、い

つのまにか呼びすてにされて、しかも、

「わたしに勝つ、ですってぇ？」

対するユーストゥスはへらへらと笑いながら油断なく下がって、

「ただトゥーラは得物なし、おれはこの剣を鞘つきで戦うってのはどう？」

「随分自分に都合のいいことを言うのねぇ」

眉尻を山猫のようにあげ、ユースが下がった分をつめながらトゥーラも薄ら笑いを浮かべた。

「わたしが勝ったときの条件がないじゃないの」

「だって、当然、おれが勝つもの」

これが少年の挑発だとわかっていた。おそらくマーセンサスの教授だろう。頭に血ののぼりやすい相手には、絶対にありえないと思っていることをありえるように語れば、かっとなって手を誤る、とか何とか。それもお見通しのトゥーラだったが、理屈より感情が先走るのは生来の気性で、仕方がない。

「そういうことは、勝ってから言いなさいよっ」

トゥーラは地面を蹴った。得物がなくても両手がある。手刀の一つも生意気な脳天に入れればトゥーラの勝ちとなる。ユースは素早く剣を鞘のまま頭上に構えた。トゥーラは空中で身体をひねって、爪先で彼の胸を狙った。ユースはとっさに胸をひっこめる。剣の方が注意おろそかになる。落下しながらも、トゥーラは伸ばした片手で剣を打つ。狙いははずれて柄の方に当たった。

ユースはよろめき、トゥーラは地面に横倒しになった。

いつもなら倒れた地点から寸暇をおかずに飛び起きて、次の攻撃にうつる。ところが、それができなかった。目の前に幾つもの星がまたたいて、これは剣と接触したためか。トゥーラは転がって大の字になった。星々は一個が一つの言葉を歌い、闇に消えた。

「トゥーラ、大丈夫かっ」

心配そうなエンスの声に半身を起こし、手をふった。

「おれ、何かした？　打ちどころ、悪かったのかい」

ユーストゥスもかがみこんでくるのへ、ようやく目をあける。

「名前が」

「へ……？」

「魔女たちの名前。今、その剣と手がふれたとき」

「……しびれるんじゃあ、なかったのかい？」

トゥーラはまた目をとじた。ああ、そうだ、最初にこの剣にふれたあのとき、半壊の橋の上でユーストゥスを襲ったときも、同じように星々が閃き、歌ったのだったが、怒りで目がくらんでいたトゥーラは、人の生命を葬るように星々を払いおとしたのだった。

「だ……大丈夫か？」

それには答えず、彼女は身軽に立ちあがると、にっこりとした。

「ユース、もう一度よ」

「おれはいいけど……本当に大丈夫？」

「その柄とわたしの手を打ちあわせるだけでいい。その都度、ひっくりかえるけれど心配しないで。魔女たちの名前が流れこんでくるの。これはやらなきゃならないことなのよ」

ユースは途方にくれた目をして、エンスぅ、と助けを求めた。エンスがのしのし近づいてきてトゥーラの肩に手を置いた。

「無理だと思ったらすぐやめるんだぞ。何かあっても、おれがついているからな」

「エンス、止めてくれないのかよっ」

悲鳴に近い声をあげたユースにトゥーラは再び襲いかかった。直接的で戦術も何もない一撃に、ユースは慌てて剣を持ち直した。

その後十回近く、トゥーラは剣と打ちあい、その都度ひっくりかえるのをくりかえした。途中、見るに見かねたエンスが、ただ触れるだけではだめなのかと提案して、試してはみたが、しびれは走るが星は生まれず、つづけざるをえなかった。

「トゥルリアラルが彼女たちになした罪を思えば、こんなのどうってことない」

と言ってトゥーラは耐えぬいた。

最後の一人の名を手に入れたときには、大地に横たわって指一本動かすこともできなくなっていた。それでも、背中に温かい土の感触が伝わってきて、トゥーラは至極満足だった。

「今日昼前には」

とエンスが彼女を抱きあげながらぼやいた。

「カダーに発つつもりだったんだがな、女王様。もう一晩泊まっていくしかないようだ。やあれ、やれ。もうちっと計画的に事がすすまないものかなぁ」

彼の腕の中でゆれながら、トゥーラは目をつむったまま微笑んだ。

「ごめんなさいねぇ……」

「思ってもいないくせに」

「でもこれで、〈レドの結び目〉はとけるはずよ……」

「その前にカダーに行かなくてはな。魔女たちは千五百年待ったんだ。もう何日か待ってもらっても文句は言うまい」

ねえ、と二人の背中にユースが叫ぶ。

「何か、この剣、ちょいと軽くなったんだけどっ。これって気のせい？」

名前の分が軽くなったのだろう。二人は一緒にくすりと忍び笑いをもらした。

6

トゥーラを塔の寝台に寝かせて、おれは外に出た。陽射しに目を細め、伸びをしていると母屋の裏から出てきたマーセンサスが恨めしげに言った。

「こちとら薪割り、水汲み、壁の修理と肉体労働してんのに、いい御身分だよなぁ。せめて、おれの分の旅支度もやってくれたんだろうなぁ」

「これからやるよ、マーセンサス。……おまえも行くのか？」

マーセンサスは唇を歪めながら両手を打ちあわせて、木屑を払った。

「来てくれますか、戦友殿、だろ？」

「はっは！　おいで願えますか、悪友殿」

「おうよ。腕っぷしの強いのが一人でも多い方がよかろうよ」

おれはみっしり筋肉のついた肩に自分の肩を寄せた。左手の奥で、トゥーラの父親が土いじりに無心だ。彼の耳に届かないようにぼそりと呟いた。

「ユーストゥスに余計なことを」

マーセンサスも、南西の森のきわで雲雀が威嚇のさえずりをつづけているのに目をやりながら答える。

「あいつはおれたち老人と違う。まだ若いんだ。身内にあふれてくる活力と若さをどこかで発散させなきゃあ、な。矯めようとして矯められるもんでもあるまい」

「護りの剣法しか教えていないだろうな」

「もちろんだ。おれを誰だと思ってる」

マーセンサスのすることにまちがいはないと信じている。内心のおれは、ユースが剣をふるうのをまだ認めてはいないのだが、友の言うことももっともだった。少年を気遣うあまりに、禁止事項で囲ってしまってはならない。ある程度流出孔を作っておかないと、暴走するのが若さだ。

「ま、あの剣もなまくらだしな。心配いらねぇ」

そのなまくらが、少年と相性がいいことには二人とも気がついていた。やはり彼があの剣の持ち主なのだ、とトゥーラとの試合を見ていて納得するものがあった。トゥーラは半ば本気だった。本来ならば、ユースは数呼吸のうちに地面に転がっていただろう。ところが剣は、マーセンサスが彼に教授したそのままに動いた。長剣にしては短く、短剣にしては長いあの中途半端さが、彼を護るのを容易にしてもいた。護身の剣。

「……おい、何かあったらしいぞ」

南西の森から南東へと目を転じたマーセンサスが指さした。畑仕事をしていた人々が、一斉に身体を立てて、東の方をむいている。おれは背のびしたが、村の東側は家の屋根にさえぎられて見えなかった。人々にまじって働いていたライディネスの兵士たちが、斜面を駆け登りはじめた。

「伝令の到着かい」

マーセンサスは肩の力を抜き、首の骨を鳴らした。だがおれは嫌な予感を覚えた。ライディネスがイスリルの魔道師を受けいれた、そのことがひっかかっていた。あいつは今もっておれを狙っているかもしれないと危惧していた。ライディネスの中で王国建国なり帝国復活なりの、また別の夢を見てくれれば、異は唱えない。——ライディネスがあの暗黒を御すことができているのならば。

村との共存、が先だっての講和の条項にあったが、その気になればライディネスは簡単に破棄するだろうと思われた。伝令は、その命令を持ってきたとも限らない。オルン村を完全制覇せよ、との命令を。

「おい、エンス、何を慌てている」

おれが大股で走りはじめると、後方でマーセンサスが叫んだ。さっきたどった小道を駆けぬけて、広場に戻った。ちょうど伝令が羊皮紙を巻き直して、村長の館の方に踵(きびす)をかえしたところだった。ライディネスの兵士たちは百人隊長が演説台代わりの大石の上に登るのを待って、ざわめいていた。

後方に村人たち数人とユースがたたずんでいた。

「ユース。何があった」

息を整えながら尋ねると、ユースがよくわからない、と肩をすくめた。マーセンサスも追いついてきて、同じ質問をしたので、おれも軽く首をふった。そうこうするうちに、百人隊長──人数があわないのだが、十人隊長を束ねる長なので、おれはそう呼ぶ──が演説をはじめた。それは、出陣に際する士気鼓舞の演説だった。ライディネスが新しい力を手に入れたこと、──おそらくイスリルの魔道師の件だ──よってその力をふるうために東進して領土を広げることがその演説から聞きとれた。東進だって？　とおれは首を傾げた。西進のまちがいではないのか？

短い演説のあと、出撃の準備に関する細かい注意がつづいたが、もう聞いていなかった。ユースをつついて、東進？　と確かめると、

「ラァムに全軍集結だって」

と言う。マーセンサスも納得しない。声を小さくして、

「ラァム？　あの町に、何かあるのかぁ」

ラァムはおれたちとライディネスがはじめて会った町だ。ライディネスにとっての目標はカダー征服であったはずなのに、

「カダーを捨てて、逆戻りぃ？　ライディネス、どうかしちまったんじゃあ、ないのかあ」

「ラァムで何をするってんだ？」

するとユースは、おれたちの方に寄ってきて、マーセンサスよりもさらに小さい声で答えた。

「よくわからないんだ。ともかく、ラァムに一度集結して、それから東進するって」
おれと悪友は顔を見合わせる。解せねぇ、と友は首をふり、おれは東に何かいいものがあるのだろうかと一所懸命に考える。結論。何もない。あるのは貧しい村落、ローランディアの湿地帯、イスリルが蹂躙したわが故郷があるばかり。さらにその東は山がちなペッラ州とグロリオサ州、そしてキンキアード（今はスノルヌルか）の市。イスリル軍は一冬かけてキンキアードまで撤退したと、何かの折に耳にしていた。だから東に残っているのはイスリルの足跡ばかり。

ライディネスは迷妄状態なのか？　それともこれはおれに対する罠——であるわけがない。全軍行軍、「出陣」と銘打った以上は、敵があるべきで、それはいくらなんでもたった一人の魔道師への策略とは到底考えられない。では、誰が「敵」で、何が目的なのだろう。

何もない、とわかっているのに、おれの嫌な予感はますますふくれあがった。避難していた住民が、サンサンディアにぽつりぽつりと戻ってきている頃だ。ライディネスの東進がローランディアまで及ぶとしたら、再びの蹂躙に、サンサンディアは耐えきることができない。コンスル帝国の残照たるあの市も、キサンやメリッサのように廃墟となってしまうのか。

「……こいつは、なんとかして阻止しないと、エンス」

同じ思考経路をたどったらしいマーセンサスが、ばらけだした兵士たちに顔をむけながら呟いた。しかしその目は、食糧接収に走りだした彼らをとおりこして、はるかな故郷を見ていることはおれにもわかった。

「するべきことがいっぱいになったなぁ」

おれは故意にのんびりと答えた。こういうときは、慌てても仕方がない。

「東奔西走、さてどこから手をつけるか」

と伸びをしたとき、肩の蜥蜴が身じろぎした。こいつは旅の斥候役を終えたあとはずっと、おれの首に尻尾を巻きつけて、ほとんど冬眠状態だった。図体は山猫ほどに育ったが、重さはさほど苦にならない程度の成長で、おれとしては助かっている。

「アレ、サンジペルスヨ」

鼻面をむけた方に視線をやると、館の方から一羽のムクドリがひょろひょろと飛んでくる。どうも様子がおかしい。斜めに傾いで墜落しかかり、なんとかたて直したかと思うや反対側でまたよろける。おれとマーセンサスが交互に呼ぶと、どうにかして広場をつっきり、二馬身前の足元に礫のように落っこちた。トゥーラだったら喜んで抱きとめに走るところだが、生憎サンジペルスではなあ、と半ば興がりながら近づいていくと、四つん這いになった人間の姿に戻っていた。

その目が潤んでいる。顔をくしゃくしゃにしておいおい泣きはじめた。どうしたどうした、どこか怪我したか、腹でも痛いのか、と三人で問えば、

「おれの村がぁっ。親父ぃ、おふくろぉぉ」

と泣きわめく。

ユースが背中をなで、マーセンサスが肩をつかみ、すがってくるその手を取って、おれはし

ばらくなだめた。ようやく聞きだしたところでは、さっきの伝令と百人隊長の会話を盗み聞きしたという。

「色白長身の副官がかなり怒っていたってぇ。ライディネスに逆らって意見もし、なんとか思いとどまらせようともしたらしい。けれど御大は聞く耳もたなかったってぇ」

あの、コンスル軍人の鑑、誰よりも忠実で、都の敷石ほどに無表情なアムドが、周囲にもわかるほど怒ったというのだから、相当激怒したに違いない。右をむいて切られろと命じられれば、一寸の躊躇もなく従うアムドが意見したというのだから、やはり、突拍子もない命令だったのだろう。

周囲の者たちもおれと同意見だったらしい。

「正確には一体、どんな命令だったのだ」

「東進以上に度外れなことを言ったのか？」

おれたちが思ったことを配下の者たちも感じたらしい。憶測が飛び交い、さぐりが入れられ、結果、一つの単語が判明した。アムドが怒鳴った一声を、たまたま上階で箒を持っていた下級兵士が聞きとったという。あけはなった窓から飛びこんできたその言葉は、

――イスリル。

おれたちは絶句して顔を見合わせた。

「おいおいおい、大丈夫か、ライディネス」

「そりゃアムドでも目をむくわなあ」

「暴走しだしたか」

「これはあれか、誇大妄想……」

サンジペルスがまた、わっと泣きだした。

「だから東進ってことなんだってぇ。だとしたら、おれの村は通り道だろう。おふくろも親父も殺されちまうぅ」

おれはそっと立ちあがった。これは大きい宿題になったぞ。まさか。イスリル遠征だって？あの魔道師に操られてしまったか。

「なにもそうと決まったわけじゃあ、ないよ」

ユースのしっかりした声が耳に入った。

「何もかも推測でしかないんだから。決めつけないでおこうよ」

ユースの言うとおりだ。これはあまりにも馬鹿げている。あのライディネスが突然方向転換をする？　しかも荒唐無稽な野望の類に、頭をつっこむとは思われない。

しかし、とさっきの嫌な予感が不安に変化して泡のようにふくらんできた。もし魔道師がライディネスの中に巣くっていて、もしライディネスがそれを利用しようと試みて失敗したのだとしたら。魔道師の悪意に毒されれば、イスリル遠征も冗談事ではなくなる。あいつは母国イスリルに恨みを持っている。不遇の年月、屈辱的な仕打ちへの怒りと嫉妬に染まっている。あいつが力をまして、ライディネスに酩酊にも似た高揚感を吹きこんだとしたら。

世が滅びるのはとりつかれた指導者のせいだ、と言っても過言ではない、とおれは広大な土地をめぐり歩いて覚えた。頂点に立った権力者は、なぜか荒唐無稽な理想を突如掲げ、人々を破滅にむかって追いたてる。人々も牛の群れのように流れに乗って、斜面を駆けあがり、崖っぷちから奈落へ落ちていく。誰にも止めることができないこの大きな流れは、多大な犠牲を得た末にようやく終息する。

嘘だと思うのなら、リコに聞けばいい。あいつなら、帝国の中心において、あるいは辺鄙(へんぴ)な地方においてさえ、そうした歴史のうねりの事例を五十も挙げるだろう。

ライディネスがイスリルまで到達できるとは思われない。今は、まだ。マーセンサスのように呆れて首をふる、理性的な人間も多くいる。今は、まだ。だが、何が起こるか予測できないのがこの世というものだ。破壊と殺戮(さつりく)を求め、攻撃性と暴力の捌け口をさがして熱に浮かされたように行軍する男たちの姿が、おれには見える。幻視者でなくても、〈星読み〉でなくても、目蓋(まぶた)の裏にははっきりと浮かびあがってくる。

おれは大きく呼吸して、震えを払いおとした。

「サンジペルス、泣いている場合じゃあないぞ」

つとめて感情をおし殺して、魔道師見習いの前に立つ。ぬれそぼった頬をあげるのへ、立てよ、と厳しい声で言った。サンジペルスはよろめきながらも立ちあがり、袖で顔をふいた。

「何が真実かはわからないが、最悪の場合を想定して動かねばならん、と思う。それも大至急。だから、おまえは東へ飛べ。ライディネスの進路上の村や町に警告しながら親父さんのところへ帰れ。皆を避難させろ。エイリャのお気にいりの村だ、ありったけの物を持って外輪山にひそめ。いいな、わかったな」

「……でも、エイリャさんが――」

「エイリャにはおれから伝えておく。さあ、しゃっきりしろ。ここが男の矜持の見せ場だ」

「冬山をこえてエズキウムまで往復したことを思えば、楽勝だろ？」

マーセンサスも脇から励ます。ああ、あれはすごかったよね、とユースも破顔する。

「おまえの一言でどれだけの生命が助かることか。行ってくれ、サンジペルス。そのための翼だぞ」

いささか照れ臭い科白を口にすると、本来育ちのいい、おだてに弱い彼は、たちまちその気になった。不安げだった表情を決意に変えて頷いた。ダンダンが、ガンバルノヨ、トンデイクノヨ、とやさしく鳴いた。その語尾が消えないうちに彼はツバメに身を変じ、宙に弧を描いたかと思うや、たちまち青空の彼方へ。

それをしばし見送ったあと、おれはマーセンサスにふりむいた。何も言わないうちに彼は首をふった。

「ラァムとカダー、二手に分かれるのは感心しねえ」

ここは判断のしようだったが、彼は皆でカダーに行き、確かめることを確かめてからラァムにおしかけるべきだと言っているのだ。それでおれの迷いも消えた。ことわっておくが、ほんの少し迷っていただけだぞ。

三人してトゥーラの家に戻る道すがら、興奮している兵士たちの姿を目にした。兵士たちに食糧や毛布やらを接収された村の人々は、呆然として抵抗もしないようだ。春の収穫でなんとか食いつないで、秋を待つしかあるまい。おれたちにはどうすることもできない、と胸の痛みに耐えていると、ユースが、ねぇ、と口をひらいた。

「エンス、魔道師なんだよね。何かできることないの？」

目の縁を赤くして、今にも地団駄を踏みはじめそうだった。

「何をしろっていうんだ」

寛大で鷹揚（おうよう）なさすがのおれも、少しばかり意地の悪い口調になった。ユースはめげない。

「村の人たちにしてやれること、ないのかよ」

ううむ。そう言われると、何かしなくてはならないと思ってしまうではないか。おれはしばらくあたりを見回してから、懐（ふところ）から白い細紐をとりだした。ユースのなまくらで、肩幅の長さに切ってもらったのは、女王が〈レドの結び目〉を作るときにこの剣を使ったことを思いだしたからだ。大した魔力は感じなかったが、普通のナイフで切るよりは効果が増すだろう。切った紐を大きな漁師結びにしてみた。祝福の呪文を唱えて、できあがったのは繁栄と安寧（あんねい）の護符。

「このくらいしか今はできないかな。戻ってきたら畑の作物が豊かに実るように呪（まじな）いをかけよう」

そうことわって、以前防壁として急遽打ちこまれた木柵の上に投げかける。

「野盗や山賊は村に入ってこられない。病は少しは退けられる。それからな、これは内緒だが、あいつらも」

と、家々から奪いとった荷を肩にかついで意気揚々と広場へ帰っていく兵士たちを顎で示した。

「一度出たら村には戻れない」

ユースはにやっとした。マーセンサスが再び歩きだした。

「だが連中も、少しは恩義と罪悪感があるようじゃぁないか。いくらかは残していくみたいだ。根こそぎさらうのはさすがに気がひけるってことだな」

人というのは不思議なもんだ。余程の悪党でない限り、宿飯の恩義がある相手には、そうそう阿漕（あこぎ）なことはできない。良心という小さい球がときおり転がって、無垢であった少年時代の心を思いださせるのかもしれない。

おれたちもトゥーラの家で準備をした。親父さんが気前良く乏しい食糧を分けてくれたのには恐縮した。――マーセンサスは、「半分以上おれたちが狩ってきたやつだがな」とそっぽをむいてちくりと言ったが、親父さんの耳には届かなかった――支度をほとんど整えると、塔からトゥーラがおりてきた。

「わたしの分も用意してくれたのかしら」

赤銅（あかがね）色の髪は野良猫の毛のようにそそけ、目の下には隈（くま）ができ、唇は割れていた。マーセンサスとユースと親父さんが、ここで待つように、疲れがとれていないじゃないか、もうしばらくあとから追いかけてくればいい、と三人がかりで言いたてたが、それらを無視しておれの手から合財袋をひったくり、

「行くわよ」

と敷居をまたいだ。トゥーラ、と悲鳴にも似た呼び声をあげ、両手で頭を抱えた親父さんに一瞥を送り、にっこり微笑んだ。

「父さんは大丈夫よ。一年でも二年でも、一人でやっていけるでしょ。困ったときには村長に言えばいい。助けてくれるはずよ」

やっぱりいい女だ。特に笑ったときがすばらしい。

マーセンサスに肩をこづかれて我にかえり、慌てて彼女のあとを追った。


カダーについたのは二日後の夕刻だった。白い塔が林立するむこうに、茜色の残照が帯のように広がっていた。五日めの月が黄金のフィブラさながらに夜の首元に輝き、星々が一つまた一つと藍色のセオルに縫いつけられていく。夕餉の支度の薪の匂いが漂い、ほの青い煙もたなびいていた。

ユースの斥候で、町の門にはライディネスの衛兵が番をしているとわかった。マーセンサスが一計を案じ、まんまと潜入することができた。

おれの肩の上で横着を決めこんでいたダンダンに、ユースを追いかけさせた。ユースは悲鳴をあげながら門を駆けぬける。門番二人は、大きめの蜥蜴か、小さめの竜か、正体不明の生き物が翼を翻しては少年に襲いかかるのを目にして、少年を助けようと走りだす。その隙に他の三人は町中に入り、何くわぬ顔で通行人となる。ダンダンは宵闇に紛れて姿を消し、少年は泣きべそをかきながら門番たちに礼を言い、──「これはおいらの村でとれたもんです、こんなものしかないんだけど、受けとってくだせぇ」と、道中の非常食だった青ブナの実の小袋を手渡して──門番たちが事態を把握しきれないでいるうちに路地裏にとびこんだ。

おれたちは、リコが軟禁されていると思しき伽藍の前で落ちあった。ライディネスはすでに進軍したあとだったが、さすがに一個中隊は残していったらしい。中央司令部であったその建物には、篝火がたかれ、兵たちの出入りもぽつぽつとあった。

遠巻きに灯りをながめながら、さてどうしたものかと考えをめぐらせる。リコがあの中にいる確率は半々と思っていい。共にいてくれるエイリャに会えれば事は簡単なのだが、いかんせん連絡係のサンジペルスはいないのだ。

「ダンダン、ミテクル」

さっきの騒ぎで調子に乗った蜥蜴が、羽ばたいた。おれは慌てて片手でおしとどめる。こんなのがばたばたしたら、収拾がつかなくなる。

「ここは、あれだなぁ、おい」

マーセンサスが皮肉口調に目で町の方を示した。

「酒場で一杯、といこうじゃないか。噂は酒場から生まれるってな。泊まる場所も必要じゃあないかい」

もっともだ。するとトゥーラが自分の荷物をおれに押しつけてきた。

「わたしが行く。みんな、宿で待っていて」

抗議しようと口をひらきかけると、牙を隠した笑みを見せた。

「わたしは身が軽い。音をたてないで動ける。それにねぇ、男三人で乗りこむよりは無事に戻ってくることができそうでしょう?」

おれたちの大足が、まるで、できの悪いどた靴そのものであるかのように指さした。

「目印に、エンスの紐を宿の戸にでも結んでおいて」

と言い捨て、渦巻く髪を翻してあっというまに暗がりの中へ。

「なぁんかさぁ」

二呼吸しても動かないおれたちの背中にユースが遠慮のない感想をのべた。

「トゥーラさんには過保護になってないかい、おじさんたち。あの人、護ってやらなきゃならないほどやわじゃないぜ、そのへんの女とは違うんだけどなぁ」

あ、と二人とも気づかされた。おれとマーセンサスは顔を見合わせた。おれは惚れた弱みで、マーセンサスは親友が惚れた相手だという気遣いで、礎(いしずえ)の部分を忘れかけていたらしい。そうだ、トゥーラがトゥーラだから、惚れたのだ。籠に飼う鳥にしかかっていたぞ。危ない、危ない。

「アブナイ、アブナイ」

ダンダンも調子をあわせる。こいつ、おれの考えを読みとったのか。感じたのか。気をとり直して男三人、町中に戻った。マーセンサスの予想とは異なり、宿の食堂に人気はなかった。薄いシチューを供してくれた主人が言うには、ライディネスの侵攻からこっち、客足が途絶えたものの、兵士たちがかわりににぎわせていた。もちろん、宿代など払ってもくれなかったが。その兵士たちもあっというまにいなくなり、店をたたんで田舎へひっこもうかと思案中だ、と。人も物資も入ってこない町には、生き残る術がない。カダー寺院が再興することを願うばかりである、と首をふった。

口数少なく薄めた葡萄酒をちびちびやっていると、ようやくトゥーラが入ってきた。過保護だ、と言われても、彼女の顔を見てほっとするのは仕方がないことと許してほしい。トゥーラはユースの杯をひったくって喉を鳴らした。飲み干すと水差しからおかわりを注ぎ、半分ほど空けてから、ようやく腰をおろした。

「リコはいないわよ。ライディネスがつれていったって」

ああ、そうなってしまったか。

「別塔の女三人も一緒ですってよ。エミラーダ、パネー、それから若い軌師」

「シャラナだな」

おれは嘆息まじりで頷いた。それを聞きだすのに、トゥーラが何をしたかは考えないでおこう。生命を奪うまではやらなかったと信じる。

「もう日数から言って、ラァムに到着していると思う。追いかけなきゃ」

湯気のたっている新しいシチューに顔をつっこみながら呟き、最後の一滴までなめつくさんばかりに平らげると、ようやく身体を起こした。

「言う機会がなかったけれど、塔でエミラーダが見つけたことを話すわね。彼女、前に碧の石のことを口にしていたでしょう？　それを手に入れた。碧の石はパネーの暴走をくいとめるし、ユースの剣と一緒にすることで〈レドの結び目〉をほどく力になるみたい。彼女、今、石を持っているわ」

「まてまてまて。一体何のことやら。わかるようにしゃべってくれないか、お嬢さん」

マーセンサスが両手を広げ、ユースは腰の剣を確かめ、おれは疑問を口にした。

「どこで手に入れたんだ」

トゥーラは口角をあげておれを見た。ああ、至福のときよ。

「わたしの塔の屋上」

至福のときはしゃぼん玉さながらにいっぺんではじけた。男三人は目をむき、立ちあがり、手をふりまわして口々にわめいた。なんで今頃になって、塔にあったんだって、なんてことだ、トゥーラはどうして見つけられなかったの、あんたの家じゃないか、旅の途中でどうして話してくれなかったんだ、内緒にしていたのはどういうわけだ、わあわあわあ。

トゥーラは口角をあげたまま首をやや傾けて辛抱強く待っていた。言うべきことを言いきり、息が切れ、沈黙がおりた。彼女が人差し指で卓をとんと叩き、座って、と命じる。おれたちはおとなしく席についた。

「わかるように説明してさしあげるから、口をさしはさまないで聞いてちょうだいねぇ」

7

ラァムはもぬけの殻だった。おれたちも早立ちで急いだのだが、人っ子一人いなくなっていた。女子どもはどうしたのだろう。男たちが徴兵されたとしても、弱い者まで一緒につれていっては、足手まといだ。おれたちは西の方から強風が吹きだした中、拝月教寺院の門前に立ちすくんだ。

「追いかけたいところだが、嵐がくるぞ」

マーセンサスが頭をめぐらせて大気を嗅いだ。トゥーラがセオルをかきあわせた。

「寒くなってきてない？」

初夏に一歩足を踏みいれた時候だというのに、風は春先の冷たさだ。

「まだ昼をちょいとすぎた頃だが、今日は動かない方が身のためだな」

「このくらい平気だけど」

「ユーストゥス、おまえさんは平気だろうさ、何もわかっちゃいないお子ちゃまだからなあ」

マーセンサスがちょっと毒のあるからかい方をする。唇を尖らせた少年が言いかえす前に、おれが説明した。

「このあたりから北、東方面は、カダーやオルンとは気候がちょっと違うんだ。おまえが経験してきた穏やかな日がつづく南方とも同じじゃない。とにかくここは、おとなしく言うことをきけ」

「あの家が頑丈そうよ。エンス。薪も裏手に山積みだし」

トゥーラが石造りの大きな家を指さした。町中を流れる川のほとりに建ち、おれたちを招いている。三人が歩きだすとユースも渋々ついてきた。

裏口があいていた。驚いたことに、今どき裏口にも足ふきの敷物が敷いてある。古いが、上等だ。広い厨房はすでに荒らされ、転がった銅鍋がかつての隆盛をわびしく物語っていた。マーセンサスは地下室への上蓋を見つけておりていった。おれたちは暖炉と寝床をさがして先へ進む。

広い居間に行きあたった。やはり古くて上等の絨毯が敷きつめられている。壁にはタペストリーがかけられているが、こちらはあちこちはがされて、ライディネスの兵士たちの餌食になったと思われる。意外に重いのに閉口したのか、戸口付近に打ち捨てられている掛け物や敷物が、まるで牛の亡骸のようだ。窓辺に近い場所に、数台の織機が鎮座しており、織りかけになっていた。その足元には糸車や紡錘機が横倒しになったり踏みつけられたりしていた。色とりどりの羊毛のかたまりや半分糸に縒りあわされたものが散乱して、狼藉を嘆いている。

トゥーラは腰に手をあててしばらくながめてから、暖炉の方に歩いていった。

「さすがに薪を蹴とばすことはしなかったらしいわね」

おれは糸玉を二つ拾いあげた。かたく縒りあわされた羊毛は、これからさらに二本どりか三本どりにされるはずだったのだろう。これも紐だ、そのうち何かの役にたつやもしれん、と懐におしこんだ。ダンダンがいきなり飛びあがって、火床をつくろうとしているトゥーラのそばにまいおりた。

「ダンダン、ヒ、ツケタゲルノヨ」

言うが早いか、口から炎の帯を吐く。トゥーラが素早く手をひっこめて、危ないじゃないの、まだ準備の途中よ、と悲鳴をあげた。おれはまだ少しむくれているユースに、窓板を全部おろそうと提案する。予想どおり、風が強まってきていた。

すべての戸口と窓を閉め、戸棚奥に大事にしまわれていた蜜蝋を立てる。太い蠟燭は一本で織物一反に匹敵する品物だが、この御時世だ、遠慮なく使わせてもらう。黄金の炎は昔の良き日々を思いおこさせる。

薪が元気に爆ぜはじめ、逆風が吹きこまないように魔法をかけていると、マーセンサスが大きな盆に食物をのせてあらわれた。感嘆の声があがったのは、ちゃんと焼かれた肉が匂い、湯気のあがるスープと大きなパンとバターのかたまりが目に入ったからだ。肉を切り分けてつまみ、玉葱とカブのスープは端の欠けた一つの碗でまわしのみする。パンはやたらかたいのを力ずくで薄切りにし、暖炉であぶった。バターをのせて嚙みしめ、ようやく嚥下できる代物ではあったものの、パンはパンだ。

「どこから見つけたの、これだけのもの」

トゥーラがもぐもぐやりながら尋ねた。

「地下室の食糧庫の床下に、もう一つ非常用のが掘ってあった。ほら、この前一度、ライディネスの襲撃にあっただろう？　民人の生きのびる知恵をあなどっちゃあ、いけないぜ」

「まだ入っている？」

期待に目を輝かせるトゥーラへ、マーセンサスはおう、と頷いた。

「嵐が三日つづいても、たらふく食っていられるほどな。肉と玉葱とカブとパンだけだが」

ぜいたくは言っていられない。食べるものがあるという安心感は大きい。そしてその嵐は、激しくなってきていた。横殴りの突風が、石壁をも突き崩すほどだった。窓板の一つがはずれかけて蠟燭を倒し、部屋に風が渦巻いた。風に翻弄されたダンダンが、おれの首に尻尾をきつく巻きつけて、息がつまった。咳きこむおれとマーセンサス二人がかりで焚きつけの薄板を打ちつけて、やっと平穏が戻った。ようやく嵐のすさまじさに納得したらしいユースは、小さな声で謝って、ふくれっ面を消した。

「あの仏頂面をつづけるんだったら、一つ殴っちゃうところだったわ」

とは、暖炉の前にざこ寝したとき、トゥーラがそっとささやいた言葉だった。

風雨は一晩中吹き荒れた。窓板をがたがたと鳴らし、壁を破城槌のように叩き、隙間風も鋭い刃さながらだった。トゥーラは鼻をおれの胸に押しつけてきて、おれとしては御満悦だった。久しぶりに長く休めたので、翌朝は全員すっきりとした顔で起きた。おれも朗らかに、地下から失敬してきた食糧を袋につめこんだ。全部なんて欲ばったことはしないぞ。家の主人や家族がまだ生きていて、戻ってきたときのためにちゃんと残しておいた。

　ユースが正面扉をあけると、風が勢いよく吹きこんできて、暖炉の灰をまきあげた。しかしそれも、昨夜ほどの威力はなく、雨もやみかけていた。ちぎれ雲の隙間からは、わずかな青空がのぞいていた。上空はいまだ荒れ模様で、神々は宴会をつづけているらしい。

　嵐はライディネス軍をも襲っただろう。おれはリコを心配した。悪い風にあたったり、雨に濡れるだけで年寄りは体調を崩す。そうしてあの年で一旦具合が悪くなれば、生命とりにもなりかねない。エイリャがついていてくれることだけが支えだ。

　大股に足を踏みだすと、今度は南風が吹きおろしてくる。巻きつけたセオルの下でたちまち身体が汗ばむ。厄介なことだ。それでもおれたちは一列になって東への道をたどっていった。石畳はすぐにぬかるみに変じ、やがて森の中へ潜りこむ。大軍がとおったあとは踏みならされて、下生えもへし折られ、方向を誤ることはなかった。梢は左にゆれたかと思うや右にゆれ、神々の飼う天上の獣たちが咆哮し、かっと照りつけてきた陽射しはまたすぐに隠れる。

　昼をすぎたあたりから嵐の残滓も後方へ退いた。低い山を三つほど越した頃には雲の流れもゆるやかになって、さわやかな大気にようやく汗を乾かした。

　先頭に立ったおれの耳に、人声が届いた。これから坂を登ろうとする山中だった。おれは立ちどまってふりむいた。トゥーラが頷き、マーセンサスも目で合図した。きょとんとしているユースに音をたてないようにと指を立ててみせる。トゥーラがかすかに首を傾げ、自分が斥候役をすると示し、返事をする前にいなくなっていた。

おれたちはしゃがみこんでじっと待った。静寂の中に、大勢のざわめきがかすかに響いてくる。頭上の枝で突然、木槌が打ち鳴らされる音がして、ユーストゥスが飛びあがった。マーセンサスが笑いながら首をふって落ちつかせる。

「キツツキだ、キツツキ」

「あれが……？　大工の音みたいじゃないか」

ユースは顔をまっ赤にして憤慨する。一打ちと一打ちの間が、なるほど大工の槌音と同じだ。知らなければ人間の仕業だと誤解するのも無理はない。とはいえ、これをあとで揶揄の種にしようとマーセンサスは舌なめずりをしているな、と薄笑いが浮かぶ。

トゥーラが帰ってきた。声をひそめて報告する。

「この先の平地と尾根に全軍が散らばっている。物見はいないわ。敵などいないと安心しているようよ。川が増水していて、橋が流されたらしいの。渡河できる場所をさがしているみたい」

おれの笑みは深くなった。

「ゆっくりリコたちをさがせるな」

「人数はどのくらいだ。やっぱり四千人ほどか」

「それがねぇ。増えちゃっているわ。噂を聞きつけたならず者や山賊くずれやもて余し者が、途中途中でくっついてきちゃったらしいのよ。食いっぱぐれがないとか、剣の腕前を見せたいとか、そんなのばっかり」

「四千三百くらい？」

「四千六百くらい。進軍をつづけたらもっと増えていくかもしれないわねぇ」

「どっからわいてくるんだろう」

とユーストゥスが疑問を呈した。マーセンサスが教える。

「オルン村にも、働きたくはないが、力はふるいたいって輩がいたな。ああいうのがここぞとばかりに加わったんだろうさ。支配したい、王になりたい、威張り散らしたい、これぞ男の本懐、男の夢ってな」

「迷惑この上ないことだがな」

「おのれの力を試したい、誇示したい、敵を叩きふせたい、のしあがりたい。人のことは言えん。おれも若いときはそうだった」

マーセンサスの告白に、ユースが目を丸くした。

「あんたでさえ？……どうやって克服したの？　今じゃとてもそんな感じには――」

おれはそのつづきをさえぎった。

「人を傷つけて平気なやつは、余程どっかが壊れているか、慣れすぎて無感覚になっているか、自ら進んで闇に染まった者か、だな。ライディネスは三番めの類だが、皆が皆ライディネスにはなれない」

「……は？　何言ってんのさ」

「イスリルの魔道師をおのれの中に受けいれて力を得るなんてまねは、そうそうできるもんじゃないのさ」

そこへ、トゥーラがいらいらした口調で割って入った。

「……ねえ、ここで倫理をとく神官の真似をしていたら日が暮れてしまうわ」

なおも問いをつづけたそうなユースを無視して、おれとマーセンサスは同意した。

「物見が立っていないんなら、事は簡単だ。一人二人捕まえて、リコの居場所を聞きだせばいい」

「こっそり入ってこっそり連れだせるな」

「ユース、おまえはここで待っていろ」

反発を予想しながらあえてそう指示を出すと、

「わかったよ」

と意外な返事だった。

「でも、エミラーダさんたちは？　彼女たちはどうするの」

「リコを助けだすのが第一だ。彼女たちは自分でなんとかしてもらわなけりゃ」

ほんの少ししどろもどろに答えた。忘れていたわけではないぞ、誓って。

「でもどうせなら、一緒に助けだした方が良くない？　だって、ほら、リコさんだけ助けだしたあとだと、警戒が厳しくなっちゃうじゃないか。二度めの奪回って難しくない？」

「坊主の言うのも一理あるな」

マーセンサスがにやにやしながら加勢した。それでは仕方がない、とおれたちはもう一度計画を練り直す。

まず、マーセンサスとおれが、十人隊長級の何人かを森にひきずりこむ。簡単だった。四千幾百の人数だ、男たちは密集を余儀なくされて、辟易した者や用を足したい者が群れからはずれる。そこを狙って襲いかかり、木にくくりつける。〈白状〉の紐結びをすれば——リコの書きつけをめくってトゥーラが見つけておいてくれた——尋問は滞りなくすんだ。彼らが知っているのは断片ばかりだったが、つなぎあわせればおぼろな全体が見えてくる。

気味の悪い笑い声がした、とか、食べ物が運ばれている、とか、インクと紙片を調達するように命じられた、とか。どうやら女がいるらしいという垂涎の噂、いやいや、婆さんたちのことだろう、ライディネスの天幕近くにどうして婆さんが囲われているんだ、云々。

おれがリコの方に行く。エミラーダたちを逃がす。ユースとマーセンサスはライディネスの注意をひきつける。トゥーラがその隙にエミラーダたちを逃がす。問題は、どこに逃げるか、だが、

「一旦退くというのも手だな」

とのマーセンサスの提案に対して、トゥーラとユースがそろって反対した。

「どこまでも追ってくると思うわよ。大事な人質二組を同時に奪われたら、面目丸つぶれだもの」

「あいつの進軍を止めなきゃならないんだろ？　だとしたら先に行って迎え討つ構えじゃないと、だめなんじゃないの？」

「先に行くって？　どこに行く？　川は増水して渡れねぇぞ」

あくまでも皮肉っぽい口調で、冷静に現実を示すマーセンサスだ。

「迷路の魔法に大騒ぎの魔法を組みあわせて、足止めすることはできそうだが」

とおれはふと思いついて言った。

「そのあいだにあの山に逃げこみ、川が渡れるようになるまで身を隠すってのはどうだ？」

木立のあいだに、丘より少し高いくらいの尾根が見えた。トゥーラが頷いた。

「川の上流ね。案外、渡れる場所もあるかもしれないわよ」

「なんだ、トゥーラ、通ったことがあるのか」

「ユースを追いかけていた途中、近道だと思って通ったところじゃないかしら。結局、遠回りになって、見失ったけど」

集合場所がそれで決まった。尾根の上に集まり、川を渡れる場所をさがす。

さっそくおれたちは二手に分かれた。

おれの方は比較的容易に事は進んだ。リコのいる天幕は、一辺が一馬身ほどの大きさだった。四人も見張りがいたものの、爺さん一人を外に出すまいとするよりは、周りの兵たちに余計な穿鑿を許すまいとする目的のようだった。目くらましの術が使えればもっと楽だったろうが、生憎おれは得意ではない。見破られる危険性の方が高いので、別の方法でいくことにした。

天幕が使えるのは百人隊長級の連中だけで、あとの者は皆、急ごしらえの竈の近くに、賽子遊びや腕ずもうで無聊を慰めている。伐採した若木を組んで簡単な櫓様のものを造り、セオルで日陰を作ったり、袋や小道具をひっかけたりしている。おれはその竈の幾つかと櫓に目をつけた。

　さっき捕虜にした男たちのところへ戻り、一人の腰から投石器を拝借した。〈白状〉の魔法でくたびれた彼らは木にくくりつけられたまま高鼾だ。陣営に駆け戻って、藪の中から石を投擲する。おれの拳ほどもある石がつづけざまに二発、ちゃちな櫓に命中した。無造作に重ねられた食器が崩れるように、細木を立てかけただけのそいつは、セオルや小物を散らかしながら瓦解した。怒号と喫驚の叫びにつづいて、嘲笑があがる。

　次の数投は腕の見せどころだ。さっきの四半分もない小石は、男たちの頭上に放物線を描いて飛び、八割がた竈の中に落下した。二割は誰かの頭に当たったり、虚しく地面に転がったが、そのへんは御愛嬌としよう。竈は破裂したかのように炎と灰を舞いあげた。悪態をつく、咳きこむ、警戒の声をあげる。

　その隙にリコの天幕の方へと移動すると、案の定、衛兵たちの関心は騒ぎの方にむいた。裏側を護っていた二人も前方へと踏みだしている。おれは躊躇なく中へと潜りこんだ。気づかれなかったか、としゃがみこんで耳をすませた。大丈夫のようだ。頭をめぐらせると、今にも叫びだそうとしているリコと、毛を逆立てた山猫が薄暗がりに浮かんだ。

「おれだ、リコ。助けにきたぞ」

とささやくと、

「なんじゃ、エンス、びっくりさせるな。寿命が縮まったわい」

　わめくような声量で言ったものだから、山猫は横っとびに逃げ、おれは慌てて長櫃の陰に身を伏せた。長櫃とはいえおれの身体を隠しおおせるほどの大きさはなく、一瞥でたちまち見つかってしまう代物だ。予想どおり、衛兵の一人が幕の端をあげてのぞきこんだ。

「何事だ、爺さん」

次にリコのとった行動は、年寄りながら実に機転のきくものだった。あとあとまで思いかえしては感心したのだが、

「ちょっと来てくれい、何か変なものがいるぞい」

と手招きした。衛兵は少しは警戒したのかもしれない。だがそれをしのぐ油断というものもあった。ずかずかと入りこんできたところへ、飛びあがって剣の柄で顎を強打する。胸も喉も防具で護られていたので、それしか方法はなかったのだ。一撃で昏倒させ——悪いな、しばらくは首の不調で苦しむだろうが、骨は折ってはいない——敷物の上に転がりかけたのを支えながら静かに横たえた。外から、おいどうした、大丈夫か、と仲間の呼びかけには声音を使って、

「おう、爺の勘違いだ、すぐ出る」

と返事をした。手真似でリコを裏の方に呼びよせ、そっと幕をめくれば幸いなるかな、見張りはまだ前方に気をとられて持ち場を離れている。

リコをおしだし、おれも半身だけ外に出てから、山猫に合図して、

「おおい、皆手伝え、ちょいと手がかかる」

と声音再び。あとは確かめもせず、リコを抱えてつっ走り、藪の中に飛びこんだ。そこから森の方へ半腰で進む。天幕の中では衛兵たちの悲鳴と猛り狂った山猫のすさまじい吠え声が入り

まじっていた。

森際の下生えで、リコを休ませつつ待っていると、山猫が矢のようにふっとんできて、おれたちの頭を越していった。おれは懐からまだらの四色紐に真紅の紐を八の字結びにしたやつをとりだして、来し方にばらまいた。四色不足だが、多めの呪文で補う。――おそらく補えるはず。これで、追手はしばらくのあいだ迷路にはまり、かつ、大騒ぎをして踊ってくれるだろう。

森の道に戻ろうとすると、リコが袖を引いた。

「エミラーダたちがまだ捕まっておるぞい」

おれはやさしく肩を叩いてやり、

「そっちはトゥーラとユースとマーセンサスが三人がかりで助ける段取りだ」

「大丈夫かいのぅ」

「それよりリコ、怪我はないか。ちゃんと食わせてもらっていたか。足腰は弱ってはおらんだろうな」

いつもなら気遣い無用とつっぱねるはずが、また袖を引いて、

「のう、エンス、エミラーダは少し具合を悪くしておるようなんじゃよ」

「具合が悪い……？　流行病か？　風邪か？」

「いんにゃ。あの婆ァ、ほれ、エミラーダの上役の、あれの気にあてられていると、わしは睨んでおるんじゃがの」

「そうか。ならば今日是非とも救いだして、手当てしてやらなけりゃならんな」

「あの三人で大丈夫なのか？　おまえが行かなくても救いだせるのか？」

　そう言われては少々思案せざるをえない。パネーとエミラーダが歩行もままならないとなると、シャラナとトゥーラ二人で支えなければならないか。若い二人ならやりとげるかもしれないが、意識を失っているとすれば難しいか。

「大体、三人でどうするというのじゃ。おまえの考えた策はどうにもいきあたりばったりで信用ならんぞい」

「いきあたりばったりの方がいいんだよ、リコ。どんなに綿密に策をめぐらせても、思ったとおりにはならんものだ。それに、これはマーセンサスの案が中心だぞ。信用ならん、は言いすぎじゃあないかい」

　別に怒ってはいないぞ。ちょっと傷ついただけだ。

　森の道に出たところでエイリャが待っていた。遅いよ、の一言は、助けが遅い、の意だろう。木の根や小石に注意しろ、とリコの尻を押しながら坂道を登る。さほど行かないうちにリコが立ちどまった。息を切らしながら訴えることには、

「なぁ、エンス。わしにはエイリャがついておる。あそこから出られれば、あとは二人でなんとかなる。むこうへ行ってくれい」

「任せてくれていいよ」

と先頭を露払いしていたエイリャもふりかえった。

「どうせ年寄り二人、ゆっくりしか進めないからね、あんたが行って皆をつれ戻ってくる頃に、

あたしたちもちょうど尾根のてっぺんさ。行っとくれ」

おれはそれでも心配だったが、彼らの言うとおりだと頭ではすでに納得していた。リコは大丈夫だ。エイリャを信じなければ、牛にされてしまうかもしれない。

「わかった、転ぶなよリコ。エイリャ、頼むぞ」

言いおいて踵(きびす)をかえす。跳びはねるように坂を下り、梢のあいだを駆けぬける。そうと決まったら、一刻も早く、だ。

計画はこうだった。マーセンサスとユーストゥス二人は、堂々と正面からライディネスに面会を申しこむ。やつが――やつらが。ライディネスとイスリルの魔道師が――興味をもつ条件を示して、注意を引く。その隙に、トゥーラが御婦人たちを助けだす、という寸法だ。

おれは下生えをかきわけ、踏みつぶしながら進んでいく。

ライディネスの本営は、リコのいた天幕から山頂を巻くようにつづく道の先にあった。一旦登り坂になったあと、なだらかな下り坂となり、下った端は比較的広い台地だった。その台地に十をこす天幕と、さっきおれが壊したのと寸分違わない簡易櫓が建ち、七百人ほどの男たちがひしめいている。

その大半が一ヶ所に集まって一点を見つめていた。

本陣天幕前に空地がつくられ、ライディネスと思(おぼ)しき男と大小二人の男が対峙(たいじ)している。もちろん大きい方はマーセンサス、小さい方はユーストゥスだ。

おれの目は本陣から五馬身ほど離れた別の天幕にひきつけられた。本陣とのあいだに、兵たちの荷物がごちゃごちゃと置かれている。脇には急ごしらえの馬房が、百頭あまりの馬をおさめていた。

よくもまあこれだけの規模の一軍を維持しておけるもんだ、と感心し、おっと見惚れている場合じゃあないぞ、と気をひきしめる。おそらくあの奥の天幕がエミラーダたちの軟禁場所だろう。

おれは道をはずれて台地と森の境目をまわっていくことにした。本営を右手にしながら天幕の方へと近づく。わぁっと歓声があがったのは、ライディネスとの話し合いがついたからだろう。

「投降したい」

と陽射しに目を細めながらマーセンサスが申してる。本来であれば口八丁の役はおれに当たるはずだが、いかんせん、相手はイスリルの魔道師疑惑の濃い男だ。へたにおれの顔を見せたら、何をするかわからん、ということで、マーセンサスがやることになった。マーセンサスもあらゆる世を渡ってきた男であるから、一筋縄ではいかない。口上手はおれの方だがな。怪訝な面持ちの大将相手に、彼はいろいろと理由をのべたてる。本当に力のある男だ、ついていくに損はない、寄らば大樹の陰、長いものには巻かれろ、云々。

「ただぁし！　条件がある」

元剣闘士のぶ厚い肩をそびやかし、

「あんたと腕比べをしたい」

と言う。付け加えるのなら、実戦で働くあんたを見たわけじゃあないからな、とちくりとやる。確かにあんたの戦略を練る才能、これだけの人数を統率する能力はすごいと思うぜ。だが実際の腕前はどうなんだ？　勘は鈍っていないか、腕力は衰えていないか、足さばきは敏捷なままか。易々と討たれる大将を何人も見てきたからな。誰よりも強いってことを証明してみせてくれ。

ライディネスは少年のような形のいい目に何の光も宿さず一呼吸、それからおもむろに身じろぎする。

「わたしが勝てば配下になる、と。ではわたしが負けたらどうするのだ」

「そんときゃあ、あんたの軍をそっくり頂戴する」

マーセンサスは手を大きく払って、

「……というわけにはいかんだろうなぁ」

ふん、とライディネスなら薄笑いを浮かべるだろう。

「あんたが束ねているから皆がついてくる。……少なくとも幹部連中はそうだな。おれじゃあ無理だ」

「よくわかっているではないか」

「なので、あんたが負けたら、テイクオクの祐筆（ゆうひつ）のリコ爺をもらい受けたい」

リコ脱出の報せ（しら）はまだ届いていない。あっちはあっちで大騒ぎ、しかも迷路にはまってもうしばらくは注進にこられない。

この交換条件を出すことでライディネスの疑念も霧散するはずだ。相手の真の目的をとらえたと確信するだろう。わかった、とライディネスは答える。どのみち、選択肢はない。挑戦されたら配下の手前、受けざるをえないだろう。で、歓声が山にこだまするわけだ。滅多に拝めない大将の太刀さばきが見られるぜ、あの大男相手にどうたちまわるかこりゃ見物だぜ。

おれが移動しているあいだに、マーセンサスはさらに交渉をおし進めるだろう。

「それでだな、ついでといっちゃあ申し訳ないんだが、こっちのこの小僧、おれの弟子にして数ヶ月になるんだがな。これがどうにもきかん気で、あんたと是非是非手合わせしたいと強情をはる。悪いんだが、おれとの試合前の手慣らしに、ちょいと相手をしてやってくれねぇかなぁ」

おれは藪をまたぎこして急ぐ。意地悪く張りだした小枝をはらいのけ、もう全員が試合見物に持ち場を離れたところを見計らって陣地内に駆けこみ、荷車の陰から穀物袋の後ろへ、さらに天幕から天幕へと静かに走ってようやくめざすところに至った。

ライディネスはよかろうと返事をする。アムドや側近たちは、自分たちが代わりに、と申しでるかもしれない。だがユーストゥスが、あんたじゃなきゃ嫌だ、おれは世界一の男とどのくらいやりあえるか試したいんだ、とわめく。男たちは失笑するだろう。少年の血気盛んな様子に、知らず知らずかつてのおのれを重ねあわせて。ライディネスもかすかに笑みを浮かべて一歩踏みだす。木刀を持ってこさせるまでのしばし、少年は短い剣をとりだして、なまくらであることをアムドに確かめさせる。何のからくりもないことをアムドが確かめて頷く。

そのあいだ、おれは天幕の端をそっとめくり、女たちを呼びだした。シャラナがエミラーダを支え、トゥーラは毛布にのせたパネーをひきずってくる。

「よかった、エンス。今度ばかりはわたし一人ではどうにもならないと思っていたわ」

トゥーラが汗のにじみでた額を光らせて吐息をついた。おれはパネー婆さんを背負い、逃げる道筋を示しながらふと思いついてトゥーラに紐を託す。ダンダンは少し場所を譲って頭の上に前足を乗せた。トゥーラが吹きだす。

「投げればすぐに発動するようにした。弱い魔法だが、自分がひっかからないように気をつけろ」

トゥーラは笑みを浮かべ、おれはこんな事態なのに思わず見惚れてしまった。そのとき空地の方から天をもどよもす怒号が聞こえてきた。おれはシャラナたちがよろめきつつ姿を消した藪にむかって駆けだす。トゥーラはすでに馬房の方へ飛んでいった。怒号は山々にはねかえって、さらなるこだまを生む。

まもなくシャラナたちに追いついた。大丈夫か、と声をかけると、脂汗を浮かべたエミラーダが青い顔のまま微笑んだ。足どりはしっかりしているとはいえないが、よろめくほどでもない。

「あっちの尾根までがんばってくれ。そら、そこの登り坂をあがれば、一休みしてもいいぞ」

「一体、何事ですか、あの騒ぎは」

エミラーダが肩越しにふりかえりふりかえり尋ねた。

「あれか？　あれはユーストゥスがライディネスをふっとばしたんだ」

「ユーストゥスが？」

うまく試合をするようにマーセンサスが持っていったことを説明した。

「で、できるだけ逃げまわって時間かせぎをした。冷静なライディネスでも、ちょっとはいらだったろうさ。で、必殺の一撃、は大袈裟か、ま、少しばかり本気になって打ちこんできたところをユースが受けとめる。あの剣でな」

歩みながらエミラーダが息を呑む。おれは彼女の背中に頷いた。

「おれたちの推測が正しいんなら、ライディネスはものすごい衝撃を受けるだろう。正しくなかったら、それで余興は終わり、マーセンサスがリコをかけてやっと対戦っていう計画だった」

「正しかった、というわけですね」

本陣はいまや大騒ぎだった。梢のあいだをわめき声や武具の音、大勢の入り乱れた足音が渡っていく。馬の嗚き声や蹄の鳴る音も響いてきて、トゥーラが馬房の百頭をときはなち、あたりに目くらましの紐――先だって手に入れた白い毛糸紐で作った――をばらまいた。目くらましは得意ではないので、兵士たちの持ち物や食糧袋を、意図した狼の姿にできたかどうかは自信がない。が、狼の気配くらいは現出できるはずだ。案の定、臆病な百頭は恐慌をきたして逃げまどい、貴重な戦力を失うまいと男たちも慌てふためき、その一方では、ふっとんだライディネスに驚愕している。その隙に、マーセンサスとユーストゥスが逃げおおせた――かどうか。

「なぜ衝撃を受けるのですか？」

おれの想像を断ち切ったのはシャラナだった。

「推測って？」

ああ、彼女は知らないのだった、と気づいた。エミラーダが説明した。

「ライディネスが、何か良くないものをとりこんだらしい、とこの前、話しましたね」

「ええ、ラーダ様」

「彼のそばに立つ魔道師を幻視したのはずっと前。覚えていますか」

「あれは、エンス様とおっしゃっていましたよね」

「はじめはエンス殿かと。でもそのあと、わたくし自身かと思っていましたが、違っていたのです。良くないものは、おそらくイスリルの魔道師、エンス殿をたわむれの悪意で襲ったあの魔道師のなれのはてでしょう」

さっきおれが示した坂のてっぺんに至って、エミラーダは転がるように岩の上に座りこみ、息を整え整え語った。

「それで……剣とは？」

「ユーストゥス……ほら、おれたちがカダーに侵入したとき一緒にいた少年がいただろう？ あいつの剣なのだが、あれにふれると魔道師、魔女、使い魔は雷に打たれたようになる」

これもまたいささか大袈裟(おおげさ)か。この物言い、少し反省して抑制せねば。

シャラナは賢い。すぐに関係性を悟ったようだ。

「ライディネスが彼の剣にふれて衝撃を受けたらしい、と」

「そうだ」

「イスリルの魔道師がライディネスと同化してしまった証拠、だと」

「そう、そう」

おれは背中のパネー婆さんをゆすって背負い直しながら頷いた。婆さんが生きているらしいと感じるのは、わずかな体温と臭い息のおかげだった。リコよりも軽く、華奢（きゃしゃ）なので、背負っているのは楽だったが、いつ彼女の骨がぽきっといくかと冷や冷やする。

シャラナは天を仰いでからおれに目をむけた。

「すべては推測に基づく推測ですわね」

う、とつまりながら、少女がエミラーダそっくりの物言いをしていることに気づく。おいおい、やめてくれ。その若さで第二のエミラーダでは、若さが勿体ない。

「幸い今夜は晴れそうです。月齢はどうだったかしら。月が出れば、幻視しましょうね。そうすれば、推測が事実かどうか判明しましょう」

「そうか。その手があったか」

いまさら気づいたのか、鈍いやつじゃなあ、とリコの声が聞こえてきそうだ。おまえだって今気づいたんだろう、と心の中でやりかえしていると、下の方に動きがあった。エミラーダがよろめきながらも立ちあがり、シャラナがそれを慌てて支える。おれはダンダンを帽子代わりに、婆さんをおぶったまま剣の柄に手をかける。

おおい、とユーストゥスの声がして、皆力を抜いた。息をはずませながらもげらげら笑いながら跳ねるように登ってくるのは、さすが少年。後ろからマーセンサスも大股についてきた。

「御剣（みつるぎ）様々だぜ。たった一度、打ちあっただけでライディネスはふっとんだ。見せたかったなぁ。尻尾を踏まれた猫みたいだったぞ」

「おもしろかったあ！　おれは世界一の剣士だっ」

　どうやら推測は当たっていたようだ。興奮さめやらぬユーストゥスが、何をどうしたかをまくしたてるのを聞きながら、おれたちはめざす尾根の方へ逃避行を再開した。

　マーセンサスが軽々とエミラーダをおぶったので、道ははかどった。ユーストゥスの報告はおおよそおれの想像と同じだった。違っていたのはどさくさに紛れて逃げようとした二人の前にアムドが立ちふさがった点だったが、間髪を容れずマーセンサスが頭突きをくらわせ、

「あいつは石頭だぜ。頭突きで星が散ったのははじめてだ」

　それでも、アムドは眩暈（めまい）をおこしただけらしい。だが、その一呼吸で脱兎（だっと）のごとく逃走できた二人である。マーセンサスは陣屋のはずれで、おれの紐をばらまいてきた。男たちもほんのしばらくは狼の幻に右往左往することだろう。

「だが長くはないぞ。すぐに追っかけてくる」

「全軍は来るまいよ」

　マーセンサスはうけあった。

「ライディネスがひっくりかえったんだ、追ってくるとしてもせいぜい数十人だ」

　四千数百の軍勢のたった数十人。大変安心できる数ですな、マーセンサス閣下。それでもお

れは戦略を頭の中でめぐらせる。

尾根の上はまばらな雑木林になっており、獣道が縦断していた。すぐにリコとエイリャを見つけた。一度大きく下って窪地がある。また急坂を登った先に腰をおろしていた。パネー婆さんとエミラーダを、去年の落ち葉の上におろす。陽にあたためられて気持ち良さそうな布団になっている。おれも寝っころがりたかったが、まさかな。

皆が再会を喜びあっているのを後ろに聞きながら、道を戻る。そろそろトゥーラが追いついてきてもいいはずなのだが。心配がわきあがるのを抑えつける。わたしを信用して、と叱られそうだからな。心配する代わりに地形を確認し、さっきの戦略を検討し、行けると確信する。

窪地からリコを呼んだ。

「おおい、リコ。帳面で調べてくれい。地面をへこます魔法のかけ方だ」

風が梢をゆらして渡っていく。鮮緑の葉が裏がえり、金の光が輝虫さながらに舞い散っている。このいい季節に、戦の渦中にあるとはなあ。

坂の上に洋梨顔がつきだした。

「そんなところで叫んでも、年寄りの耳にゃあ聞こえんわい。なんじゃと？」

「地面をへこます魔法。なかったか？」

ないのならば自分であみだすしかないが、そんなことをしている余裕もない。お、ないないで韻を踏んだぞ。詩人になろうか。知らず知らず、口に出していたらしい。リコが答えた。

「馬鹿なこと、考えるでない」

やはり詩人にはむいていないか。

「大地をどうのこうのするなど、大地の魔道師でなくば無理じゃろうが」

ああ、そっちか。

「大掛かりでなくていいんだ、ちょいとへこます、くらいならなんとかなると思うんだがなあ」

「何をしたいんじゃ、何を」

それで簡単に説明すると、羊皮紙綴りをめくって調べてくれた。隣にユースとエイリャも顔をのぞかせ、手伝えることはないかと聞くので、頼めるところを頼んだ。二人は来し方に駆けていった。リコが叫ぶ。

「おまえの望みの魔法は、ないっ。じゃが、これはどうじゃ。〈草取り〉の魔法」

却下、と答えそうになって閃いた。〈草取り〉の魔法というのは、畑の草むしりが大変だと一飯の恩ある農家のおかみさんが愚痴っていたので編みだした。抜きたい草に糸を結ぶという、使いものにならないまぬけなテイクオクだ。草は自らリスさながらにとびあがって根っこをお陽様にさらし、リコが大層おもしろがったけれどな。あれはリコを喜ばせただけで、どうにも役立たずの魔法だったが、応用することはできる。

おれはそれを読みあげてもらい、懐から白い紐をとりだして、縒ってあるのをほぐし、なるべく細く、糸に近いものにしはじめた。待てよ、と途中で手を止める。草だったから糸、だろう。ならば今からしようとしていることには、むしろ紐、それも太い方がいいのでは？　それでは仮説を立証しよう。窪地の端に行ってやってみた。呪文を唱えてしばらくしてから、ようやく仮説が正しいとわかった。リコは指さしてきゃひひひひと喜んでくれた。よし、一つ乗りこえたぞ。

　準備をあらかた終えた頃に、ユースが駆け戻ってきた。

「来たよ、来たよ！　百人くらい登ってくるっ」

「怒らせたか？」

「もっちろん」

　ユースに頼んだのは、追っ手を挑発することだ。ライディネスを一撃で打ち負かした少年が、前方にあらわれ生意気な口をきいたら誰だって頭に血がのぼる。しかし百人とな。まともに相手にする数じゃあない。

　おれたちが頂上に戻るとマーセンサスも脇に立ち、剣を抜いた。にやりとして、

「こりゃあ、剣より槍、の状況だがなぁ」

　待つこと数呼吸、鞍部（あんぶ）のむこう側に男たちがあらわれた。こちらを目にしておめきながら坂を下り、窪地をつっきって登ってくる。だが、幅が狭いので並んで二人か三人しかあがれない。それへマーセンサスの剣、おれの蹴りが入って転がり落ちる。落ちるついでに後続を道づれにする。悲鳴と怒号が響く。しかしそのあいだにも、敵の数はあっというまにふくれあがり、窪地に水がたまるように七、八十人がおしよせる。残りはもう、降りるに降りられず坂の途中と上につめかけて、とっさには身動きもならない。

　数で押せばマーセンサスもおれもいずれ疲れる。敵はそれをわかっているから、転がる仲間

を乗りこえて、容赦なく襲ってくる。おれも剣を抜いて十人ほどには傷を負わせたが、さすがにくたびれてきた。腕があがらなくなってきたし、息切れもする。パネー婆さんをおぶっての山道が、たたったか。

ちょうどそこへ、エイリャがあらわれた。連中の背後から狼の姿でとびかかれば、坂上にあった連中はこぼれるように斜面に落ちていく。窪地にいた者たちも動揺して逃げ場をさがす。そこへ窪地に躍りこんだ狼がさらにかきまわしたものだから、多くが鞍部の両側に逃げだした。ところが人が減ったことで、空きができた。男たちは次々に剣を抜き、弓を構える。エイリャの狼も、あやうく切りつけられそうになって身をかわす。いや、耳の端をそがれたか。尻尾の毛を刈られたか。こりゃ、あとが怖い。八つ当たりされそうだな。

登ってくるのをマーセンサス一人に任せて、おれは一歩退き、両手を広げて呪文を唱えた。われながら仰々しい、と思う。偉大なイスリル魔道師の真似をしているわけではない。両手を広げて叫ぶように呪文を唱えなければ、魔法が発動しないのだ。

草取りの魔法の応用、木の根の魔法だぞ。

さっき紐を縦結びの蝶結びで、雑木の幹に結わえつけた。ミズナラ、シイ、カシ、青ブナの若木、老木、窪地に根を張る木々である。呪文とともにそれらはゆさゆさとゆれはじめ、梢を鳴らし、土の表面近くに張っていた根を持ちあげた。土に押さえつけられていた反動で、そのうちの何本かは蛇のように跳ねあがり、のたくった——ように、男たちには見えたことだろう。狼の襲撃に、木々の反乱とつづけば、地面が崩れ、太い幹が倒れてくると危機を感じても仕方がない。実際、かすかな地響きもして、おれですらちょっと怖くなったくらいだ。誰かが絶叫をあげると、恐怖が伝染して、たちまち横の斜面に逃げ去っていく。窪地には十数人が残る程度になった。

この十数人はあなどりがたい。特に肝の据わった連中とみえた。

狼も同感だったのだろう、さっさとこちらへあがってきて、腹這いになって舌を出した。

木々のゆれがおさまっていく。十数人が半円の隊形をとって盾を構えた。あとは実戦か、と臍をかためる。おれとマーセンサス二人でこの十数人をやっつけるのはちょいと手間だぞ、と思いながらも。

と、おれの膝あたりからリコが頭を出した。おい、よせ、危ないぞ、と止めるのにもかまわずに、下へ呼びかける。

「おおい、皆の衆、ちょいと聞いてはくれんかのう」

返事はないが、視線が集まった。

「ライディネスの本心を皆の衆は知っておるのじゃろうか」

沈黙がかえってくる。リコはたじろがない。

「おぬしらは栄えあるコンスル帝国軍の誇りをひきつぐ自負があるじゃろう？　その誇りにかけて、今まではライディネスの命令に従ってきたんじゃろうが、カダー攻略までは理解できような。わしとて、新しい国の柱になるという夢には大いに共感するぞい。じゃがライディネスは国を建てるどころか、東進せよと命じたろう？　ありゃどういうことじゃい。誰か知る者はおらんかのう」

男たちは顔を見合わせた。わずかな動揺。目をそらしていた真実がゆっくりと起きあがる。

「のう。命令に従うことが第一じゃ。わしもよぉくわかっとる。じゃがのう、たった一つしかない生命を懸けるに、崖につっ走っとるのか、頂上に登ろうとしているのか、そのくらいの見通しをもってもバチはあたらんだろうが」

「ライディネスがおれたちを破滅に導くってか？　そんなはず、あるめえ」

一人が盾をおろして叫んだ。そうだそうだと同意する。

「あの男がおまえたちを裏切ることはないと、信じているのは立派じゃ。戦士はそうでなくばつとまらん。じゃがのう、顔色一つ変えず短剣を投げて、側づきの男を殺したのを、わしは目の前で見たぞ」

「あ……あれはっ。あれはズイターフが拝月教で飼われていた鳩を喰っちまったからだっ」

寺社の鳩を殺すのは縁起が悪いと昔から言われている。そんなことを気にするライディネスではないとおれは思う。そのズイターフという側近はおそらく他に、彼の気に障る行いをくりかえしていたのだろう。リコもそれは百も承知であおっている。あなどれない爺様だ。

「じゃからよぅ。鳩を喰ったくらいで側づきの者を平気で殺すのだぞ。おまえさんたちの生命などいくらでも替えのきくもんだとしか考えておらんのかもしれないぞい」

男たちは顔を見合わせた。気の短い一人が、面倒くせぇ、とわめいた。

「ああ、もう、ごちゃごちゃ言うな、爺のくせにっ。おれたちゃまっすぐに行くんだよ。あれやこれや考えんのはライディネスに任せてんだ」
「そうだそうだ、いまさら何を説教しやがる」
「生命預けてとっくに覚悟はできてらぁ」

盾が下がり、陣形が乱れた。二人が矢を射かけてくる。一本はマーセンサスが払いおとしたが、もう一本はあやうくリコの洋梨頭を射抜くところだった。リコはとっさに頭を両手でかばってうずくまり、矢は背後の石に当たってはねかえった。男たちがおめきながら坂を駆け登ってくる。前面に盾を構え、抜刀して、もう藪も灌木（かんぼく）もかまわず、道のない斜面をも一気にあがろうとした。

ユースの放った石礫（つぶて）が、連中の盾に当たって鈍い音をたてる。いつのまにかおれの腰にさしてあった投石器を使っている。それでも連中は気にもとめない。再び狼が襲いかかり、ようやく一人を転がす。マーセンサスとおれは同時に二人を相手にし、女たちとリコは尾根の奥へと逃げていく。

ユースがなまくら剣を抜いた。おれは一人の打ちこみを受けとめ、もう一人の剣を辛うじてかわしながら、逃げろ、と叫ぶ。くそっ、マーセンサスめ、生半可に太刀さばきなんぞ教えやがって、と歯嚙みしながら。ユースは逃げない。青い顔をしながらも、敵の最初の一撃を横に払ってとびすさる。

マーセンサスと二人で五人を倒した。エイリャが二人を転がし、あと半数ほど残っている。ちょっと厳しいぞ、これは。首にダンダンがしがみついて息も苦しい。飛んでみてくれてもいいのに。ついでに火を吐いてくれればもっといい。ところがこういうときはただただ尻尾をきつく巻きつけて、振りおとされまいとするばかり。

新手があがってきて、盾でおれを押した。その横あいから鋭い突きが入る。脇腹をかすめた。危ない危ない。一瞬の判断が遅かったらもろにやられていたところだ。さらにもう二人、左右から狙ってくる。まずいぞ、これは。三方敵に囲まれて、頼りのマーセンサスも同じような形勢だ。ユース、頼むから逃げろ、背後から忍びよって一撃なんて馬鹿なことをするな。ああ、ほら、反撃されて、それでも手傷を負わずにすんだのは身軽な足さばきのおかげだぞ。

人の心配をしている場合でもないのによそ見をしたので、足払いに気づくのが遅れた。薙(な)いできたのをなんとか跳ねてよけようとした。着地した足裏、踵(かかと)の部分に小石があった。石車に乗る、と俗に言われる。足をとられてすべり、腰をついた。頭の上に刃が閃いた。剣を持ちあげるが、間にあわない、と感じた。

のしかかってきた敵の口から、えずくような音が漏れた。信じられない、と目をむく。右から突いてきた男も、獣のような悲鳴をあげてもんどりうった。首を矢が貫いている。短弓の矢だ、と見てとりつつ、おおいかぶさってきた男を盾ごと両足でおしかえす。斜面を転がり落ちていくその背と首に、四本の矢が刺さっているのが見えた。

すぐ後ろでユースを追いつめていた男も、同時に飛んできた二本の短剣に腕と肩をやられてひるんだ。その刹那(せつな)、とびあがったおれが背中を叩き切った。申し訳ないが、渾身の力が入ってしまった。手加減できる状況ではなかった。派手な血飛沫(しぶき)が噴いてあたりに散った。ユースが尻もちをつき、その視線はゆっくり倒れていく男の姿を追った。おれはふりむいてマーセンサスを囲んでいる一人と切り結ぶ。赤い影が木の上からふってきて、別の一人の背中に着地し、同時に喉元を裂いた。マーセンサスは残った一人を力ずくで叩きのめし、おれの相手も眉間を割られた激痛に、転げまわる。何、浅傷(あさで)だ、大したことはないとみやげに言葉をかけて、足で斜面に落としてやる。最後の一人はエイリャが尻に噛みついて、追い払った。

おれ、マーセンサス、トゥーラはあえぎながらユースの隣に座りこむ。エイリャの狼は藪の中に入ってしまった。四人しばらく黙って息を整える。長い戦いだったが、刻(とき)はそんなにたっていない。その証拠に、太陽はまだ中天近くをうろついている様子。男たちの這いずる音や呻(うめ)き声がそこここにしている。

「大丈夫かぁ」

下生えをかきわけて、リコが這いだしてくる。シャラナもそのあとについてきた。

「おい、ダンダン、苦しい。ちょっとはずれてくれ」

蜥蜴(とかげ)は渋々おれからユースの膝へと移動する。

「ひょえっ？　おまえさんたち、怪我したのかっ」

「返り血だよ、爺さん」

マーセンサスが無造作に答え、ユースは片手で頬をぬぐい、吐きそうな顔をしてぬぐった手のひらをながめた。

「返り血だけじゃないわ、エンス、怪我している」

「うぉん？　ああ、どうりでちょっと痛痒いと思った。かすり傷だ、トゥーラ」

「かすり傷じゃないわよ、血が出てるわよ」

そう言われて脇腹をのぞきこんだ。貴重な一張羅が裂けて血にまみれ、なるほど肉もすっぱりと切られているが、

「こんなの傷に入りもしない。リコの薬草で消毒して押さえりゃ治る」

とうけあった。

「それよりトゥーラ、とり戻してきたのか。良かったな」

トゥーラは自分の短弓を掲げてみせ、にっこりした。マーセンサスが唸った。

「助かったぜ、トゥーラ。加勢がなけりゃ、危なかった」

「間にあってよかったわよ。どさくさに紛れて弓と短剣を盗んできたのに、間にあわなかったら意味がなくなっていたんですもの」

口をすぼめて大きく息を吐き、最悪の事態を思い描いていまさらながらに身震いする。自分のセオルでおれの腹を巻き、仮の出血止めにしてくれた。そのあいだおれといえば、再び彼女に触れ、その声を聞き、目をのぞきこめることにうっとりしていた。

「さて、これからどうするか」

後ろにひっくりかえりながらマーセンサスが言った。

「エンスの手当てをせにゃならんぞい」

とリコ。シャラナが眉をひそめながら、弱々しく言った。

「エミラーダ様たちの治療も必要です。野宿は困ります」

「暴れたからお腹もすいたしね」

これはトゥーラ。一人、静かなのがいるな。隣を見ると、ユーストゥスは膝を抱えてじっとしている。と思っているうちに、その首筋から顎へ、顎から頬へとみるみる赤みが差してきて、ぱっと顔をあげた少年は立ちあがってわめきはじめた。

「なんでみんな、平気なんだよっ。人を殺して、傷つけて、今も苦しんでいるのがそのへんにいるのに、どうして飯の話なんかできるんだっ。どうして宿の心配なんかできるのさっ。この血、見ろよ、これ、人の血なんだぞっ。兎(うさぎ)や鹿と違うんだぞっ。おれの目の前で……目の前で死んだんだぞっ……」

マーセンサスが嘆きながら片手で目をおおい、トゥーラは呆れて目玉を回した。おれは少年が穢(けが)されていないことにほっとし、リコは小さい声で、

「なにも今がはじめての戦じゃああるまいに」

「はじめてだったんだよっ。おれの目の前で、人が……本当に目の前で、だぞ……」

頭を抱えてうずくまる。まったく稀有な存在だ。今までだって数えきれない死を見てきただろうに。だからこそのユーストゥス、だからこそ、その剣の主人なんだろう。

一呼吸、皆がおし黙ったあと、マーセンサスがぷっと吹きだした。身体を起こしながら、ユースを指さし、

「はじめて、だとよ」

と笑いつづける。それがあらわす別の状況が想像できて、おれとリコはにやっとし、トゥーラとシャラナは顔を見合わせて目を瞠（みは）り、わかっていない御当人だけは挑むように頭をあげて元剣闘士を睨んだ。

「なんだよ、そうだよ、はじめてだよっ」

おれたちは爆笑し、赤い顔で何をどう抗議するべきかわからずにユースがぽかんとしていると、尾根道の方から人間に戻ったエイリャがゆっくりと歩いてきた。

「なんだい、随分楽しそうじゃあないか。あとで教えておくれ」

トゥーラとシャラナがユースに劣らず頬を赤く染めて、くすくすと笑う。

エイリャは親指で背後を示した。

「むこうの尾根筋に、山小屋があったよ。罠猟師の避難所だったんだろう。数ヶ月も使われていない様子だが、備蓄の食糧がありそうだ。行ってみるかい？」

それで、おれたちは腰をあげることにした。

8

水が引くのに三日かかった。そのあいだにライディネスは、軍を渡すためのあらゆる手をとったらしい。ダンダン、トゥーラ、ユースの身軽な面々によって、彼の行動は逐一おれたちの知ることとなった。

「ハシツクル、ツナツクル、イタキリダシテイルノヨ」

「上流に斥候(せっこう)が送りこまれているみたい」

「渡し舟を三艘造ってるよ」

四千人をこす大所帯だ、打てるだけの手を打つつもりだろう。おれでもそうする。橋を架け、舟をこぎだし、上流の浅いところを渡って、それでも一日がかりになる。おれたちも早く何か手を見つけなきゃ、とユースは気が気でないようだったが、おれもマーセンサスも、

「連中が橋を架けてくれるっていうんなら、何も焦るこたぁないぜ」

「あいつらが渡りおえてから、悠々(ゆうゆう)と行けばいいのさ」

とおとなの余裕で答えた。

それに、パネーとエミラーダの容体も気になる。

　エイリャが教えてくれた猟師小屋は、藪をかきわけた崖にあった。小さな洞窟にさしかけ小屋をくっつけた代物で、全員が入ることはかなわなかった。おれとマーセンサスがまず中を調べ、風も通らない洞窟内部では火も熾せないと判断した。踵をかえすのにも、片方が岩壁にへばりついていてもう片方を通さなければならず、——天井には幸いにも指一本分の余裕があったが——玄関代わりの小屋に至っては腰を折って這いださなければならなかった。仕方がない、おれ、マーセンサス、ユース、トゥーラ、エイリャは小屋のそばで野宿をし、病人二人とシャラナ、リコは中で寝ることになった。

　それでも東南むきで、日中は陽がよくあたり、日向ぼっこにはいい場所だった。かつての猟師たちも外で煮炊きしていたらしく、炉のあとを見つけた。残り炭や焦げあとを掘りかえすと、結構深くてよいものになった。

　食糧調達は、遠くまで行かなければならなかった。なにせ危ない御近所さんがうろついているのだ。トゥーラとエイリャがいてくれてよかった。初日のうちに二人は野豚を仕留めた。ユーストゥスほどもある大豚で、幾つかに切り分けるのに一刻ほどの時間を要した。肉をさばいている途中で、エイリャが雪豹から人の姿に戻り、血のついた口でいらいらと独り言を言った。

「まったく、サンジペルスはっ。こんなときどこをほっつき歩いているんだか。あたしの居場所くらい勘を働かせてさがせないのかねぇ」

あ、とユースがおれの顔を見た。おっと、そうだった。

「すまん、エイリャ、忘れていた」

「なんだって？」

横目に睨む目は、まだ獣の光を宿していたぞ。おれは首をすくめ、両手を豚の腹に入れたままもう一度謝った。

「伝えるつもりだったのにすっかり忘れていた。悪かった、エイリャ。サンジペルスは自分の村に帰った。ライディネスの進路上にあたったら大変だというんで」

エイリャの眉がはねあがり、おれは手の中の肉のかわりに豚にされるんではないかと身を縮こめた。三呼吸ののち、エイリャは腕組みをほどいた。

「あんたを豚にしないことを喜びな」

やっぱり。

「じゃ、あたしも村に行ってやらなくちゃ。お気に入りの保養所を、むくつけき男どもに踏みあらされてなるものかね。約束しとくれ。エミラーダとリコにちゃんと食わせると」

「もちろんだ！」

約束も何も、それがおれたちの第一の使命だ。エイリャは頷いた。彼女の手は翼に変化し、こめかみの横には羽角が生まれた。宵闇に舞いあがったシマフクロウは、金の目を彼方にむけて叫んだ。

「むこうで待っているからね！」

うわぁ、やっぱり行くことになるのか。救援に駆けつけなければ、今度こそ本当に豚にされるな。などと冗談にぼやいていると、ユーストゥスが、

「エイリャさん、思いだすの遅すぎだよ」

と呆れた。マーセンサスがはいだ皮を石の上に広げながら言った。

「いやいや、ずっと待っていたのさ。ちょいといらいらしていたぞ」

引きぬいた数本の矢から血をふきとっていたトゥーラが、マーセンサスに同意した。

「口に出さなかっただけね。口に出してくれてよかった。でないと、何に怒っているのか、わからないものね」

「いろいろ忙しかったからなぁ。いやぁ、悪かったよ」

おれは心からそう言った。エイリャがいなかったら、こう事がうまく運びはしなかったに違いないのだから。


野豚のおかげで、全員にたっぷり食べさせることができた。毎日串焼きでは飽きもくるだろうと、おれとマーセンサスで香草まぶしにしたり、シチューにしたり、塩漬けにしたりといろいろ工夫を凝らしたぞ。リコもエミラーダも食っちゃ寝の三日間で、体力が回復した。リコなぞ三日めには退屈だと文句を言い、シャラナをつれて薬草探しにうろつきはじめた。まったく。元気な爺様は、しつけのなっていない小犬なみに始末が悪い。

エミラーダの方は完全によくなったわけではないらしく、眉間に曇りが残っていた。それで

も起きだしてきて炉番ができるまでになった。

「病ではないのです」

と彼女は首をふった。ちょうどリコがシャラナをつれて出ていったあとだった。藪の小枝に小鳥の羽毛がそよいでいた。西から雲がわいてきており、また雨になったらと心配される。それでも陽射しはまぶしく、ときおり川の方から男たちの声が聞こえてくる以外は静かなものだった。エミラーダは手庇(てびさし)をつくってあたりを見わたしてから、

「パネー大軌師(きし)の意識がなかなか清明にならないので、つい気短なことをしてしまいました」

腰紐に結わえつけてある小袋から、大きな碧色(みどり)をした宝石をとりだした。

「トゥーラさんにことわらず、申し訳なかったのですけれど、〈星読みの塔〉でこれを発見しました」

トゥーラは怒らなかった。どころかにっこりと笑って答えた。

「あなたでなければ見つけられなかったと思うわよ、エミラーダ様。それに、書きおきで充分説明してもらったし。剣と魔女たちの名前の関係も教えて下さったでしょう?」

エミラーダも微笑んだが、憂(うれ)いを帯びた笑顔だった。

「そう言っていただけると、救われた思いがします」

「気短というのは? そのことじゃあなさそうだ」

マーセンサスが問い質す。

「わたくしたちは月の力でつながっています。普通はごくごく細い蜘蛛(くも)の糸のようなつながり

です。師弟関係にあればそのつながりは縒りあわされた紐のごとく太いものとなります。わたくしとシャラナにはそれがあります。けれどもシャラナはパネー大軌師の月裏の力によって、つながりを強要されました。それは、本当に細い細い糸のようなものでしたけれど、まだかすかに残っておりましたの。それで、その糸を介して大軌師の心の中に侵入しようとしたのです」

トゥーラとおれが批難しようと口をあける。エミラーダは、わかっています、とつづけた。

「……わかっておりましたわ、それがどれほど危険なことか。ともすれば、新月の力にひきずりこまれてしまう……パネー大軌師が意思の力で抑えこんでいないとき、それがどれほど無謀であるか。でも、いつ亡くなるかわからない、このままでは野放しになった力が暴走するかもしれない、と気が気ではありませんでしたの」

その気分は今もつづいているのだろうとおれは推察した。

「この石が助けてくれると信じておりました。けれども大軌師の中の新月は深い井戸のごとくで、わたくしの手には負えませんでした」

「待っていてくれりゃあ、おれが一緒に行ったのに」

とマーセンサスが茶々を入れた。

「では次回、是非ご一緒に」

と余裕のある返事をして、

「なんとか逃げだして——といっても、本当にごく浅いところで全体を俯瞰するだけでしたので、踵をかえすこともできたのです——自身に戻れたのは、シャラナが金の道でつないでくれていたからなのです。それでも、大いなる痛手をこうむってこの有様ですわ。碧の石を使う余裕などありませんでした」

太刀打ちできない、というのがどんな気分なのか、おれにはよくわかる。コンスル領土内をくまなく歩いて、剣客、剣豪、負けなしの剣闘士、多くの敵に会った。おれが今ここで無事でいるのは、マーセンサスの助力と魔法の才と遁逃（とんそう）の機会があったからにすぎない。おれとマーセンサスが一番の腕利きだ、なぞとほらがふけるのも、ローランディアとダルフ内だけの話、世の中には強いやつは星の数ほどいる。トゥーラが思いついて、

「〈星読みの塔〉の書物には――」

「あれ以上のことは見つからないと思いますよ、トゥーラ」

皆が口をとざした。思いあぐねていると、ユースが塩漬け豚に木の枝を刺しながら何気なく、

「ねえ、じゃあ、逆に考えたらどう？」

と言った。

「逆、とは……？」

「方法がわかるまで、パネーを死なせないっていうのはどうかな」

トゥーラとマーセンサスが、求婚中の鵞鳥（がちょう）さながらに、けたたましく彼を罵倒する。ユーストゥスは、二人の罵詈雑言（ばりぞうごん）などどこふく風といったふうに、

「誰かがいい方法を思いつくまで」

と付け加える。二人は一瞬黙ったのち、再び遠慮のない「意見」をまくしたてる。

おれはそれを聞きながら、突拍子もないと思われるユースの言葉を表にし、裏にし、逆さにして考えた。

「去年……いや、一昨年になるか、リコをあやうく殺すところだった」

思考を明確にしようとして、思わず呟(つぶや)いていた。とたんに騒ぎがおさまる。おれは脇目もふらず、必死に道筋をたどろうとした。

「あのとき、リコは昏睡(こんすい)状態だった。心の臓が弱ってしまって、死にかけていた。おれは……何をしたのだったか」

リコが魔法を記録してくれている。だがあのときは、リコ自身が床に臥していたからちゃんとした記録はない。おれ自身のはなはだ心許ない記憶が頼りだった。

目の端でユーストゥスが何かを言いかけ、トゥーラがそれをおしとどめるのが見えた。えい、集中しろ。思いだせ。

「マンネンロウを使った。薬草学と……ファイフラウの炎……脱獄の応用……」

切れ切れに場面がよみがえり、

「そうだ、あやつなぎを一つ作った。それで呪文が……」

片手を動かしてせかすと、トゥーラが素早く岩棚に炉の灰をまいて均した。

「心の臓に力を与え、血のめぐりをなめらかにせよ、この者の身体に熱き火をもたらせ、イルモネス、イルモア、双子の姉妹神の名において」

すらすらと口をついて出てきた。トゥーラが小枝で灰に書きとめてくれる。ああそうだ、リコをこの世につなぎとめたあと、呪(まじな)いの小袋を幾つも作って、「活力のみなぎるお護り」として商売した。リコに施した魔法の四半分ほどしか効力はなかったが。思いだせたのはそのおかげかもしれない。何度もやれば、おれだって学習する。

「それを九回唱えてからさらに、本人の胸にあてて九回唱えた。それでリコはよみがえった」

「じゃ、それ、パネーにも使えるでしょ」

ユーストゥスが目を輝かせて身を乗りだした。

「使えるかどうか、まだわからんぞ」

そう言いつつ、おれはなお、もっと他の方法がないかと虚(むな)しい考えをめぐらせていた。なんでだよ、とユースが不審な顔をする。少年がおれの肩に手をかけてゆすぶろうとするのをエミラーダがおしとどめる。

「リクエンシス、まだ話していないことがありますね」

さすが元〈月の巫女(みこ)〉、勘が鋭い。

「生命に関わる魔法を使うには、それなりの生命力が必要とされるのでは?」

「え……? つまり、どういうこと?」

とユースが戸惑うと、察しの早いトゥーラが静かに答えた。

「つまり、自分の生命を削って魔法をなすってこと。どの魔法もおしなべてそうだけど、直接生命を取引するとしたら、自分の生命を代償にしなければ」

「リクエンシス……?」

エミラーダの確認に、おれは降参せざるをえない。吐息と一緒に頷いた。

「リコのときは必死だったからなあ。心底、おれの生命を削ってもいいと思った。十年の寿命を捧げる、とイルモアとリトンに誓った。それが効いたのかもなぁ」

「十年……って……」

「おれが一緒にいたら、折半したのに」

マーセンサスが皮肉っぽいいつもの口調で言ったので、皆少し笑った。ユースはうなだれてごめん、と謝った。

「おれ、何も考えなしで……」

「謝るな、ユース。若いってことは、そういうことだし、そういうことが事を打開するときだってあるんだから」

「これ、消さないでね。リコを呼んできて書きとめてもらうまで」

トゥーラが膝の埃を払いながら立ちあがった。ユーストゥスが目を白黒させながら、おれと彼女を交互に見る。煙があがりはじめた豚串を指して、

「おい、焦がすなよ。大事な食べ物だ」

と教えると、慌てて手を出し、あちっ、と叫んだ。トゥーラの後ろ姿が薮の中に消えてから、マーセンサスが、おい、いいのか、と念をおす。

「なあに。魔道師の寿命の一年や二年、どうってことないさ」

心にもない返事をして、悪友の懸念を払おうとしたが、マーセンサスはちゃんと言いあてる。

「魔道師だから長生きとは決まっておらんだろうが」

それはそうだ。普通に年老いて死にゆく者も、若くして逝く者もいる。百年、二百年、あるいはエズキウムの大魔導師たちのように五百年も長生きする連中は、魔道師の中の魔道師だからこそ、とも言えようか。

「それを言われれば返す言葉もないが……それは運に任せるしかあるまい。誰にもわからないことだからな」

「わたくしの寿命が役立つのであれば使って下さい、と申しあげたいところですけれども、これぱかりは物のようにやりとりできるわけではありませんね。何とももどかしい……」

「そうだよ。皆から数ヶ月ずつ集めるってこと、できないのかよ」

さっき殊勝に謝った少年は、けろりとしてそんなことを言う。おれはそれにはとりあわず、

「とにかくパネー大軌師を死なせちゃあ、大災害がおきるというんだ、やってみるしかあるまいよ」

「一月でよろしいのです。リクエンシス殿」

エミラーダが念をおした。

「イルモア女神に、一月だけ時を下さいと。身勝手な言い分ではありますが」

「リコには黙っていてくれ」

寿命のやりとりのことを知ったら、躍起(やっき)になって止めようとするだろう。マーセンサスはにやりとしてから唸るように言った。

「黙っていても爺さんは勘づくと思うぜ」

そうかもしれない、とは思った。

やがてリコが戻ってきて、羊皮紙に記録した。トゥーラは野生のマンネンロウをどこからか持ってきて、おれの手に黙って押しつけた。赤銅（あかがね）色の目の中には、おれへの信頼が満ちていて、不安を上手に隠していた。言葉がなくても相通じる女がいる、というのがどれほど幸せなことか。運命神（リトン）に感謝しなければなるまい。

……それで、四日めの朝になったのだった。

ライディネス軍が動きだしたらしい。ダンダンの物見を待つまでもなく、川の方からざわめく物音があがってきたのでそうと知った。

パネー大軌師への復活魔法はそのざわめきの中、大した時間もかけずに終えた。マンネンロウとあやつなぎの黒紐を使い、呪文を唱えるだけなのだから、ユースが身構えて警戒する間もなかった。

「これだけ？」

と、おれのそばについていると言って譲らなかった少年は、声を裏返らせた。

「たったこれだけ？　もう終わったの？」

「失礼な子よねぇ。半日もやっていると思っていたの？　魔法はそんなんじゃないわよ」

トゥーラがぷりぷりしたが、大きな安堵が面（おもて）にあらわれていた。エミラーダはおれの腕をつかんで横たわる大軌師を見守っていた。待つこと数呼吸、土気色の頬にわずかな赤みが差し、胸の上下もそれとわかるまでになった。エミラーダはおれの腕をゆすぶり、天を仰いで月に感謝した。

「何日保つか、わからんぞ」

洞窟を這いでながら言うと、

「あなたの捧げて下さった時間を無駄にはしませんわ。封じる方法をさがして、意識が戻り次第、碧の石を使います」

口には出さなかったが、わたくしも生命をかけて、と決意したのが伝わってきた。

リコ、マーセンサス、シャラナは洞窟の外で待っていたが、おれたちを見ると緊張をといた。気遣ってくれる仲間がいるのは、うれしいことだ。

と、トゥーラがそっと袖を引いた。ふりむくと、何年捧げたの、と小声で問う。

「一年」

おれは彼女の肩を叩きながら答えた。

「それで不足か、それともお釣りがくるか、そりゃ女神たちの思惑に任せるしかないだろうなぁ」

「一年で充分よ」

リコのように、パネーも、イルモネス女神のお気に入りだといいんだが。あとは祈るのみだ。

すべてのライディネス軍が川を渡りおえたのは、昼もすぎた頃だった。物音がしなくなったのでそっと見にいくと、吊り橋が静かにゆれているだけで、一人の兵もいなくなっていた。

「さすがは元コンスル兵だ。大したもんだ」

とマーセンサスが皮肉をまぜた感想を口にした。吊り橋は急ごしらえにもかかわらずしっかりしていて、気をつけて渡れば何の心配もなさそうだった。

おれたちはあとに残るシャラナとエミラーダに別れを告げて、――彼女たちはパネーの看病をしながら洞窟で新月の力を封じる方法を試すのだ――橋を渡った。ユースとトゥーラは競いあって軽々と、リコは一歩一歩足元を確かめながら慎重に。リコの世話を焼いているうちにダンダンが飛びたって、岸についた頃に戻ってきた。

「ミハリ、イナイノヨ。ズットミチナリニイケルノヨ」

ライディネスの行軍は速かった。そして峻烈だった。彼らの通った町や村は、乏しい食糧をはじめ、寝台の枠まで持ち去られていた。まさか食ったわけではあるまい。焚きつけにしたか、新たな荷車を造る材料として使ったか。農耕馬は奪われ、乳牛は屠(ほふ)られ、家禽(かきん)も一羽残らず彼らの胃袋におさまったようだった。ただ、思ったよりも犠牲者の数が少なかったのがわずかな救いだった。おそらくサンジペルスの警告を聞いたのだろう。襲撃の前に山野に逃れた人々も多くいるに違いない。しかし、居残った頑迷な一家や、歩行もままならない病人、老人の末期は見るに耐えない有様だった。

「これは。ライディネスとは思えん所業だな」

「根だやしにすれば、国家建設もままならない、と以前の彼ならば絶対にゆるさなかったろうに」

マーセンサスと二人、暗然と立ちつくす。リコは言葉もなく、目の縁を赤くしている。ユースは先へ進みたがり、トゥーラがどこからか放れ駒を見つけてきた。

数日同じような光景を目にしながら、おれたちは軍のあとを追った。できれば連中の前にまわりこみたいところだが、むこうは戦神にとりつかれたがごとくの行軍、こちらは年寄りがまざっている。馬上にリコを押しあげてからは距離も大分はかどりはしたものの。

口数少なく野営し、疲労と空腹にさいなまれる日がつづいた。二度ほど、焚火につられて、避難した農民がやってきたことがあった。斧や三つ叉を構えて静かに近寄ってきたが、おれとマーセンサスはいち早く気配に気づいて声をかけた。男たちはリコ、ユース、トゥーラの面々を認めると、少し警戒をといた。軍勢とは別物だとわかると、ようやくうちとけた。

食べ物を持たないのはお互い様、それでも、リコ調合の特製香草茶で心なごませ、話をした。思ったとおり、突然あらわれた見知らぬ魔道師が、――鷹から人に変化したのですぐにそうと知れた――警告を発していったのだという。前回の襲撃とはわけが違う、と彼は叫んだそうだ。皆殺しになる、ありとあらゆるものが奪われる、と。人々は蒼惶(そうこう)として町を、村を捨てた。必要最小限のものを背負って、逃げられただけ幸いだった。さもなくば野宿するにも途方にくれたはず……。連中が行ってしまったのなら、もう戻れるはずだな、と期待をこめて尋ねるのへ、しばらくは山暮らしの方が安全だろうと語ると、がっくりと肩を落とした。

だが、カラン麦の収穫はできそうではないか。強行軍のおかげで、畑はほとんど無傷に残り、青い穂が立ちはじめている。警戒を怠らず刈り入れすればなんとかなろう。慰めにそう言うと、唇を噛みながらも頷くのだった。

　あと二日ほどでサンジペルスの村につくかと思われた夕刻、エイリャが行く手にあらわれた。木々の幹が夕陽に燃えたち、長い影が網模様を作る中に、彼女の声がしたかと思うや、ハヤブサが落下してきた。馬がおびえてたたらを踏む。トゥーラがとっさに手綱を引かなければ、リコが落ちていたかもしれない。

「年寄りの心臓に悪いぞ、エイリャ。少し加減してくれ」

　おれの文句は無視された。

「こんなところでぐずぐずしていたのかい」

と女魔道師は手厳しい。

「軍勢のあとをのこのこついてくるなんて、あんたらの頭は雀子（すずめこ）なみだね。ちっとは工夫して、先回りするとかできなかったのかい」

「そう言ってもなあ」

「連中、やたら速いしなぁ」

　マーセンサスと顔を見合わせてぼやくのに、ユースの声が割って入った。

「腹が減って死にそうなんだもの、何か、食い物、ない？」

　横目に睨まれても、恐れいる気力も残ってはいない。

「仕方ないねぇ」

　おや、意外とあっさり引くではないか。

「ついておいで。抜け道がある」

案内されたのは、西陽を背負って下生えを十馬身ほどかきわけた先だった。軍勢が踏みならした道とは異なり、狐一匹が駆けぬけるような、狭くて木の根の張る、勾配の安定しない隘路だった。小さな谷を幾つか渡り、渓流を越した。おおいかぶさってくる柳の隧道を抜け、ハリエンジュにセオルをさらにぼろぼろにされ、とうとう靴も破れた。満月が頭上にさしかかって先を行くエイリャの影がなければ、とっくに迷子になっていただろう。

こういう状況であれば、ひっきりなしに文句を垂れるはずのリコが静かだ。くたびれすぎると寡黙になる。様子をうかがうと、馬のたてがみに顔をうずめるようにつっぷして、かすかな寝息をたてていた。心配して損をしたぞ。

エイリャはなおも歩を進める。リコのかわりにユースが何度か不平をもらしたが、まったくとりあってもらえなかった。

急坂をおりてやっと平地に出る。しばらくしてふりかえれば、黒々とした山が三角の形をしてうずくまっていた。五馬身ほどもある川に沿って南へ歩いたのち、腰まで水につかって渡った。瀬音と、月光にきらめく波頭だけが記憶に残っている。さらによろめきながら歩きつづけるうちに、衣服は少し乾いて、冷たさもさほど気にならなくなった。

月が落ちる頃、平地から再び登り坂へとさしかかる。リコは軽く鼾をかいて白河夜船、うらやましい。何段階かに分かれた坂を登りつめたと思うや、今度は鬱蒼とした森の、曲がりくねった坂道を行く。おれでさえ音をあげそうになってトゥーラを見れば、彼女は馬の手綱に半ばよりかかるようにしてついてくる。ユーストゥスは不平不満を言っているだけ、まだ余裕があるらしい。若いというのはいいもんだな。

　青ブナの森の中を延々と登って、締めつけられるような闇の閉塞感から解放されたのは夜明け前だった。頬をなぶる冷たい微風にふと顔をあげると、尾根の上に立っていた。輝きを失った星々が灰色のしみに見える。まばらになった木々は、廃墟の柱か棺のようだった。

　ほっと一息をつく間もなく、エイリャがこっちだよ、と誘った。尾根の頂上を少し下った草地に、焚火の熾（おき）がまたたいていた。近づけば、おれかマーセンサスの太腿ほどもある丸太が何本か、赤い火を貯えていた。

　リコを抱きおろして、毛布に包んだまま転がし、馬は身体を拭いて放してやった。エイリャは灰の中から葉に包んだ食べ物と水袋をとりだして、皆に配った。うおう、牛肉だ、しかも香草まぶし、とユースが歓声をあげながらかぶりついた。水袋の中身は久しぶりの葡萄酒（ぶどう）、酸っぱくて薄かったが、葡萄酒は葡萄酒だ。

「食べながら聞いとくれ」

　自分も喉を鳴らして酒をあおったあと、エイリャが言った。

「尾根のむこう側がサンジペルスの村さね。ぐるっと外輪山がとり囲んでいる。村人はみんな山に隠れて、羊や牛も峰の南側に追いやった。村に残ったのは麦畑と鵞鳥くらいなもんだ。だけどね、みすみすあいつらの軍靴に踏みあらされては、あたしの肚にすえかねる。おしおきくらいしてやりたいんだよ。あいつらはもう、半日のところまで迫ってきているが、強行軍で数は減った。もともとライディネスの名に惹かれて寄せ集まったごろつきどもやならず者が脱落してね、総勢三千くらいかね。村を通りすぎたあとには、二千五百くらいに減らしてやりたいと思っているんだよ。あんたらの手も借りて、ね」

おれは肉を嚙み下しながら頷いた。マーセンサスがおれの代わりに答える。

「もとよりそのつもりだよ、エイリャ」

「ひどい思いをしてここまで来たのは、そのためだろ」

とユースは調子がいい。もう肉包みの二つめに手を伸ばしている。

「わたしたち、何をすればいいの」

トゥーラの問いに、エイリャは、それは一眠りしてから、と応じた。

満ち足りた腹で横になった。明け方の鳥たちのさえずりを夢うつつに聞いた。さほどたっていないと思った頃にエイリャが起きとくれ、と促し、呻きながら身を起こすと、すでに陽は高かった。

再び炉を囲みながら食事をしたためる。そのあいだにエイリャが計画を語り、ところどころでマーセンサスとリコが訂正と腹案を示し、おおよその動きが決まった。

立ちあがろうとすると、エイリャが蜥蜴の鼻面を指でつついた。

「今日はおまえさんも大忙しだよ。さぼったら承知しないからね」

ダンダンは片方の翼だけを広げ、――今は少しばかり重くなっている。そしてまた一回り大きくなった――薄目をあけて眠そうに答えた。

「ダンダン、ハタラクノヨ。デモゴホウビホシイノヨ」

エイリャはじゃらじゃらする小袋をひらいて、小石を一個その口に放りこんでやった。とたんに蜥蜴は目をぱっちりとあけた。

「マンゲツノコイシ、モット」

「ちゃんと、働いたらね」

エイリャは、おれ、リコ、マーセンサスを順に指さして、最後に親指で自分の胸を示した。

ダンダン、ハタラクノヨ、とまた言うのを聞きながら立ちあがると、

「切り通しの前までやってきているよ、急いでおくれ」

エイリャのあたたかい励ましに背中を押されて、トゥーラとともに走りだす。ユースとマーセンサスは逆の方向に駆けていき、リコはえっちらおっちら尾根の頂上へと登りはじめる。エイリャは山猫の姿になって、サンジペルスをさがしにいった。

前回通った西への切り通しには、すでに軍勢の頭が入っていた。おれたちは崖の上に腹這いになって、行軍の後尾を待った。三千の兵士が横二列で通りすぎるのを待つのは大変だろうって？　いやいや、なかなかおもしろい見物だったぞ。

ライディネスは先頭の精鋭に護られ、コンスル帝国の威厳をもって、すでに切り通しをすぎていた。もう牧草地のあいだの道を歩いている。彼の背後だが、そう、あと八百くらいは、帝国軍人の誇りに胸をはってつづく。まっすぐ前を見て、顎をひきしめて、へこんだ古い兜(かぶと)や、すり切れたセオルをことさら無視して。そのあとには「なれのはて」という形容がぴったりの、

五百人ほど。彼らには兜などない。伸び放題の髪と髭の垢じみた男たちだ。革の胴鎧や手甲、長靴はどこの遺跡から掘りだしたものかと呆れるほど、黴と泥におおわれている。中にはサンダルばきに麻布を脚絆にした者さえいる。得物を抱えて、あるいは吊り下げて、だらだらと歩くので、前との距離がいささか空いている。あとは、後ろに行けば行くほどだらしなくなっていた。これは征服された町村の若者や、噂を聞いて集まってきた流れ者、ならず者たちで、手柄をたてのしあがろうと輝く夢を抱えて入隊したものの、寒い、空腹、うるさいといった厳しい現実にいささかうんざりした様子。カダーやオルンを侵略したときにはある程度の恩恵を受けたものの、思い描いた夢とはかけはなれて禁止事項も多かったのに不満をもっている。防具もさほど持たず、武器もユースの剣の方がずっとましのような、刃こぼれしかかった剣や槍、ろくにとびそうもない矢羽根、石もこぼれ落ちる投石器、柄が半分折れた斧などだった。彼らはずるずると足をひきずって歩く。ぺちゃくちゃおしゃべりも聞こえる。たまにこづきあったり、怒鳴りあったり、おやおやあっちでは唾のかけあいだ。ガキの集まりか。

ようやく最後尾が切り通しに通りかかった。おれは素早く駆けおりて、彼らの後ろにまわった。狭い道を二列で行けば何の支障もなかったのに、こいつらは互いに相手の邪魔をして、足かけ払いをしたり、押しあったりと騒ぎながら間道をようやく抜けようとしていた。

「おい」

背中に声をかけると、まだつづいてくるやつがいたのかと、半ばとっくみあいながらふりむいた。おれは狼のようにとびかかって、一人の額を剣の柄で突いた。左の拳骨でもう一人の顎をとらえ、同時にみぞおちに膝蹴りをくらわす。一呼吸あとには三人めの鼻を左の肘で打ち、反動を利用して四人めのこめかみに拳を叩きつけ、及び腰ながら槍をつきだしてきた五人めには右手の剣で対した。槍の穂先が剣の刃にあたったとたん、どこかにふっとんでいく。その相手に一歩で肉迫し、やつの耳すれすれに剣をつきたてた。耳の端を爪の先ほどちょん切った。ぴりっと痛みが走った程度だったにもかかわらず、すさまじい絶叫をあげた。わずかにおれは身体をひらき、やつが脱兎のごとく来た方に逃げていくに任せた。大袈裟なやつだ、と剣をおさめながらむきを変える。

先に行った連中が、形相を変えてひきかえしてくる。おれは足元に紐をばらまいた。〈大騒ぎ〉の魔法にちょいと工夫を施した。短い赤の紐に白の紐の二本どりにして、八の字結びにもう一つ蝶結びを加えたやつだ。これで思惑どおりにいけばよし、もしうまくいかなくても〈大騒ぎ〉だけは発動する。

二、三歩退いて見守っていると、トゥーラが山の上から短弓を射ちこんだ。さらに五十人ほどが回れ右をして、おれの方にむかってくる。トゥーラはもう十本ほど、先に行く列にも射ったあと、身を翻した。敵だ、どこだ、と右往左往するのを尻目に、尾根の森に消える。

おれもトゥーラを見習って、にっこりと笑ってみせた。連中は剣を抜き、槍を構えておしよせてくる。石礫が一つ二つ飛んできた。おれは身を翻して切り通しの崖を駆けあがった。誰かが紐を踏んだのか、おめき声が聞こえた。おめき声だって？　おかしいな、あれを踏めば手足が勝手に動いて踊りだすはずなんだが。おや、剣戟も響いてくるぞ。崖の上からそっとのぞくと、叫びあいながら同士討ちをはじめている。

「おい、ダンダン」

「ナニヨ、エンス」

こいつ、ユースと同じでおれに対しては日々態度がでかくなってきてはいないか？

「リコに伝言。工夫した魔法は〈同士討ち〉になったと——いや、待て待て、ちょっと待て」

おれはよくよく観察した。アリの群れ同士が戦うのを俯瞰するように、目を凝らして。

「同士討ちじゃあ、ないな」

「ナンナノヨ」

男たちがわめいているのは、相手を倒そうとしているからではないようだ。目は血走っているが、正気だ。幻を見たり、妄想にかられたりしているわけではない。なんだなんだ、どうしたんだ、よけろだれそれ、うわあ来るな、という言葉が聞き分けられる。それでも互いに剣をふりまわし、槍をつき、石を放擲（ほうてき）している。

「ははあ。こりゃ、踊りだしの延長線上にあるってわけか」

「リコニデンゴン、ナンテイウノヨ」

「おお、伝言は、〈勝手に手足〉の魔法だったと」

「ナンジャ、ソリャ」

またリコの声を真似た。おまえは賢い鳥の仲間になったのか、と揶揄（やゆ）してから、

「勝手に手足が動いてしまう魔法で、誰彼かまわず攻撃しだした、と伝えてくれ」

「ワカッタ」

「それでこっちは五十人くらいは削れるだろう」

　額に影がさしたと思うや、ダンダンはすでに飛びたっていた。前方から戻ってきた一隊が、騒乱を止めようとして、かえって巻きこまれていく。間道から外へとはみだして、来し方へと戦いが広がっていく。

「いや、五十人は謙遜しすぎかな。百人は脱落ってとこか」

　半刻もすれば魔法はとける。連中が互いに傷つけあうことに同情はない。それ以上の罪をくりかえしてきた男たちだ、それにこれからもやめはしないだろう。だが、永久につづく魔法をかけたいとは思わないし、できもしない。喜ばしい祝婚の呪いだって、数年たてばとけるのだ。

　狂騒が去ったあと、道ばたに座りこんだ男たちのほとんどが、おのれの得物についた仲間の血を目にして、戦功のいかに虚しいかを感じてくれればいいと思う。こわばった首筋や背中、ふくらはぎをどうにかほぐしほぐし、再び立ちあがったときには、剣を捨て、槍や斧を投げだして、よろよろとあらぬ方へと歩んでいってくれればいい。どこへ行くんだ、と一人が尋ね、片手をふって答えにするか、あるいは悪態をついて返事にするか。

　われも、おれも、と腰をあげて、咳をし、くしゃみをし、汚れた両手を脇にこすりつけて、いずこへともなく去っていく。そののちのことは、自身で責任をもつしかない。再び山賊盗賊になりさがるか、山中で暮らしをたてるか、それとも村や町に潜りこむか、故郷へ帰るか。

　さらなる後続が罠にはまっていた。せいぜいやってくれ。

大した勝利感もないままに、森の中に戻ると、トゥーラが待っていた。

「エイリャとサンジペルスが、列の真ん中を崩したわよ」

尾根の上からのぞくと、牧草地をつっきって村へとむかう列が大きく乱れていた。二頭の山猫が草むらから襲いかかってはまた草地へと逃れる。兵士たちは槍を構え、盾を前面におしだして防護の姿勢だが、その頭上をとびこしては一噛み、あるいは爪をくりだし、唸り声と悲鳴はここまで響いてくる。

ライディネスはすでに村中へ進んでいる。とある広い前庭に床几を出させて、休憩らしい。豆粒ほどの人影が座って杯を傾けている。その周囲には、全方向に目配りを怠らない護衛が散らばっている。なんだかあいつら、随分立派な身体つきをしているな。あんなやつらいたっけか。

ダンダンが戻ってきた。

「リコカラデンゴン。ヨクヤッタ。アトニセンキュウヒャクニン」

「おほめに与りまして」

「ムラノヒトタチモカンセンチュウ。ハリキッテヤレイ」

トゥーラと顔を見合わせ、にやりとした。おれたちは尾根からカラン麦の畑に駆けおりて、青穂のあいだにしゃがみこんだ。そのあいだに、ユーストゥスとマーセンサスがライディネスの前面に姿をあらわす。双方のへだたりは二十馬身ほど、大声で叫べば耳に届く距離だ。

計画では、ユースがライディネスを挑発し、側近たちをおびきだす予定だった。ライディネス本人はさすがにもう、その手には乗らないだろうが、護衛の四、五人は麦畑の方へやってくるだろう。ユースとマーセンサスは連中を適当にひきずりまわし、トゥーラの短弓とおれの剣も加わって逆襲に転じる。

「一騎当千の側近を、一人でも二人でも戦力外にしてしまえば、ライディネスにとっては大きい痛手となるだろうさ」

とはマーセンサスの言。

　おれたちはうまくいくと信じていた。それで進軍を考え直させることができればめっけもの、くらいの考えだったのだが。ライディネスを見くびっていた、と後悔したのは事がすべて終わったあとだった。後悔先にたたず、とはよく言ったものだ。

　挑発してマーセンサスたちが逃げだすまでは、うまくいったのだった。しかし、ライディネスはあなどっていい相手ではなかった。あの、身体の大きい護衛たちが矢を射かけてきた。ひきしぼる弓が陽に反射した。尋常な大きさではない。矢も普通ではないとわかったのは、風切り音がすさまじかったからだ。流星のごとく一直線に飛ぶそれらは、今にも火を噴くのではないかと思われた。おれは、思わず麦穂のあいだに棒立ちになった。

　一呼吸後、我にかえり、トゥーラと二人、駆けだしていた。マーセンサスとユースを助けなければ。あんなものにかすられたらたまったものではない。肉が削られる。当たったら骨も砕けよう。

　ユースは左に、マーセンサスは右に、と分かれた。矢はユースの方に集中する。しかし何という武器だろう。どんどん距離を空けるユースの上を飛びこして進路を阻む。おれとトゥーラが彼にあと数馬身と近づいたとき、ユースがばったり倒れ伏した。背中があった空間を、矢は切り裂いていく。さらに、後続が地面を襲った。倒れたまま、機敏に横転していなかったのなら、串刺しまちがいなかった。おれたちの周囲にも矢が飛来しはじめた。ユースに手をさしのべるトゥーラ。麦穂の根のあいだから、強風に波だつ水面のようなユースの目がのぞいている。彼の手がトゥーラの手をつかもうとした。その指先の地面に、矢が刺さった。慌てて手を引く二人。麦穂のおかげで勢いがそがれ、爪をはがされるのは免れた。そこまで見届けたおれは、大声をあげながら両腕を大きくふって、

「わかったっ。降参だっ。投降する。勘弁してくれっ」

エンス、そんな、と抗議するトゥーラに、生命あっての物種だ、と叫びかえしていると、最後の一矢がおれの足元に刺さった。とっさに跳びのかなければ地面に縫いつけられていたところだ。

「ダンダン」

「ナニヨ」

「静かにゆっくり、背中からおりて隠れろ。おれたちが離れたら、リコのところへ飛んで、報告してくれ」

「マヌケナユースガツカマッタ」

「ユースがまぬけなわけじゃない。詳しくはマーセンサスから聞け、と」

蜥蜴はするりと尻尾をほどき、おれの背中をぽんと蹴って麦穂の中に隠れた。前庭の端でアムドが叫んだ。

「両手を頭の上で組んで、ゆっくりこっちへこい」

麦のあいだをかきわけて言われたとおりに進みながら、あたりを見回した。マーセンサスは逃げおおせた。あいつが無事なら心強い。すぐに計略を組み直して、救援に来てくれるに決まっている。――おれたちが即刻、殺されなければの話だが。

近づくにつれて、弓隊の様子が詳しくわかってきたぞ。遠目で見たとおり、身体の大きい男女で編成されている。おれも大男で通っているが、彼らはおれより頭半分背が高く、肩幅も広げた掌一つ分大きい。むきだしの腕は太腿かと見まごうほどだし、猪首の上にのっている頭は顎が発達して、牛革でも喰いちぎれそうだ。眉をのせた骨がつきだし、額には一族勇者の証の刺青(いれずみ)が彫ってある。弓は地面から彼らの耳元までもあり、――ということは、おれの背丈に匹敵する――中央部分は鉄片で補強されている。弓弦も太い。これを引くとなれば、なるほど彼らしかいないだろう。箙(えびら)におさめられている矢を仰ぎ見て、目を瞠(みは)った。太さも長さも普通の二倍はある。

帝国中をめぐり歩いたおれでも、

「どちら様で?」

と尋ねずにはいられない。

「テオのオライヴ族だよ」

床几から腰をあげて、ライディネスが出迎えてくれる。賓客扱いだな。すぐに殺されることはなさそうだぞ。

「テオって、あのテオか？〈北の海〉をさらに北に行った土地。オライヴ族というのは、氷鯨を銛一つで狩るっていう……」

「ほお、さすが博識だな。だが銛一つではない。とどめを刺すのは銛だが、まずは矢で巨体を弱らせるそうだ」

ライディネスは頭を少し傾けて、箙の中を示した。

「どうやって彼らを味方につけたんだ」

「雇兵として、だよ。二年も前になるかな。挙兵の決意をかためたとき、わたしは〈夜の町〉にいた。あそこには〈北の大陸〉から様々な物資とともに様々な部族民もやってくる。船長の一人がオライヴ族だったのでね、十人を借りうけると商談が決まった。〈夜の町〉はいまだ衰えさびぬ繁栄にあって、金貨二十枚で契約できた。金がものを言う世界は、実に楽だねえ」

ライディネスが朗らかに説明しているあいだにも、アムドとその配下の者たちが、おれたちの武装解除を敢行していた。トゥーラは短弓と隠しもっていた短剣を、おれは剣と懐にごっそりためていた紐を一本残らず取りあげられた。ユースの剣にふれるときには、あのアムドでも慎重さを隠さなかった。

「この者たちがダフ湾に着いたのが半月前、合流したのはついさっきというわけだが、おぬしらの襲撃に間にあってほっとしておるよ」

「そんなに急いでくれなくてもよかったのに」

とおれは、脇に立つオライヴ族の一人を見あげて話しかけた。

「あと一年くらい、〈北の海〉で氷鯨を追っかけていても、ライディネスはちっとも困らなかっただろうに」

はっはっは、と声をあげて御本人が笑った。

「彼らとそこの少年のおかげで、わたしは夢の実現に大きく一歩前進できたのだ」

「ユーストゥスの？」

「おれ、何かした？」

ライディネスの顔には笑みがはりついたままだったが、ぐっと身を乗りだした金茶色の目の中では黒と金の混沌が暴れていた。

「先だってのあれだ」

ユースはおれたちと顔を見合わせた。そう言われて思いあたるのは、

「あんたとのえせ試合のこと？」

「そうだ！」

愉快そうに片手をふりまわす。

「あれでわたしはふっとんだが、おかげで黒霞の正体を知ることができた」

「黒霞……？」

ライディネスは意外そうに片眉をあげた。

「おぬしたち、知っているものと思ったが……しばらくわが身のうちで荒れ狂っていたこれは、テイクオクの魔道師と赤銅色の魔女への憎悪にとりつかれておったようだが」

ああ、そうか。やつは形を失くして、ライディネスの目には黒霞として映ったのか。

「ふむ、やはり知っていたのだな」

「あんなものを……あんたは身の内にとりこんだのか？」

床几が三つ運ばれてきて、座るように言われた。小卓も置かれて、硝子の杯に赤い葡萄酒が注がれ、手渡された。

「テクド産の葡萄酒だ」

驚いたな。滅多に手に入らない高級酒だぞ。ちびちびといくことにしよう。

「ある晩、そう、カダーの大塔にいたとき、部屋の隅に動く闇があったのだ。わたしはアムドと新しい王国の話をしていたのだが、燭台(しょくだい)の灯の届かぬところでうごめくものを、はじめはネズミの大きいものだと思った。それは次第にふくらんで猫ほどになり、ウィダチスの魔道師が忍びこんできたのかと身構えた。と、そいつは口をきかずして話しかけてきた。自分を受けいれれば、世界の王にしてやろうと誘った」

「で、あんたは承知した」

「馬鹿な！」

ライディネスは嘲(あざけ)って頭をそらした。

「うまい話には裏がある。謀略、策略、陰謀、密謀、星の数ほどをくぐりぬけてきた。そう易々と術中にはまろうか。だがな、敵の思惑の裏をかき、うまく利用して勝利するというのもおもしろかろう。敗北を喫しそうになったとき、人であれば剣のひと振りで決着をつけることもできようが、魔物相手では不可能だ。しかしそれもおもしろいではないか。このわたしを焚きつけたうえに欺こうとしておる魔物の、裏をさらにかくことができればおもしろかろうと思ってしまったのだよ」

トゥーラは呆れて首をふり、ユースはぽかんと口をあける。

「アムドも止めたのだがね。承知したとたん、魔物はわたしを乗っとって、誇大妄想をふくらませはじめた。だがすべてを乗っとられたわけではない。暴れ馬に乗ったことはあるか？　手綱を両手に握りしめて、膝の力を決して抜かないようにして、振りおとされるのを防ぎながら誘導していく、あの戦慄と快感。こやつはイスリルに逆侵攻したがった。誇大妄想もここまでくると、畏れいったものだ。イスリル本国を襲撃して、魔道皇帝になろうというのだ。わたしは内心で爆笑しながら、わが口が進軍開始の命を発するのを聞いていたよ」

おれはこういう輩を何人か知っている。あえて危険な賭けに身を投じ、なおかつ失敗や敗北を笑いとばす男たちを。暴れ馬に乗って、どこへ連れていかれるのか、見届けてやろうという豪胆な連中を。この世に生まれてきて体験すること、見聞すること、人生に起こるすべてを楽しんで呑みこもうとする者は確かにいて、短い生を爆発させ、流星のように散っていくのだ。

ライディネスもそうした種の人間だが、この男にはそれだけではない何かもある。それは、冷たい心の底に氷の肉体をもってひそんでいる。老婆や子どもを一瞬のためらいもなく殺すことのできる冷徹で酷薄な、計算で裏打ちした、これもまた魔物というべきもの。それは、おもしろかろうと思って闇を受けいれてしまう刹那(せつな)的なライディネスとは対極をなし、対極をなすがゆえに彼を彼として存在せしめている。しかもその両者ともに、仰ぎ見る一点にはぶれることがない。

「暴れ馬を御そうとするあいだに、一心同体になる瞬間が生まれる。わたしも黒霞のことがわかるようになってきた。例えば、おぬしたちへの憎しみ。権力への底なしの欲望。目もくらむほどであった。そうして、少しずつ疲れてきた。眠ることができなかったのだ。そんなときに少年が挑戦してきた。あれには驚愕した、その剣には」

「あんたがふっとんだことで、人変わりの理由が、おれたちにも明らかになったんだ」

　ライディネスは重々しく頷いた。

「魔法の剣か。解呪の力を持っているのだな。あれにふれたとたん、黒霞は大きな衝撃を受けた。やつがふっとんで粉塵のように薄っぺらになった。その瞬間、わたしは完全におのれをとり戻した。やつは必死におのれを集凝(しゅうぎょう)させて反撃を試みたが、しまいにはわたしの支配に屈したよ。それができたのは、薄くなったあの一瞬、やつが生命より大事に隠していたものがあらわになったからだった」

　ライディネスは心底楽しそうな笑いを浮かべた。なんだと思う、と尋ねる。おれは同じ問いを自分自身に問いかけた。魔道師が後生大事に抱え隠していたもの、それは一つしかない。

「……名前、か」

「いかにも。わたしはこやつの名前を手に入れた。賭けに勝ったというわけだ」

目の中に黒と金の闇を閃かせながら、ライディネスは満足そうに杯をあおった。それから、はっ、と嘲笑の声をあげ、

「何という名前だったと思う？　さすが、魔道皇帝にならんと偉大なる目標を抱いただけのことはあった！　ノルルランノルルというのだ！」

9

足元に焚火、背中に青ブナの太い幹、右手には納屋、正面と左は広場で視界がひらけている。頭の上には満月を少しすぎた月がしずしずと昇ってきていた。ライディネスの近衛兵が彼の天幕を護っているのが見える。篝火（かがりび）がときおり火の粉を散らす。麦の穂の成熟していく香りと、花の匂いが漂っている。

うとうとしていると、重い足音がして、アムドの声が見張りに命じた。

「ここはわたしが代わろう。食事をして、明け方まで休んできていい」

四人の見張りは喜んで第一の側近の命令に従った。彼らの後ろ姿が影に紛れると、アムドはおれの右側に立った。槍を地面に垂直にし、その柄へ半ば身体を預け、広場の方をしばらく凝視していた。むら雲が月にかかりはじめ、湿った風が渡ってきた。

「雨になりそうだな」

眠たげな声で、一応お愛想を言ってみる。するとそれに唸って返事をしてから、彼は静かに尋ねた。

「あれはどういうことなのだ。なぜあんたたちは爆笑した。あの名前がそれほどおかしいとはどうしたわけだ」

「あ、それ、おれも聞きたいと思ってたよ」

左端でユースがもぞもぞと尻を動かしながら口をはさんだ。

「ノルルランノルル」

トゥーラが言って再び吹きだす。おれもまた笑った。

「よりによって、また大それた名前をつけたもんだ」

アムドが首をふるのがわかった。なぜだ、と重ねて尋ねるのへ、二人で説明した。

「イスリルの有名な英雄の名前だ。ノーランノール」

「実際にいたのかどうか。文献では複数の勇者伝説が一人にまとめられたと言われているわ。竜や人喰い虎を退治したって」

「イスリルでは天に昇って星座になっているらしい」

「こっちで言う〈狩人〉座が、その一部にあたる」

「むこうでは赤子でも知っている大英雄だよ」

そうか、それは皮肉な、とアムドも言ったが、あんまりおもしろくはなかったらしい。ユースにしてもふうん、と頷いたきり。それでつけ足した。

「コンスルでいえば、ザロシアスみたいなもんか」

二人とも、さすがにザロシアスは知っていた。コンスルが帝国として建つ直前に、凶刃に倒れた将軍である。施政者でもあり、文筆家でもあり、初代皇帝の呼び声高い絶頂期に、彼の権力を良しとしなかった政敵によって暗殺された。常勝将軍として高い人気を誇り、何冊かの戦記は千年たってもなお、軍人たちの指南書になっている。

「息子にザロシアスの名をつけるコンスル人は、確かにおらんな」

「なんか、すっごく厚かましいって思っちゃうね」

まあともあれ、あいつの名前がわかったのだ。これから何かあっても、名前がわかればやりやすくなる。と、おれの思考を読んだかのように、アムドが呟いた。

「あいつはまだライディネスに完全に屈服したわけではないのだ。それが心配だ」

「眠っていない、と言っていたな」

「眠ればあいつが支配権を広げる、と」

「眠らないでいられる期間なんて、長くはないわよ」

「おれなんか、いつだってどこでだって眠れるぜ」

十代の育ち盛りの的はずれな自慢は聞き流して、

「わたしがしゃべったとわかれば、ライディネスはわたしを許さないだろう」

とアムドはささやいた。おれは思わず座り直した。

「もしライディネスが意識を乗っとられたとしても、わたしにはわからない。今日はあんたたちは生きながらえた。しかし、明日には処刑されるかもしれない。それは、わたしにはどうでもいいことだ。良くないのは、これ以上の東進だ。東進をつづけるのは、彼にとってもわが軍にとっても自滅の淵（ふち）につき進むのと同じだ。そして彼は、まだつづける気でいる」

　なるほどな。確かに。

「今のを耳にしたら、ライディネスはあんたを殺すだろうな」

「彼は裏切りだと認識する。わたしが長年の腹心の部下であり、友であっても、躊躇（ちゅうちょ）なくわたしを殺す。そういう男だから、従ってきたのだ。だが、今度ばかりは。彼はあの魔物を容れるべきではなかった」

「東進をつづける気だと言ったな。確かなのか？」

「完全に正気であれば、決してそんなことは命じないはずなのだ。明日の昼にはここをたつと」

「兵糧がもたないだろう」

「オライヴ族がもたらした食糧がある。それに、あと半月もすればカラン麦の収穫ができる」

「村々の畑を襲っていくか。まるでイナゴの群れだな。だがそれもすぐ行きづまるぞ。先にはローランディアの湿地帯が待っている」

「自滅だ」

　アムドも頷き、槍にすがるようにしてしゃがみこんだ。

「彼を正気に戻すには、あの魔物をひきはがすしか手はない。あんたならその方法を思いつくのではないか」

「あいつとは数度やりあったが、自分の中から追いだすにも、トゥーラと蜥蜴（とかげ）の助けが必要だったんだ。他人の中に入ったやつを、なんとかするってのはなあ……」

「おれの剣なら？」

ユースがまた口をはさんだ。

「あいつをふっとばしたろ？　二回、三回、ライディネスにふれさせれば、逃げだすんじゃあないの？」

「逃げだしてくれればいいが。奥の奥に縮まったら水の泡……」

「その前にライディネスが参ってしまうかも」

ふむ。あれだけの男、むざむざ死なせるわけにもいかないか。おれとしても、この軍勢が故郷の河川を荒らしまわり、あげくに湖の魚の餌になってほしくはない。オスゴスは太るだろうが、釣る気にもなれなくなる。

「テイクオクの魔法でも無理なのか」

肩を落としたアムドに、何とも言ってやれないのが口惜しい。と、トゥーラがぽつりと、

「〈レドの結び目〉は……？」

「トゥーラ、今そんな話、してないだろ」

「違うのよ、ユース。違うの。〈レドの結び目〉を解けばすべての呪いが浄化されるはずよね」

「そりゃそうだけど……」

「じゃあ、ライディネスを結び目の近くにひっぱっていけばいい。そうね、オルン村まで来てもらえば、魔女たちと一緒に魔道師ノルルランノルルも浄化されるはず……」

「どうやって、『来てもらう』のさ。気絶させたら魔道師が完全に支配してしまうんだろ？

薬を盛るか？　ここからオルン村まで遠いぞう」

「それに、残った兵士たちをどうするか」

統率者のいない軍など、悪辣な野盗と変わりない。考えるだに寒気を覚える。

おれの目は明々と篝火の燃えたつ広場の方にさまよっていった。月が頭上を通りすぎて、山の端近くに青い星が光を放ちはじめた。そういえばダンダンはどうした？　とっくに戻ってきてもいいはずだが。見張りがそばにいるので用心しているのだろうか。

リコにはマーセンサスとエイリャたちがついているから、心配はない。だが、彼らからの助言がほしかった。マーセンサスの計略も力になるが、特にリコの。リコならおれを罵倒しながらも、名案を思いついてくれる。リコなら、と目をさまよわせる。

――相変わらず見えているものが見えない、ときた。馬鹿じゃのう、エンス。

リコの、愛情たっぷりの嘲笑が聞こえて一呼吸、おっ、と気がついた。

あるじゃないか、彼を誘いだすものが。

未明までの二刻余り、短い睡眠をとった。アムドが立ち去ると、暁闇に紛れて陣を脱出した。見張りさえいなければ、逃亡するのは簡単だった。ユースの剣とトゥーラの短弓、それにライディネスを誘いだすものは、アムドが指定の場所に隠しておいてくれた。

小糠雨が降りだしていた。堂々と畑のあぜに足跡をつけながら、おれたちは走りに走り、外輪山の尾根を登った。登りきったところで夜が明けたが、厚く雲がたれこめているのと雨のおかげで、見通しはきかない。

尾根筋に、昨日リコがいた場所まで行くと、ダンダンが飛びついてきた。

「ミンナ、タスケルホウホウキメタノヨ。コレカラシラセニイクトコロダッタノヨ」

ぴしり、と尻尾が首に巻きつく。猟犬なみに図体はふくらんだが、重さは子猫なみに減っている。一体こいつの身体では何が起こっているのだろうと、若干不安ではあるが、元気なのだからいいか、と思い直す。

マーセンサスはすでに起きあがっていたし、エイリャとサンジペルスは目をちゃんとあけていた。リコはといえば、朝からうるさい、まだ暗いじゃないか、と寝床に鼻をつっこんで身をくねらせていた。

「皆、悪いんだが、起きてくれ」

「話はあとよ、あと。さあ、さっさと起きて。でないと炉に水ぶっかけるから」

トゥーラの脅しは脅しで終わらない。水をかけられて灰が舞いあがったらたまらん、と、リコでさえ飛び起きる。

「な……何があったんじゃ」

「何をした、の方だろ?」

「兵だらけのところからぬけだしてくるなんて、何かとんでもないことをしたね?」

マーセンサスとエイリャは手早くあたりのものを合財袋に放りこみながら憎まれ口をたたく。

水をかけられる前に、とサンジペルスは炉に石を重ねていく。

「逃げるん、ですか？　村をこのままにして――」

「村はじき、誰もいなくなるよ」

ユースがうれしそうに剣の柄を叩きながら告げた。おれもうけあった。

「村人みんながすぐに家に戻れる。カラン麦も刈りとれるさ」

「一体――？」

トゥーラがくすくす笑いながら、アムドから託されたものをとりだした。

「これ、なぁんだ？」

エイリャが動きを止めた。その驚きように、マーセンサスが驚いたくらいだ。

「あんたたち……！　なんてことっ。軍団旗を奪ってくるなんて！」


この時点でリコをローランディアに帰すことも、考えた。だがそうすすめたところで御本人はうんと言わなかっただろうし、帰したら帰したで心配になっただろう。荒れはてた湖岸の館で老人一人にその日暮らしをさせるわけにはいかなかった。それで、サンジペルスに頼みこんで騾馬(らば)になってもらい背中にリコを乗せた。

それからマーセンサスの提案で、二手に分かれることにした。

「囮の軍団旗なら、鼻先にちらつかせなければだめだろう。おれとトゥーラ、ユースの三人でライディネスをひきずりまわす。おまえたちはまっすぐオルン村をめざせばいい。途中でエミラーダたちを拾うのを忘れるな」

するとダンダンが薄目をあけた。

「ワタシタチ、ムラニムカッテイマス。ナニハトモアレホシヨミノトウニモドラネバト、ラーダサマガイウノデス」

シャラナの声で告げた。これは便利だ。

「身体は回復したのか。大丈夫なのか」

と尋ねると、蜥蜴は頭を落として軽い寝息をたてはじめる。なんだ、一方通行か。たまたまシャラナの伝言が届いた、ということか。

おれは少し考えてから、いや、とマーセンサスに言った。

「ライディネスは激怒して追ってくるはずだ。おれが囮になった方がいい。リコを頼む。エミラーダも。二十日後にオルン村にいてくれ。そこで合流だ」

マーセンサスは渋々ながら了承した。

リコたちが鞍部(あんぶ)におりて再び登りにかかり、雨の森に見えなくなるまで見送ってから、おれたちも出発した。牧草地の方ではすでに兵たちが追いかけてくる気配があった。

「道なき道を行く、のね」

トゥーラが疎林の窪地の方にむいて頷いた。雨で髪が頬にはりついている。おっと、見とれている場合じゃないぞ。おれはまっすぐ南を指した。低い山々が連なって、幾つもの小さな谷を抱いている。この山並みはナランナ州との境までだらだらとつづいているはずだ。林と下生えの中に、獣道が見え隠れしている。南下したあと州境をたどるようにして西進し、適当な地点で北に行けば、あとはトゥーラの領域に入るだろう。四角形の三辺をめぐる大回りだが、ライディネスをひきずりまわせばそれだけ、脱落者も多くなる。彼をオルン村に誘いこんだとき、できれば彼と近衛兵だけになっていてほしい。それでも手に余るかもしれないが。アムドが仲間を説得するだろうか、とちらっと考え、それはありえないだろうと結論する。あの男も基本は一匹狼だ。一匹狼が遠吠えをするのは、余程さし迫ったときではなかろうか。

尾根に足音がして、いたぞ、と一人の兵が叫んだ。おれたちは慌てて窪地に駆けおりる。ひょろひょろと矢が数本飛んできた。トゥーラが走りながら、その一本を片手でつかみとる。肩越しにふりかえったユースが、

「おお、ライディネスが来たよっ」

とうれしそうに叫んだ。

「頭から湯気噴いてるっ」

おれもちらりと後ろを見た。尾根の上に仁王立ちになった男が、兵を二手に分けている。百人ほどが稜線に姿をあらわした。その半分がおれたちに矢を射かけ、斜面を下ってくる。もう半数はリコたちを追っていく。そっちの方は鞍部に降りかけたところで、迷路の魔法にはまるはずだ。見届けることはかなわなかったが、窪地を斜めにつっきって、小さな谷にとびこんだ耳に、兵士たちの騒ぎたてるのが遠く響いてきた。

急斜面の谷はすぐに岩だらけの渓流に変わった。おれたちの足は滞り、斜面の上から容赦のない矢が次々と降ってくる。オライヴ族の強弓から矢がくりだされる。しかし当たらないのは、おれのお護りが効いているからだ。えへん。用意周到とはこのことだぞ。

ユースが麦畑であやうく串刺しになりかけたことを、おれは深く反省した。連中は、おれの懐からすべての紐を奪いとったけれども、紐なんてものはどこからでも作れるんだ。帯だって、胴着を絞っているものだって紐だし、靴やサンダルの紐も利用できる。それすらなければ、下着を裂けばいいし、ほころびの糸一本でも、切羽つまれば髪の毛だって代用品になる。要するにテイクオクの魔道師から紐を奪うのは不可能ってことだ。で、青ブナの幹のそばで見張られている最中にも、おれは護りの魔法の紐を結び、トゥーラとユースに手渡したというわけだ。

と、トゥーラが谷川中央の大岩にひらりと飛びあがった。

それはいくら護りの魔法が効いていても、ちょっと危ない。渓谷を渡りきって反対岸を踏んだおれとユースは、はらはらしながらトゥーラを呼んだ。トゥーラは唇に笑みを浮かべて、短弓をひきしぼる。つがえているのは何と、三本の矢だ。敵の矢が頭上や耳や腕すれすれに飛んでいく中、微動だにしないで一呼吸、弓弦が鳴った。

トゥーラは直後に大岩から飛びおり、水飛沫をあげながらおれたちのもとへ、まるでツバメのように。たかが短弓、とあなどったオライヴ族の三人が、驚愕の叫びをあげてひっくりかえった。矢は彼らの肩を射抜いていた。

「お見事」

「ありがと」

連中が動揺しているあいだに、おれたちはまた別の山の中へと走りこむ。梢から上空へと小鳥の群れが飛びたった。まっすぐに坂を登らず、右に行っては左に行き、また少しおりては登る。その都度、微弱な魔法をしかける。おれたちを見失うことはないが、ちょっと足止めさせるくらいの、目くらましだ。

このようなことをくりかえして、なんとか逃れつづけた。野営にはイバラの茂みを囲いにして、火は焚かず、乏しい食糧を食べた。ときおりダンダンが斥候（せっこう）に出て、敵の情勢を教えてくれた。


「オオキイヒトタチ、イイアラソッテル」

「ライディネス、ムッツリシテル。マワリノオトコタチ、ハラハラシテル」

「キョウハジュウニン、ニゲテッタ」

「キョウハヒャクニンタイチョウガオクレテル」

「ミンナヒソヒソバナシ。アッチデモコッチデモ」


十一日めの夕刻、白い石灰の崖をまわっていく獣道に行きあたった。おれたちはもう疲労困憊、足を前に出すのもようような有様だった。背後の平谷には追っ手が迫ってきていた。と、トゥーラが背筋を伸ばして、ああ、と言った。


「エンス、ユース、この崖は知っている。村は近いわよ」

「本当？　助かったあ……」

「あと二日ってところかな」

ユースの顔に浮かんだ笑みがたちまち翳る。

「二日も、かよ。おれ、もうだめ」

ダンダンが夕空に影となっておりてきた。

「サンビャクニン。ヒラダニニジンエイスル。ウラヤマニケモノタクサン」

「ちえっ、いいなぁ。あいつら、今夜は肉かよ」

「熊の一頭、猪や鹿も数頭、とらなきゃ三百人は養えないわ」

「おお、あそこに銀松（チャーキー）が生えているぞ。実が残っているかもしれん」

「チャーキーじゃ腹もふくれないよ」

ユースがふくれる。

「ライディネス、ヒキカエスッテイッテル」

「ヒガシニモドルッテサケンデル」

「なんだと？」

「……魔道師が盛りかえしてきた？」

「多分な」

おれたちは頬のこけた顔をさらに細くして見合った。正直、たくさんだな、と心弱いことを思った。もうやつのことなど放っておけばいい。と、珍しくユースが、

「勝手にしろって言ってやろうよ。どうせ三百人じゃ、東にむかったって、どうにもできないだろ？　そのうち、五十人くらいにまで減るんじゃあないの」

おれと同じようなことを考えていたらしい。同感だ、と口をひらこうとした。トゥーラが一瞬早く、

「だめよ、そんなの」

と腰に手をあてて言った。こんなにくたびれているのに、威勢だけはいい。

「ソウソウ、ダメナノヨ」

「一旦こうと決めたことは、やりとげなきゃだめよ」

いかにもトゥーラらしい。ライディネスに同情するでもない、魔道師を払う使命にとりつかれているわけでもない。

「中途半端って気持ち悪い。あと二日なのよ。あきらめるの？　ここまで来て。だったら今までの苦労、我慢は無駄、時間も無駄ってことになるでしょう」

眉尻を逆だてている彼女を、怒れる女神だな、とぼんやりと見つめていると、

「エンス！」

と叱咤された。はっと我にかえって、チャーキーを採ってくる、とはぐらかす。

「そのあいだに、休む場所を決めておいてくれ」

するとトゥーラもユース同様の仏頂面で、崖の上を指さした。

「この上の台地に神殿跡と井戸があるわ」

それでおれたちは、石灰の崖を足をすべらせながら登り、台地の上に至った。神殿というよりは祠（ほこら）が半ば崩れて建ち、その周囲を護るように青ブナが十本余り枝を伸ばしていた。祠は山野河川風雨（アイトラン）の神のものだった。里中や畑の端に祀られているのはよく見るが、山の上におわすというのは珍しい。

「この台地は石灰層だから、崩れやすいし、あちこちに深い竪穴ができているのよ。だから大地を鎮める神を大切にしているのだと思うわ」

おれが崩れた一部を直していると、トゥーラも石屑を払って説明した。

「こっちの井戸は使えるよ」

苔に囲まれて、清冽な水が湧きだしていた。

青ブナの枝が厚く頭上をふさいでいるので、久方ぶりに火を焚いた。煙は枝のあいだをとおるうちに薄くなって、夕方の空にはっきりとは見えないはずだった。

火を囲んで清水でいれた香茶を飲み、薄っぺらな干し肉をあぶり、チャーキーを一粒一粒嚙みしめる。味も大事だが嚙み応えも大事だな、と思いつつ、口数少なく夕食を終えた。身体があたたまると気力も少しよみがえってくる。丸太の上に寝そべっているダンダンの鼻面が火に焼かれないかと心配しながら、トゥーラの言ったことを考えていた。まったく彼女の言うとおりだ。彼女は正しい。しかし、おれたちの手をかけるまでもなく、ライディネスは自滅するだろう。魔道師の闇の部分は、捨てておけ、と冷たく言い放つ。人間味あふれる方のおれは、助けてやれ、と両手を広げる。

「アムドノキタイハドウナルノヨ」

批難めいた口調で突然ダンダンが呟き、背中をわずかにゆらしてまた寝入った。アムドか。半生をライディネスに捧げた男。そうだな。彼のわずかな望みに応えなければ。解放してもらった恩義は大きい。

ではどうしたらいいのだ。こういうとき、マーセンサスならどんな計略を考えつくだろう。リコならどうしろと言うだろう。

「おれ、もう寝るね」

ユースがセオルを身体に巻きつけて横になろうとした。腰に当たった剣をはずしてそばに置き、あらためて火のそばに丸くなる。空にはまだ青味が残っている。十代の少年には睡眠が何より必要だろうと、おれはそっと立ちあがった。年季の入った魔道師には、睡眠より気分転換が必要だ。

青ブナの木立を抜け、台地の端に立つと、トゥーラがそばによりそった。平谷にライディネス軍の篝火が映えている。三百に減ったとはいえ、まだまだ大いなる脅威の陣だ。

「王国を建てる、とあの男は言ったよな」

「ええ、言ったわね」

「どう思う、トゥーラ。あいつからノルルランノルルがいなくなったら、あいつが王になってもいいと思うか？」

ナフェサスを王にしたい、と半ば本気で考えていたトゥーラだった。だが、この一年、彼女の世界も広がったと思う。〈死者の丘〉のふもとにまで行ったのだから、力ずくの王国なぞという夢想は捨てたはずだ。その未来像はどのように変化したのだろう。すると、

「わたしたちの生活を尊重してくれるならね。畑に火をつけたり、塩をまいたり、槍でこづいたりしなければね」

と答えた。

　おれは、そうか、そうだな、と唸る。コンスル帝国零落甚だしい、といっても、辺境の民は日々の暮らしをつづけていけばいいだけだ。無論、テクド産の葡萄酒やフェデレントの織物、バイアン湖の上等な塩や〈北の海〉からもたらされる珍味などをあきらめれば、の話。帝国の官吏をかたって税を徴収するならず者が入りこまなければ、あるいはけちな山賊に牛耳られなければ。安定した王国が支配してくれるのであれば、それよりはまし、というところだろう。一世代、あるいは二世代そうした世に恵まれれば幸運なのだ。

「もし……そうであれば、が多すぎる」

「ねえ、エンス。なるようにしかならないことをあれこれ思いめぐらせていても仕方ないわ。彼にその運があれば王になるだろうし。わたしたちはわたしたちのすべきことをするだけ。あとは神々に任せることで」

　トゥーラの言うとおりであることはわかっている。そうだな、と口では同意しても、なかなかふっきれない。そしてトゥーラはそのことにちゃんと気がついている。……それだけでもおれは幸せか。

　踵をかえそうとしたとき、ダンダンが翼を広げて飛んできた。羽音と風切音がなければ、魔物の襲撃かとまちがえそうだった。蜥蜴は柔らかくおれの肩に着地すると、

「イイコトオモイツイタノヨ。シサクノトカゲ、ヤミハライノリュウニナルカモ」

　何のことだ。これは彼——彼女？——なりの冗談か？

「モリカエシタマドウシ、ヒッコメレバイイノヨ」

「そうだな、確かに。だが、ひっこんでろと怒鳴って言うことをきく相手じゃあ――」

「モウイチド、ユースノケン、ツカウ」

おれは口をとじた。するとダンダンはかぶせるようにつづけた。

「シノビコンデ、ライディネスヲケンデツック。ソシタラマドウシ、メヲマワス。ライディネス、モドレル。イチドダケ。イチドダケナラ、ライディネスニキケンハナイハズナノヨ」

「……いい考えだわ、ダンダン」

「アリガト、トゥーラ」

「だがどうやってライディネスに近づく？　どうやって逃げだす？」

「アラ、ソレヲカンガエルノハエンスノヤクメナノヨ」

「ううむ。一番難しいところはおれにまわすのか。それに、もし、うまくいったとしても、ライディネスの怒りはすさまじいものになりそうだな」

「いいじゃない。そしたら、どこまでも追ってくるわ。思う壺よ」

「そんな者をオルン村に誘いこむわけにはいかないだろう」

今度はトゥーラが黙った。

「オルン村を避けて、まっすぐキサンまでひっぱっていくのは……無理だな」

食糧もない、体力気力も落ちている。村に寄らずに旅をつづけるのは難しい。山間の村落もないことはないが、ライディネス軍の餌食にはしたくない。

陣営の篝火の一つが、何かにさえぎられた。オライヴ族の大男の影が赤い輪郭を作った。ユースをまた、あの弓矢の先に置くことはできない。二度とさせない。あの戦慄の一時は、氷柱のようにおれを貫いた。あんな思いはたくさんだ。オライヴ族の男の隣にもう一つ人影が並んだ。ああ、炎に映える銀の髪はアムドだな。

「アムドか……」

「今一番気をもんでいるのはアムドでしょうね」

「彼にしても、ライディネスを正気づかせるのが第一の願いだ」

「とにかくそれよ。なんとかしなきゃ。あとのことはあとで考えればいい。今ある問題を解決することが大事よ。もう一度彼に助けてもらいましょうよ」

トゥーラは赤銅の瞳をちかり、と閃かせた。

「正直にこっちの意図を話して、協力を仰ぐの」

どうやって、と問いかえすと、彼女は言った。

「ダンダン。飛んでいけるのはあなただけだから、がんばって大役を果たすのよ」

「ダンダン、チョットイヤカモ」

トゥーラはその額を指ではじいた。

「もう一度言ってごらんなさいな」

「……ヨロコンデ、ヤラセテモライマス」

トゥーラはアムドへの長い伝言を蜥蜴に教えこんだ。蜥蜴はおれより記憶力がいいらしい。

いっぺんで覚えて、寸分もまちがわずに復唱した。

トゥーラが頷くと、翼を広げて音もたてずに舞いあがる。その姿はたちまち夜空に紛れて見えなくなった。

「……あいつ、また大きくなったな」

「エンスの首にいまだに巻きついていられるのが不思議よね」

炉端に戻り、一刻あまりの仮眠をとった。

突然の強い風に目覚めた。ダンダンが戻ってきて着地した。夜目にも輪郭がはっきりと見えるのは、微光を身体全体から発しているからだった。

「アムド、リョウカイ。アイズマツ、イッタノヨ」

声を聞かなければダンダンだとは思わなかったに違いない。おれもトゥーラも四つん這いになったまま、しばらく絶句していた。はためく布や舞いあがる土埃に、ユーストゥスも悪態をつきながら起きあがった。眉間に皺(しわ)を寄せ、目を細めて、翼をたたむ獣を二呼吸ながめたあと、一言。

「なんで、ふくらんだんだ?」

そう、ダンダンはいまやおれの背丈ほどに大きくなって、蜥蜴とは言えなくなっていた。しかし竜というにはちょっと……小さいかも。

「だが、竜……だよな」

おれはそろそろと立ちあがって近づいてみた。後ろではユースが胡座(あぐら)をかいてあくびをしな

がら、

「中身、ないんじゃないの。蝶々みたいに軽いと思うぜ。竜とは言えないかもなぁ」

トゥーラがおそるおそる翼をつついてみた。おれはそっと首をなでてみる。鱗は薄っぺらで柔らかく、その下にある皮膚に筋肉の重量感を感じない。ユースの言うとおり、中身はほとんど空洞か。

「なんでわかった？」

と少年に聞くと、彼は首をすくめた。

「さあね。そんな気がしただけ」

「ダンダン、カラッポジャナイ。シツレイナ」

小さな竜は昂然と胸をそらした。すると上腹から喉元まで、緑色の光が体内から射した。その光に連想したのは、エミラーダの瞳だった。

「もしかして……エミラーダが何かした、のか？」

彼女がおれを誘導しようと、金の鳥を作って、その金の鳥をダンダンが呑みこんだ――いや、呑みこんだからダンダンになったのか。だとすれば、彼女のダンダンに対する影響力は、思ったより大きいのかもしれない。

「エミラーダ、ナニカシタノデハナク、エミラーダ、ヘンカシタノヨ」

おれとトゥーラは怪訝な顔を見合わせた。

「デモ、ソレハアト、アト。アイズマッテル、アムドナノヨ」

そう促されて、おれたちはユースもまじえて作戦の再確認をした。作戦といっても大雑把なものだ。リコ奪回のときと基本は同じなのだが、役割と規模が違う。それでも、ダンダンが竜になったのであれば、思ったより大掛かりにできそうだった。

おれとユースが平地の下手、東側から陣営に迫っていくあいだ、ダンダンとトゥーラは西側の山林にまわっていく。今回の陽動はトゥーラたちで、陣から奪いだすのはライディネス本人だ。

ユースと二人で藪斜面を下っていき、イバラの茂みのあいだからそっと様子をうかがった。夜明けも近い刻に、見張りも役目を終えて、静かなものだ。おれはさらに頭を出して、あたりをうかがった。夜明け前の最も暗いこのときに、動くものはなく、わずかな熾火(おきび)を抱いた篝火が魔物の目のようにまたたいているばかりだった。闇がすべてを水底に沈めているようだったものの、おれは、岩によりかかって眠る者や剣を抱えたまま大地に横たわっている兵士の存在を感じていた。

「まだなの?」

ユースがすぐそばでささやく。その肩を押さえてじっと待つ。どこかで寝ぼけた鳥が耳障りな鳴き声をあげ、ユースがびくっとした。兵士たちの身じろぎをする気配が伝わってきた。

陣の右側の先で、黄金の光が閃いた。二度、三度とそれは荒々しく舞った。はじまったぞ、と告げると、ユーストゥスも頷いた。手のひらの下の彼の肩が緊張でこわばった。兵士たちが騒ぎはじめるのを聞きながら、少年が、ダンダンに劣らず成長したことにあらためて驚いていた。松明（たいまつ）が灯され、足音とともに右に流れていく。怒号と悲鳴が森にこだまし、再び光が閃く。

少年の肩を叩いてイバラの茂みから這いだす。中腰になって陣の方へ進む。途中で狭い溝に足をとられたユースが、思わず罵言を吐いたが、陣中の大混乱に紛れて誰にも聞こえなかったはずだ。

足の下が草地から赤土に変わったと感じた。おれたちは側近たちの幕屋の近くまで忍びよっていた。人の気配はない。全員、西の森の方へと出払ったらしい。陣の西側で、滑空しながら金の炎を吐くダンダンの様子がありありと想像できる。燃えるものも大してなくなっているはずだが、竜の襲来ともなれば慌てふためき、恐怖にかられ、実際以上の被害を受けていると勘違いするだろう。しかも、闇の中では事態を把握するのが難しい。逃げまどう兵たちの耳のそばや爪先を少しはずれたところに、トゥーラの短弓も飛んでくるとなれば、なおさらだ。敵軍勢の急襲と思いこんでくれればなおうれしい。

ライディネスの天幕には灯りがついていた。眠れば魔道師に乗っとられるとあって、ライディネスはちゃんとした睡眠を拒否しているというが、人が眠らずにいられる日数は一体どのくらいなのだろう。ひきかえす、と騒いだ時点で、正しい判断もできなくなっているのではないかと危惧される。起きていても、魔道師がじわじわと侵食して、彼を支配してしまうことも考えられる。

アムドが何かを叫んだ。彼は天幕の外で護衛をつとめていたが、同じ役目の他の二人に、加勢に行くように命じたのだ。二人が駆けだすとすぐに、天幕の中へ怒鳴った。

「ライディネス、竜です！　竜の襲撃です」
ライディネス本人の意識がわずかでも残っていれば、彼は外へ出てくる。竜と聞いて天幕の中にひっこんでいられる男ではない。おのれの剣で退治してやろうと思うはずだ。

案の定、天幕の入口がひらいて、ライディネスがあらわれた。遠い閃きや松明にちらつくその顔は、すっかり憔悴（しょうすい）しきっていた。落ち窪んだ眼窩（がんか）、こけた頬、青ざめた顔色。だが、口元だけは、強い意思の貫徹を示すかのようにひきしまっていた。彼の目が竜の吐く炎を映して、束の間、金に燃えあがった。剣の柄に手をかけて大きく一歩踏みだした。わずかによろめいたのをアムドが両腕で支える。その視線が敵をさがしてさまよった。

ユースが直後に身を躍らせていた。彼のなまくら剣が、ライディネスの背中を襲った。偉丈夫のアムドが思わず数歩、後退するほどの衝撃が見てとれた。ユースが跳びすさろうとした。ところが剣はライディネスの背にはりついたまま、それを握る彼もまた動くことができないようだった。直後に、あの黒い網目がどこからか噴きだしてきて、ひとかたまりになった三人をおおった。なまくらの剣が青く光り——いや、青い輝きを発しているのはユースの胸だ。そこから腕を伝わって剣に達し、炎を発している。海が燃えたらこのような色になるかと思われた——、網目を焼き切ろうとする。網目に沿って小さな稲妻（いなずま）が無数に走った。闇の焦げる臭いが立ち昇り、ライディネスが獣のように唸って身体をひねった。稲妻は宙にはじけ、網目は黒い煤と化して霧散した。はじき飛ばされたユースが尻もちをつく。暴れるライディネスをアムドが羽交い締めに押さえる。

そこでようやくおれも手が出せるようになった。大股に駆けよって、輪にした紐をライディネスの首に通す。ライディネスは、

「アムド……貴様……」

と歯のあいだから唸って気を失った。

ユースをふりかえると、白目をむいて倒れたままだ。声をかけ、ゆすぶると、やがて正気づいた。正気づいた直後に、おれの腕に両手でしがみつく。

「なんであんなものがいるんだよ！」

わなわなと震える肩を押さえてやると、

「あれ、元は人なんだろ？　人があんなふうにおぞましいものになれるってこと、おとなはみんな、知っているっていうの？」

「そうだな。大抵は知っている。知っていて目をそらす者が多い」

「そらしたくもなるよ。あれは……あれは、この世にあっていいべきものじゃあないよっ」

「そうは言うがな、ユース。誰の心の奥底にもいくばくかはひそむものだ。おまえにも、な」

彼はおれの目をのぞきこみ、唇を歪めた。

「あんたたち……あんたたち、魔道師は意図してああいうのを飼っているのか……」

「そうだ。飼っていて、暴走しないように常に心を配っている。だから魔道師でいられる」

ユースはそろそろとおれから手を引いた。嫌われてしまったか、と思って悄然とした。仕方がない。人の心はどうにもできない。ユースが嫌だというのならば、それを受けいれるしかな

い。無数の針で刺されるようなこの痛みもひっくるめて。

「……おれの心にもああいうのが棲んでいるのか……」

「……」

「でも、ああいうのが、人に幸せをもたらすってことはないんだよな」

「……」

「でも、退治することはできない……。これっておかしくない？　なんでこんなふうになっているんだろう」

彼は一つ大きな息を吐き、剣を鞘におさめた。

「ああ、びっくりした。こういう難しいことは、少しずつ考えていくべきなんだよね。マーセンサスがそう言っていた」

そうして手を差しだしてきた。

「エンス」

「……うあ？」

「ひっぱりあげてよ。まだ、足に力が入らないんだ」

「お……、おお」

ふむ。嫌われはしなかったようだ。おれは大きく安堵する。

それまでライディネスを肩に担いで待っていたアムドは、おれたちを木立の方に案内した。

一頭の馬がつながれていた。

「ライディネスの愛馬だ。誰かがすべての馬をときはなったあとでも残ったやつだ。わたしのかわりにせめてこいつをつれていってくれ」

そう言いながら、ライディネスを鞍上に押しあげる。

「あんたはどうする」

と尋ねると、彼は白い顔のまま、

「軍団旗を持っているか？」

「ああ、ここに」

おれは素直に手渡した。彼はそれを一呼吸凝視してから丁寧に折りたたみ、懐に入れた。

「彼の望みはまだついえていない。わたしは彼が彼として戻ってくるまで、彼の意志を護る」

おれはアムドの腕にふれた。アムドは黙ってかすかに頷くと、踵をかえした。もうその先に竜の光は閃いていなかった。

おれとユースは暗い森の中を馬を曳いて北西へむかった。ライディネスはまもなく正気づいたが、縛(ばく)の魔法と気鎮めの魔法——牛のサンジペルスをおとなしくさせたやつ——を混ぜあわせた輪の紐で、暴れることも罵(のの)しることもなく、馬上で静かにしていた。リコの書きつけがなくても、なんとか作ることができたことに、少々気をよくしたぞ。

やがて曙光(しょこう)が幹のあいだに射しこみ、初夏の森はあっというまに夜明けを迎えた。森から次の森に渡る草地に出たとき、強い風が吹きつけたかと思うや、ダンダンがふわりと着地した。

「オナカスイタ。ダンダン、サキニカエルノヨ」

「帰るって……オルン村に、かい？」

ユースがまぬけな質問をする。

「リコガマンゲツノコイシモッテルノヨ。ゴチソウニナッテクル」

「ああ、おれたちも二日くらいでたどりつく。リコとエミラーダにそう伝えてくれ。……おれたちも腹ぺこだってな」

「タベモノ、ヨウイシトケトイウノヨ」

翼を再び広げ、半ば浮きあがりながらそう言う。竜はあっというまに高く舞いあがり、朝の青空にたちまち点となってしまった。

ただいま、と声がして、トゥーラが枝の上から飛びおりてきた。おれはさっと目を走らせて、彼女に怪我がないかを確かめた。

「楽しかったぁ。ダンダンが火を吐くところを見せたかったわよ！　少しも熱くないのに、皆、逃げまどって！　きれいだったぁ」

「熱くない？」

おれは彼女の耳のそばについていた純金にきらめく木の葉をつまみとりながら尋ねかえした。

ユースが簡単に納得する。

「ダンダン、火加減ができるのかぁ」

「火加減のできる竜なんぞ、聞いたこともないぞ……」

そう言いつつ、つまんだ木の葉に違和感を覚えて、しげしげと観察した。いや、木の葉ではない。これは、鱗、竜の鱗じゃあないか。彼女の頰に竜の鱗がついていた？　頰ずりでもしたか？　トゥーラが？

　おれの表情を読みとったのだろう。トゥーラは首を傾げてにっこりした。

「悪いことじゃないでしょ、エンス。一日乗ってみたら、馬とそう変わりはなかったわよ。空中を飛びまわるだけで」

「げっ、トゥーラさん、ダンダンに乗ったの？」

　ユーストゥスが目を丸くし、

「いいなぁ。おれも乗せてくんないかなぁ」

　おれは、危ないことはやめろ、と言いそうになるのをぐっとこらえた。保護者めいたことを言ってどうなる。ましてやトゥーラもユースも機敏さではおれの上をいく。心配でも、彼女たちに鎖をつけるような真似はしてはならない。

「そうとわかっていたら、ライディネスをダンダンに乗せかえて、オルン村まで運んでもらえばよかったなぁ」

　トゥーラは馬上の男をちらりと見てから返事をよこす。

「あの子、相当くたびれたはずだから、思いつかなくてよかったのかも」

「なあ、トゥーラ」

「何？」

「蜥蜴は鳥肌たつくらい嫌いだったんだろう？　竜ならいいのか？」

「嫌いだったわけではないわよ。……さわりたいけれどさわれなかっただけ……」

「それって、嫌いってことじゃあないの?」

「うるさいわね、ユース。わたし、他の動物とは相性がいいんだけど、どうしてか蜥蜴とかヤモリはだめなのよ」

「で、竜は大丈夫、と」

「黙ってなさいってば。そうよ、竜は平気。蜥蜴とは全然違うもの」

どこが? と男二人で聞きかえした。そのとき、前方の森から抜き身の剣を手にした男たちがばらばらと飛びだしてきた。むこうもおれたちを目にして、驚いているようだった。トゥーラが素早く矢をつがえ、ユースがなまくらを抜く。おれは二人を制止しながら身構えた。先頭の数人のあとに後続がどっとおしよせてきて、二十人ほどと対峙した。彼らの戸惑った表情で、おれたちを待ち伏せしていたとは思われなかったので、

「おい、どうしたんだ」

とつい尋ねていた。連中の服装から、ライディネス麾下ではあるものの、長年付き従ってきた近衛や精鋭とはほど遠いと見てとった。だがむこうは、馬上のライディネスを認め、空手のおれに何か感じるものがあったのだろう、ほんの少し警戒をゆるめた。

「お……狼が……それに、虎が、襲ってきたんすよっ」

ははん、エイリャか。

「おまえさんたち、どこから来たんだ」

「オ……オルン村ってとこです。えっと……ほれ、お頭が南下するから、おれたちは別働隊でオルン村に行けって命令、出したじゃありませんか」

馬上のライディネスに必死で訴える。眉毛の短い、耳が立っている十人隊長だ。

「で、東進から西進に、回れ右してやっとこさオルン村についたんですが」

「一歩も村に入れねぇんで」

丸顔のもう一人の十人隊長が、手をふりまわした。

「それどころか、矢の一本もうけつけねぇんですよ。ありゃ、魔法のかかった村ですぜ」

「なんでも昔は、魔女の国だったたって話じゃあないですか」

「たどりついたのは何人ほどだ」

ライディネスが口をきいた。トゥーラが矢の先をとっさに彼にむける。ユースもなまくらをいつでも打ちこもうという構え。彼はそれを片手で制して、正気であることを示しながら、いたって穏やかに尋ねる。

「そちらに二千はふりわけたはず。落伍者は？」

「へ……へい。なにせ長い道程だったので……オルン村についたときにゃ、千にちょっと足りないくらいで」

短眉隊長が首をすくめた。彼が千、というのなら、おそらく本当はその半分ほどか。ライディネスも同じ推測をしたのだろう、大きな吐息をつき、前かがみになっていた上半身をゆっくりと起こした。

「……それで？　オルン村も陥とせなかった、と言うのか？」

「なんとかして入ろうとしたんです。でも、見えない壁にぶちあたったみたいに、人も矢もはねかえされちまうんです」

　おれは耳下をかいた。そんなに大層な魔法をかけた覚えはないんだがなぁ。中にいた兵士たちが戻ってきても入れないように、ってほどの軽いテイクオクをかけたつもりだったが、矢も通さないって？

「どうすべぇと頭を寄せて相談しているうちに、また人数が減っちまいまして」

　ライディネスは鉤鼻（かぎばな）を天にむけて鼻息を吐いた。馬鹿めらが。そういうときは即刻迷いのない決断をしてみせねばならんのだ、と彼の内心の声が聞こえてくる。

「あっというまに四十人か、五十人になってしまったのであろう」

「さすがお頭……。まったくそのとおりで」

　本来のライディネスであれば激怒するはずだった。表情にあらわれるのはわずかに剣呑（けんのん）さをました眼光ばかり、それでも短剣を投げてこの無能な連中を罰しただろう。だが、おれの輪紐の魔法がきいているのか、彼は平静に部下を見すえただけだった。

「……それで？」

「それで、そうこうしているうちに、狼や虎が襲ってきたんでさぁ。もう、生命からがら逃げだしましたが、あいつらのしつこいことときたら」

「一休みしていると必ず襲ってくるんで。今も、むこうの谷から追っかけられてきたってわけで」

たまたまここで出会ったとは考えられない。おそらくエイリャが狼になり、虎になり、おれたちのところまで誘導したのに違いない。

ライディネスは肩をゆらした。首の骨がぽきっと鳴った。

「よし、わかった。その虎と狼はわたしが始末する。おまえたちはここで待て。後続の精鋭隊が追いついてくるだろうから、それと合流しろ」

そしておれの方に視線をむけた。冷たく澄んだ目と合って、本来のライディネスがそこにいるとわかった。

「わたしたちはどこへ行くのかな?」

「キサンだ」

おれの口からとっさに廃都の名がとびだした。

「〈レドの結び目〉まで行こう。あんたの魔道師を完全に払いおとすんだ」

「わたしはこのままでも快適なのだがね」

「その輪が永久に保つはずもないし、またあんたがやつに乗っとられたら、こっちがひどく迷惑する」

「その、結び目とやらへ行けば、確実に退散させられるのか?」

それは賭けだな、と答えようとした。が、半呼吸早く、トゥーラが、

「ええ、そうよ。このあたりのあらゆる呪いが解けるのですもの」

と自信たっぷりに返事した。女王の記憶が答えたのかもしれない。

「よし、わかった。ならば行くとしよう。おまえたち、聞いたな？　隊と合流して一休みしたら、ゆるゆると追いかけてくるがいい。わが目標はいまだついえてはいない。新しい王国を築きあげるに、いま少しのときを要するだけだ。再びまみえるときには、おまえたちの王として馬上にあろう」

　落ちついて力強い声に、兵たちは思わずひざまずいて首を垂れた。大言壮語とわかっているおれでさえも、畏れかしこまりそうになった。

「では、行こう」

　手綱をとり直してゆるゆると進みはじめたライディネスに、おれたちは付き従うお供のような体となって、森中に入った。

　山道の途中に湧きだす泉で喉を潤(うるお)し、日没の少し前まで歩いた。大きく傾いた夕陽を正面に見すえながら、青ブナ木立の緩斜面を下っていると、横あいから人影が近づいてきた。おぉい、と発した声は懐かしや、わが悪友の頼もしい声だった。

　マーセンサスは四頭の馬をひきつれて、風のようにあらわれた。後光が射したかに見えたぞ。斜面をおりた峡谷に、野営の炉を作った。明々(あかあか)と燃えあがった薪の周りで、彼が馬につけてきた食糧をご馳走になった。久しぶりの葡萄酒、カラン麦の香ばしいパン、塩と香草のきいたチーズ、甘辛く味つけされた猪肉の燻製(くんせい)。何とこの肉はトゥーラの親父さんが仕込んだものだという。

　おれたちは空腹をなだめなだめしながら、ことさらゆっくり食事した。空きっ腹にいきなり大量の食物は、胃の腑を驚かすだけだ。

「ねえ、ちょっと聞いていい？」

と食べながらユーストゥスがライディネスに話しかけた。ライディネスは葡萄酒を遠慮がちにちびちびやっていたが、すでに酔いがまわっているようだった。黙って酔眼をユースにむけた。ただでさえ凄みのある目つきが青白く闇に光っている。ユースはしばし口ごもり、ようやく、

「王国を造るってどういうこと？　王様がいて、家来がいて、軍が護って、民が働くっていう構図はわかっているよ。でも、もっと具体的に知りたいんだ。特に、あんたが考えているのは、コンスル帝国の再建、じゃないんだよね」

　ライディネスは革袋の酒をさらに一口あおってから、斜交いにユースをながめた。やがてかすかな笑みを唇の端にのぼせて、

「そういうことを聞いたのは、おぬしがはじめてかな」

と言った。

「誰もがわたしについてくると誓い、気勢をあげ、期待を熱っぽく語る。だが、誰も、どんな国を造るのかなぞとは聞かなかった」

「そりゃそうだ」

　マーセンサスが口をはさんだ。

「今日の食いもんと寝床がもらえて、明日はもっといいかもしれんと期待できりゃ、普通の男

たちはそれで満足だ。それに女がつきゃ、言うことなしだしな」

「えっ……、そうなの?」

「十年後二十年後を考えてどうなる。みんなすぐに死んじまうんだ。今を楽しまずにどうする……ってな」

「だって、マースもエンスも違うじゃないか」

「そりゃ、おれたちは生き残ってきた方だから、少しは自信と希望を持っているんだ」

そう告げるマーセンサスに、おれも賛成した。

「世界中をまわって、様々な人にも会ってきたからな。それに、ほら、すぐそばに、いいお手本がいるじゃあないか」

「えっと……ああ、そうか、リコさんだ」

「リコがいなけりゃ、生命を大切にしようなんて、考えもしなかったかもなあ」

八十をこす大長老の、いまだ衰えぬ好奇心や楽天的な姿勢に、感化されてきたことは確かだ。

と、トゥーラが、

「文句の多いお爺さんだけど、彼が『もうだめだ』って言うのを聞いたことがないわね。『したくない』はあっても『できない』はないし、『大変だ』はあっても『最悪だ』はない。あらあ。よくよく考えてみると、これってすごいことじゃあないの?」

「言われてみりゃ……確かにそうだ」

おれとマーセンサスは大いに納得したぞ。しかしなあ。リコの偉大さに今頃気づくとは。

「先にあるものを信じられる者はそう多くない」

と、ライディネスがまた葡萄酒をあおって唸った。

「そしてそういう者だけが、夢を現実にできるのかもしれぬ」

「でさ。あんたの現実にしたい夢って、どういうものなの？」

「まずは、ゆるぎなく、洞察力に優れていて、老獪な王」

ライディネスは恥ずかしげもなくおのれの胸を指さした。

「しかし、このわたしにも足りないものがある。おぬしがここに持っている純真さ、清冽さ、正義への信頼」

ユースの胸を拳骨の甲で軽く叩くと、

「さっき、老獪さって言わなかった？」

「老獪ながら純粋さも併せ持つ者、まっすぐな背骨を持っていれば完璧なのだろうがな」

「むっずかしいなあ。複雑な人でないと、いい王様にはなれないのか」

「わたしはそれを持たないが、代わりに力を操ることができる。力も大事だ」

「規律を重んじ、組織力に秀でた軍力ってことだな」

マーセンサスが解説する。

「左様、不断の訓練で鍛えあげられた、優れた兵士を抱える国」

「かつてのコンスル帝国……」

マーセンサスの呟きに、おれはアムドに渡したシマフクロウの軍旗を思いおこした。あれが、新しい輝きを得て、ライディネスの頭上で再び翻る日がくるのだろうか。

「わたしは、兵士なんか必要としない国ならもっといいと思う」

トゥーラの理想は、おれたちの考えを飛び越してはるかな高処まで駆けのぼっていく。ユースは、わかった、と軽く頷いて、

「優れた王、強い軍隊、あとは？」

「風通しのいい行政組織。適任者が適任の地位に就き、手腕を発揮する組織。収賄も私物化も使い込みも赦されない明快な組織」

「そいつが一番難しい」

とマーセンサス。ふむ、とライディネスは頷いて、

「そうしたことが当然のこととして認知されるには何が必要だ？」

と逆にユースに問う。リコなら、「教育じゃ」と即答するだろう。ダンダンなら、「ジンザイトウヨウ」とでも言うか。ユースが口ごもっていると、ライディネスは、

「国民の忠誠心、一目瞭然に筋の通った法律、それらを基盤から支える理想。十年後、二十年後を語る夢」

「あれ。また夢に戻った」

「理想がわれらを目覚めさせる。夢がわれらを導く。目標がわれらに実現をもたらす」

ユースは感嘆の吐息をつき、トゥーラは言葉もなく瞠目し、おれとマーセンサスはあらためて、このライディネスという男を見直した。この男ならやりとげるかもしれん、とはじめて思

った。生きのびることが最大の課題のこの世にあって、二十年後の目標を掲げて進もうとする男がいる、という事実に、背骨に杭を打ちこまれたような気がした。

　ライディネスは頭をゆらゆらさせながら、

「だが問題がある。どれほどしっかりした帝国でも、外敵のない平和な王国でも、これは致命傷になりかねん問題だ。何かわかるか？」

「ううん……」

「わたしは王国を建てる。理想に近づけるのに十年、確固としたものとするのにさらに十年をかけよう。それらが果たされたとしても、この問題は横たわっている。山を易々と持ちあげ、ひっくりかえしてしまう地底の竜のように」

「ええと……、それって、あんたが永遠に生きられないってこと？」

「そのとおり。わたしと同じように力のある後継者、あるいはわたし以上の後継者がいなければ、王国ははかなくなるだろう。それこそ一瞬で瓦解する」

「アムドがいるじゃん。アムドではだめなの？」

「あれに夢が語れると思うか？」

「う……無理か……」

　おれのこめかみで何かが閃いた。

「だからか？　あんたがイスリルの魔道師のなれのはてを身内にとりこんだのは。魔道師の長命を、手に入れられると思ったのか？」

ライディネスは鼻先を上にむけて、ふん、と言った。目の奥で闇が一緒に嘲(あざけ)った。

「魔道師だから長命とは限らんのだぞ。しかもイスリルの、とくれば——」

とおれが言いつのると、ライディネスは平然として、

「賭けることもときには必要であろう」

実に明快な返事だった。おれは首をふった。するとライディネスは、革袋をすっからかんにして口元をぬぐい、人差し指を立てた。定まらないその指でユーストゥスを指し示し、軽く笑い声をあげた。

「おい、少年。もしかしたらおぬしが後継者なのかもしれんな」

「いきなりなんだよ、おっさん」

「そうでなくば、どうしてその胸に青い光をたたえているのだ？　海の光のようなそれは、何のしるしなのだろうな」

「この人何を言っているの？」

「王国の話をしているのではないか。わが夢、わが理想、わが王国——」

そう呟きつつ、ライディネスはぐらりと身体を傾けると、そのままひっくりかえった。たちまちトノサマガエルのような鼾(いびき)があがった。眠れない夜と絶えまない闇を経験したのだ、こうなるのも仕方がないか。

やがてユースも横になり、トゥーラはおれの肩に頭をもたせかけてうつらうつらしはじめた。下火になったのへ枯木を一束放りこんで、爆(は)ぜる火の粉を楽しんでから、マーセンサスに尋ね

た。

「エイリャはどうしたんだ？」

「大活躍だったろう？　はじめはあいつらを村から遠ざけるだけのつもりだったんだが、おまえさんたちが多分こっちに向かっているだろうから、そこまで追いこんでやれってな。おまえさんたちと一緒に連中を蹴散らそうと思ったらしいが、ライディネスの一言だろ？　戦わないにこしたことはないってさ」

「あれにはおれも驚いた」

「おれはおまえさんたちを迎えに途中まで来ていたんだ。腹もすかせていることだろうと思ってな。エイリャから進路変更を聞いて、追いかけてきた」

おれは感謝で頷いた。マーセンサスはにやっとして、いつもの皮肉たっぷりの口調で言った。

「しかしなぁ、おまえの魔法があれだけ効くとは。一体いつのまに、強化したんだか」

「……何の話だ」

「兵たちがいなくなってから、おれも試してみたんだ。おれや村人たちは自由に出入りできたぜ。悪意のある者をよせつけないだけじゃない、災いも退けた」

「だから何の話だよ」

「脱走兵が多かったのは、流行病のせいもあったようだ。どうせ誰か、空腹でろくでもないもんを口にしたんだろう。腹下して熱を出したやつらが村の外に転がっていた。可哀そうに思った娘たちがそのうちの数人を村の中に入れちまったのさ。美談だろ？」

マーセンサスは首をふり、

「年寄り連中が怒ったよ。当然といや当然だな。病をうつされちゃあ、かなわんってな。ところが、病は誰にもうつらなかった。ばかりか、明日にもお迎えってな感じの連中も、翌朝にはけろりと治っちまった」

「水が良かったんだろうさ。薬草が効いたせいかもな」

「たまたま、ってかぁ？　そりゃないぜ、エンス。おまえの呪いが効いたに決まっている」

「おれの呪いに、それほどの力があるとは思えんのだが」

「それは自分を見くびりすぎているんじゃあ、ないのかい。あれは絶対おまえの魔法のおかげだ。まあ、聞け。いいか。ちょうどおれが馬をかき集めて村を出ようってときに、治った連中も一緒に境をこえようとしていた。そのうちの一人は、嫌がる娘を無理矢理ひっぱっていこうとしていた。だが、おれが止めるまでもなかったよ。何が起きたと思う？　悪心をもったやつらは境をまたいだとたん、境界の外にはじき飛ばされた。で、娘は家に駆け戻り、めでたしめでたし。これが魔法の力でなくてなんなんだ？」

おれは面喰らって、言葉もない。ただ両手を広げてみせただけ。と、肩口でトゥーラが眠そうに呟いた。

「当然でしょ」

「なんだって？」

「〈死者の谷〉をとおり、〈死者の丘〉まで行ったのよ。魔力が強くなってあたりまえでしょ」

おれとマーセンサスは顔を見合わせた。そうなのか？

「何も影響がない方がおかしいわねえ。ダンダンが竜になり、エンスは大魔道師になり、わたしは――」

何と言ったのだろう。大魔女、か？　女王、か？　いや、違う、おれの耳には、人間、と聞こえたのだが、確かではない。

「トゥーラ？」

聞きかえしたが、トゥーラはよく聞きとれないことを呟いてまた眠ってしまった。

10

エミラーダ様、と呼ぶシャラナの声に、竜の羽ばたきが重なって聞こえて目がさめた。寝台からは、淡い青と金のまじりあった明け方の空がながめられた。草原をへだてた林の方からは、餌をねだる雛鳥の姦(かしま)しい声が響いている。切り裂くようなその叫びは、大型の猛禽(もうきん)類のようだ。

トゥーラの塔の四階は、すっかりエミラーダの住居(すまい)と化していた。大卓や床に散らばっていた書物はすべて棚におさめた。椅子の埃を払い、窓枠も卓も床もきれいに水拭きした。暖炉の古い灰をかきだし、新たな薪をつみあげた。冬の謎ときの名残は、エイリャ所有の四冊だけ。それらはひとまとめにして扉横の長櫃(ながびつ)の上に置いた。

さて、今日はどうかしら。身体を起こすと、右耳の上あたりの頭の中に重苦しい靄(もや)のようなものを感じた。金と黒のそれは——目には見えないが、エミラーダにはそのようにとらえられる——月裏の光と闇である。ああ、今日も消えていない。溜息をついた。これはパネーのなしたことに対する償いでもあり、人の生命に干渉し、人の心に踏みこんだがための代償でもある。そうとわかっていても、思考まで靄に浸潤(しんじゅん)されていくようで、かなうのなら消えてくれればと期待してしまうのだ。しっかりしなさい、エミラーダ。それは甘い考えよ。この程度で許してもらえたのだから、女神レブッタルスに感謝しなくては。この靄が心の臓に巣くったかもしれなかったのだ。それを考えれば、文句はいえないはずでしょう。

自分を叱咤して立ちあがったそのとき、窓枠を大きな鳥の翼が打っていった。部屋は瞬時陰り、エミラーダの耳にはさっき聞いたものと寸分たがわない羽ばたきが届いた。

パネーと対峙(たいじ)してから、このようなことがよく起こるようになった。現実に先だって幻影が訪れる。水鏡をのぞきこまなくても、それは不意にやってくる。

とある夜半、喚声に飛び起きた。村はひっそりと静まりかえっていて、空耳だと知った。随分はっきりとした空耳だったが。その翌日、ライディネスの兵士たちが村におしよせてきた。エンスの施した魔法で一人たりとも入ることができず、雲散霧消した。

またある日、村道を歩いていると、左手で子どもの笑い声を聞いた。視線を落とせば誰もおらず、ただ束の間、エミラーダの影に半ば重なる小さな影を目にした。夕刻、村のだれそれの家に赤子が生まれたとシャラナが教えてくれた。

階段が歪(ゆが)んで見えた数刻、上り下りに気をつけたものの、あやうく足をすべらせて落ちるところだった。一瞬の身構えで転落を免れた。

早朝、小川で鍋洗いをしていると、森の奥の梢(こずえ)が風もないのにざわめいた。立ちあがって場所を確かめ、マーセンサスに指し示したが、彼の目には何ら異状が映らなかったらしい。それでも彼は、村の若者数人をつれて出かけていき、昼すぎに巨大な猪を仕留めて帰ってきた。

靄の見せる力なのか、それとも彼女自身に力がもたらされたのかは判然としない。そして予知の力を得たからといって有頂天になるような年でもない。運命が容易に反転することは、身にしみて知っている。

身支度を終えて塔を降り、玄関口にたたずんで、初夏早朝の光に目を細める。鮮緑の木々の香りに花の匂いや露を含んだ草の匂いがまじっている。カラン麦の青い穂をそよがせている風を肌に受ける。浅葱（あさぎ）の空に浮かぶ小さな雲がゆったりと流れていく。草原は輝いているが、その奥の森林はまだ半ば影に沈んでいる。村の方では早起きの人々が野良仕事に出かける気配がする。めぐっていく季節、日々の変わらぬ営み。静謐（せいひつ）と活気が共にある世界。

不意にこみあげてきた哀しみと喜びを、喉の下で抑えつけた。だめよ、まだ、とおのれに言いきかせる。感情に身を委ねることを許さず、呑み下す。代わりに、パネーとの対決、月の裏の力との対峙を思いおこす。省みることは再び傷口を広げ、闇の毒をすりこむことにつながるが、むしろ戒めとしてなすべきことだと感じていた。

できることならトゥーラの塔で文献を漁り、碧（みどり）の石の使い方を確かめたかったが。エンスたちと別れて四日め、エミラーダは横たわるパネーに近づき、直感の導くままに碧の石を胸上に置いた。千五百年前の女王の嘆きに応えてあらわれた大地の石――おそらくは、冥府の女神であり大地母神でもあるイルモアの応（いら）え――は、微動だにしなかった。どうすればいいのだろう。困惑しつつも片手を伸ばして石を包みこむように握る。この石は大地の石、天上の月とは相反するもの。月は浮かび石は沈む。

われしらず、イルモア女神の名を唱えていた。月は浮かび、石は沈む。拝月教(はいげつきょう)の軌師(きし)であれば、決して呼ばない女神を呼び、決して顧(かえり)みない石を握りしめる。パネーがそれを知ったら胸をふくらまし、かっと目をむいて一喝するに違いない。いやしくも銀月の巫女(みこ)であった者が、と。だが、エミラーダの口から迸(ほとばし)ったのは、

「知ったことではない」

心配顔をしていたシャラナが、驚いて息を吸いこむ音が聞こえた。エミラーダはかすかに口角をあげ、思いきって石をパネーの胸に押しつけた。すると、石は老婆の中に沈みこんでいった。まるで泥の中に沈んでいくように。そうして、沈みながら、エミラーダをも道づれにした。

一瞬のうちに、銀の石床の上に立っていた。床は湾曲して壁となり、壁は細工物の枝となってからみあう森と変じていた。枝は数呼吸ごとに、あちこちで折れて床にはねかえり、その都度かたいがもろい音をたてていた。

森のむこう側は見透かすことができない。黒い煙のようなものがたゆたっている。白金の天空が作り物のような輝きを発しているものの、その光が石床を照らすことはない。石床を照らしているのはエミラーダの持つ碧の石。碧の光が銀の床や細工物の枝に反射している。

この無機質の空間は、知恵の神にして策略をも司(つかさど)るレブッタルス女神の祭祀に使われる仮面を彷彿(ほうふつ)とさせる。純白の月の面(めん)。無表情で近寄りがたく、つるりとすまして、ただ二つあいた眼窩(がんか)は月の裏面の酷寒の闇。これぞまさにパネーの心。

月の面(おもて)であるのならば、表面の殻(から)を砕いて月裏に至ろう。エミラーダはひざまずき、銀の床

に碧の石をおしこんだ。再びイルモアの名を唱えながら。

石床は鏡のように粉々に砕け散った。足元が一段沈んだと思った直後、真紅の熾のまたたく炉の中にいた。火炎のあがらぬ炉である。周囲は雑に組みあげられた薪で満ちている。エミラーダはその中心にあって、ちかちかと音をたてては赤く染まる薪を見つめていた。すべてが、名もない獣の目のように燃えている。しかし、ちろりとも炎の舌をあげない。そして少しも熱くない。頭上や周囲の薪が崩れ落ちるのではないか、下敷きにされて焼きつくされるのではないかという恐怖が、一刻も早くここから逃れよ、と叫んでいる。それでも、彼女は直感に従い月の巫女らしからぬ行動に出た。裾を膝までまくりあげ、渾身の力をこめて薪組みを蹴った。

――まあ、エミラーダ様っ。

シャラナの声が頭の中でこだまする。しとやかなおばさんでは生きていけないらしいのよ、と頭の中で返事をして、薪が轟音をたてて崩れ落ちる炉の中心にたたずむ。火の粉がふきあがり、木っ端がはじけ、はじめて炎が渦巻いたが、三たび足元が大きく沈みこみ、つづきを見ることはかなわなかった。

月裏にたどりついたのかと一瞬、期待した。頑丈そうな大岩が山をなし、彼女はそのうちの一つに立っていた。稲光が走る黒雲の下、手がかり足がかりを慎重に定めて頂上に登りつめると、どこまでもつづく岩の原が広がっているのを見はるかした。殺伐としてはいるが、月裏ではなさそうだ。極寒の漆黒の影もなく、稲光に照らされるのは黒鉄の石の連なりだった。

人がこのような強い決意をもって鎧わねばならないものがあるとするならば、辛い目にあったがゆえの決意、傷つけられたがゆえの決意であろう、とエミラーダは思った。では、この岩の下に隠されているものは、パネーの原体験ということか。

幼子（おさなご）を扱うように、抱きとめる覚悟で対峙せねばならない。エミラーダは大岩を生まれたばかりの赤子のようにそっとなでた。碧の石がひとりでに目の前に浮かんだ。四人のマーセンサスでもびくともしないはずの大岩は、抱かれた嬰児（みどりご）さながら、おとなしく持ちあがった。

岩の下に、極彩色を認めた。その刹那（せつな）に、突風とともに湯気が噴きあがってきた。本能的にとびすさっていなければ巻きこまれていただろう。噴きあがった湯気は竜巻となって大岩の大地を荒らしまわった。エミラーダは背後の岩に身体を預けて、太くなり細くなり、稲妻（いなずま）をからめとり、大岩を持ちあげては粉々にしているそれを目で追った。真紅と橙（だいだい）とキンポウゲの黄色、新雪の銀、緑、深緑、青ブナの葉色、朝焼けの薄桃、薄紫、空色、夕焼けの茜（あかね）、少女が心の内にもっている愛しき色彩のすべてが含まれていた。だが、それらを束ね、縛っているのは、沼地の泥のように青黒い一筋だった。

――恥辱。

裏返せば、高い自尊心。いや、高すぎる、と言うべきか。

エミラーダは赤子をあやすべき手を下げた。語られなくてもパネーの少女時代を推測することができる。おそらくは、良い家柄に生まれ、それなりに大切に育てられた少女であったに違いない。貴族、あるいは豪商の。誇りある家の血筋ゆえ、何もなしていないにもかかわらず、そして多少の才があったがゆえに、周囲からは身の丈以上の賞賛と期待をかけられた。ところがある日突然、少女の前には壁が立ちふさがる。それは、同じような境遇でより賢く育った少女であったやもしれず、あるいは家の没落であったやもしれない。ともあれ、パネーには到底我慢のできない事態が起こり、どうあがいても乗りこえることがかなわなかった。それを、心の臓に刃をつきたてかねない恥辱と彼女は認識したのだろう。そしてかたく決心したのだ。誰にも到達しえない高処に昇りつめてやる、と。

虚しいこと、とエミラーダは呟き、しかし一方で同情を禁じえない。そのような選択しか彼女には見えなかったのだ。そのように育てられたのだから。

——でも、エミラーダ様。

シャラナの若々しい声が胸にはじける。

——パネー様だって、いつまでも少女のままではなかったのでしょう？　ある程度成長すれば、おのずと自分が見えてくるはず。そこで考えをあらためることだってできたでしょうに。

そうね、シャラナ。エミラーダは微笑んだ。でもね、脇目をふらずに進もうとする人もいるのよ。よそ見を罪と思いこみ、どこまでも直進しようとする人も。

——パネー様は誇り高いお方だから？　過ちを認めないほどに？

この大岩のごとく、過ちはすべて踏みつぶして歩いていく。パネーを批難することはできない。わたくしだって、多かれ少なかれ、そのようにして生きてきた。若いシャラナもそのうち悟るだろう。闇を抱いて生きることはできても、闇の奥底をのぞくことはかなわない。

そこでなすべきことが明らかになった。エミラーダは碧の石を掲げて竜巻を呼んだ。碧の光が稲光を誘いこみ、稲光とからみあっていた竜巻も近づいてきた。エミラーダはイルモア女神の名を借りて、青黒い一筋を竜巻からひきはがそうとした。碧の石が宙で回り、竜巻は次第に速度を落とし、青黒い筋は手のひら幅の太い平紐となって彼女の指に握られた。それを思いきりひっぱったが、かなりの抵抗があり、両手でつかんでひきおろさなければならなかった。竜巻は停止したかと思うや、ゆっくりと逆に回りはじめ、縄がほどけるような音をたてて細く長く、天にまで至った。そのとたん、虹色の光を発して霧散した。エミラーダの手には巻きとられた紐が残った。

岩山も極彩色も消え失せ、彼女は極寒の影の中に立っていた。今度こそ、月裏にいた。暗黒の荒野が広がっている。漆黒の空にある遠い星の光で、尖った石の輪郭(りんかく)が鋭く輝いている。地平線では太陽の上端が今しものぞこうとしているところ。燃えあがる弧は酷暑の大地となっている。

青黒い恥辱の紐を投げ捨てた。それは、地表につくや否や凍りつき、寸暇なく微塵(みじん)となる。エミラーダがこの月裏に耐えられるのは、碧の石のおかげだった。パネーはよくもこのようなものをひきこむことに成功したものだ。彼女には碧の石もなかった。若い軌師たちの月光を使わなければ彼女自身が逆にとりこまれてしまったことだろう。

封印の石が功を奏してくれるだろうか。できなければ、エミラーダもここで塵となる。外の世界と同時に。

知恵の女神レブッタルスは月の女神でもある。拝月教においては、月に関わる神々をもないがしろにはしない。月と同一視されることも多い。エミラーダはレブッタルスを称える祝詞(のりと)をあげながら、碧の石を両手で捧げもった。大地女神(イルモア)の石の光でレブッタルスに請う。願わくば天上に帰りたまえ、この老女の身体と心を手放したまえ、身のほど知らずの人間をゆるしたまえ。

地平線に、横並びの二つの穴があいた。太陽の端がのぞこうとしていた平らな稜線いっぱいを占めたそれは、目であった。ゆっくりとまばたきをすると、銀と金と夜の青と闇色をおさめた虹彩が、暗黒の地表をまばゆく照らしだす。

――卑小なる女よ、わらわに指図するか。

「畏れ多くも、わが女神よ、願いを聞きとどけたまえ」

身体中の表皮が雷電にふれられたかのように震え、波うった。これを、このときを、この感覚を、忘れてはならないと悟りながら、エミラーダはさらに石を高く掲げた。

「この老女のなしたこと、限りなく愚かなること、月を尊ぶ者としてまことに遺憾、衷心よりお詫び申しあげます」

――見てはならぬもの、ふれてはならぬものを犯して、すむとは思うな。

「数多の生命を捧げても、お怒りがおさまらないことはわかっております。したが、そこをまげてどうか、二千年にわたってつづけてきた月の巫女たちの祭儀に免じて――」

――わらわは怒ってなぞおらぬ。

地表が女神の虹彩の色にはじける。

――わらわは理(ことわり)を話しておる。それに二千年の祭儀など、何の価値もない。

エミラーダは目がくらんだ。女神の言葉と同時に、銀の光が額を打ったのだ。

「祭儀には……価値がない……？」

――わらわには、な。祭儀を行うことで心の安定をはかろうとするのはそなたたち人の子の方。神殿を建て、貢物や犠牲を供し、人生を捧げて満足するのであれば、そうするがよい。白い塔を造り、歌を歌ってあがめたくば、思うようになせばよい。それを喜ぶ神々もおるであろうよ。されどわらわにはそのようなことへの関心はない。

「では……では、巫女たちの……修道女たちの献身は無意味であると」

――わからぬ女ごよの。献身して平安が得られれば無意味とはいえまい？　されどわらわが応えるのは献身にあらず、と申しておるのみ。

「それは――」

――そなたも月の子、あててみよ。

エミラーダの脳裏に、月光を浴びてたたずむ女たちの姿が浮かんだ。彼女たちのひたむきな顔は、月を仰いで銀に浸されている。

「祈り、でしょうか」

――そのとおり。祈りであるよ。祈られればわが月はその光をふり注ぐ。光は力である。闇が力であるように。

「ただ、祈ればよい、と？」

——賛辞もいらぬ。余計な言の葉など、わらわの耳には入らぬ。ただ願えば月光はその者の中にしみていく。知恵を、幸運を、欲するもの、あるいは人を、願えばよいだけ。

「それでは……わたくしが先ほど祈りましたゆえ、お姿をあらわされたのですか？」

——そなたが願ったゆえ、この光も届かぬ大地に顔を見せた。左様、そのとおり。そしてその願いが尋常ならざる事態へのゆるしをこうものであったゆえ。さらに、その石が、そなたを特別に扱えと申すゆえ。大地女神(イルモア)はわが姉、その双子の美と海の女神(イルモネス)ともども、わらわの横に立ち、ときに上に立つお方、その方の石の申すことであれば。

「願い、聞きとどけて下さいますか」

——尋常ならざる事態、と言ったであろうが。理に反して月の力をねじまげたのだ、おめおめ無条件ではゆるすことはできぬ。

真理の裳裾(もすそ)にふれた気がした。月光は無条件に誰にでもふり注ぐ。祈り、願えば月の力がその者にしみていく。ただそれだけのこと。単純で大らかで純粋な理だ。だからこそ、それを踏みにじる行為をしたパネーをただでは許すまじと言うのだ。

「その条件というのを」

——覚悟はできておるようであるな。

「わたくしの生命で、天変地異を避けられるのであれば」

——そなたの生命はとうにわらわのもの。何と愚昧(ぐまい)な女であることか。

嘲笑(あざわら)ってはいたが、口調には柔らかさがはじめてまじった。愛(いと)おしい者への揶揄(やゆ)だろうか。

「そうですね。とうに月に捧げたこの身でありました」

――月裏の影の断片をそなたに背負わせる。慌てるでない、これすべてを背負えと申しておるのではない。そなたはこの老女の裏側を知ったであろう。だが、共感は持てなかったに違いない。

恥辱の青黒。わたくしにはおのれを巨人と見てとるほどの幻想はそなわっていなかった。

――それゆえあえて申す。共感できぬ影の断片を、頭の隅に住まわせてみやれ。そなたはこの老女とは異なる。異なるものを強いて受けいれることもそなたにはできるであろ。人は権力を得ると、おのれを神に近いものと誤解するようじゃ。もっとも月に近い地位に就いたときに、そうならぬための、これは戒めである。

「それであなた様のおゆるしをいただけるのであれば」

エミラーダに拒むことはできない。うやうやしく頭を垂れるのみ。

女神の二つの目がゆっくりとまばたいた。すると、あたりは金銀青と漆黒に輝き、エミラーダは息をつめて石を握りしめ、目をとじた。

やがて、おそるおそる呼吸をすると、藁の匂いや木の香が鼻孔に流れこんできた。彼女は寝台のそばに、石を胸に抱いてひざまずいていた。隣でシャラナがそっと名を呼ぶ。

頭をあげると心配そうな少女軌師の、月光を浴びた白い花にも似た顔が目に入ってきた。

「戻りましたよ」

と頷くと、白い花はたちまち金の光を放った。

ふりかえって、パネーをのぞきこむ。すでに結末はわかっていた。往年の大軌師は旅立ち、横たわっているのは亡骸のみ。月裏の力は無事レブッタルスによって月に返された。断片をのぞいては。

シャラナと二人で崖斜面にパネーを葬った。エミラーダの体調も復調し、オルン村への帰還もかなった。が、月裏の断片は約束どおり、金と黒の靄となって右耳の上にとどまっている。

これから起こることの幻影が視えるようになったのは、その靄のせいだろうか、と考える。そうではない、と直感が答える。女神にまみえたせいか、あるいは月裏の力にふれたせいか。だが直感が常に正しいとは限らない。自分が、そう思いたいだけのことなのかもしれない。贈り物と考えたいだけなのかも。パネーの青黒いものがもたらした呪いとは思いたくないのかも。

ああ、もう、また思考の堂々めぐりをしているわ。空腹のせいよ。

エミラーダはまばたきして、朝の光を受けいれた。

トゥーラの父親はもう起きただろうか。寝ているのなら、たまに彼女が朝食を用意してもいい。母屋の方へ行きかけたとき、寝起きに聞いた声が道の方から響いてきた。

「エミラーダ様！」

シャラナは白い道を飛ぶように走ってきて、息をはずませながら、

「ダンダンが！　戻ってきましたよっ。それも――」

「竜になって？」

かぶせるように言うと、エミラーダ様、すごい、どうしてわかったのでしょう、と金の粉を

舞い散らすように喜ぶ。

「今、リコさんに月の石をおねだりしています。すっごく大きくなって、びっくりですよっ」

エミラーダは朝食を食べてから行くと告げて、母屋に入った。シャラナは今度はそれをリコたちに告げるために、素早く踵をかえしていった。

玄関には冷やりとした闇がわだかまっている。二歩進んで台所に行けば、昨夜の残り火のぬくもりが感じられるはずだったが、エミラーダは足を止めたままだった。皮膚がびりびりと震え、波うつ。これは、戦慄というものだろうか。レブッタルス女神と相まみえたときにも同じ感覚におそわれた。来るべきものへの期待か、はたまた畏れだろうか。そして同時に強い予感にとらわれる。

わたくしは、竜に乗る。空を駆ける。青い炎の風が吹く。碧の石がとけていく。そこからあらわれるのは……。だが、その前に、犠牲になる生命が一つ。慟哭の嵐が無垢を切り裂く。身震いして目をあける。わたくしは、防ぎきれない災厄を防ぐ役目にあるのかしら、と口角を下げる。戦慄は去っていく。だが、予感は残映としてかたわらにあった。

素早く息を吸って背筋を伸ばす。

まずはとにかく朝ごはんよ。それから——それから、わたくしは竜に乗る。この、夏のはじめの空の下を、風に逆らって西に飛ぶのよ。

ソウナノヨ、とダンダンが頭の中に返事をよこした。

ニシナノ。ニシニイクノヨ。

11

夢は無限の可能性を呼び覚まし、道を示唆し、求めているまことの願いに気づかせる。夢の中では時は圧縮され、ひきのばされ、過去と未来、現実と虚構が入り乱れ、たくさんの見知らぬ人々、実体のない自分自身、遠い昔に別れた人々が混沌の渦を創っている。

その夜の、ユーストゥスの夢もまた、そうしたざわめきからはじまった。マーセンサスが斧を手渡してよこして、薪割りを手伝えという。そばからリコが、それはしてはならんと気色ばむ。あの木は聖なる木じゃ、切ってはならん。エイリャが、切っちまったもんは仕方ないだろ？　と口をはさみ、なぜか切ったのはユーストゥスになっていて、彼は罪悪感を覚える。するとエンスが、大丈夫だ、トゥーラがなんとかしてくれる、と肩を叩き、トゥーラならぬ古の女王トゥルリアラルがなまくら剣を捧げもって進みでてくる。彼の胸にそれを乱暴に押しつけると、海のように青い光があたりに満ちて、ライディネスの声が轟く。

——わが王国の後継者。

するとマーセンサスもエイリャもエンスもリコもトゥーラも、水色の藻の薄片と化して上方へと去っていき、彼だけが水中にたゆたっている。

穏やかな広い海だ。水中にあっても楽々と呼吸ができる。頭上からは陽の光が射し、ゆったりとした流れがあるが、生き物はいない。彼は一人だ。孤独は感じない。すべてがまっ青に染まっており、充足している。これがあるべき姿だと思う。

いつのまにか剣を握っている。剣は大きく青い炎をあげているが、激しくもなく、熱くもない。その炎の端から、青い火の粉が飛んだ。それは少し離れた場所に浮かび、ゆっくりと回転していたが、やがてずんぐりむっくりの男となって身を起こした。低い背丈、四角い顔、蟹股(がにまた)の足は短い。しかし腕だけはやたらに長く、くるぶしまで届きそうだった。丸太のような太さは、すべて盛りあがった筋肉だった。

——解放したあとに来るのはなんだ？

とひびわれた唇で尋ねる。

——混沌か？　理(ことわり)の死滅か？　暗黒と光明のせめぎあいか？

ユースが面喰らっていると、彼は指をつきつけてきた。黒い爪はあちこちが欠けている。節くれだった親指をくりだされると、まるで金槌で脅されている気分になる。

——混沌も理の死滅も暗黒と光明のせめぎあいも御免こうむる。おいらはその剣を女王の涙と豊穣女神(イルモネス)の嘆願と冥府(イルモア)の女神の命令で鍛えた。女王は罪を悔い、イルモネスは女王の涙が曇るのを悲しみ、イルモアはイルモネスが嘆くのに心を痛めて。

——そりゃ、すべてが解放されれば、女王様は満足だろうよ。罪の償(つぐな)いができるんだから。

——だがな、憎しみを解放したらどうなる？　おいらには連中がおとなしく宙に消えてくれるとはとっても思えねえ。千五百年も血の恨みに自らしがみついていた魔女たちだぞ？　解放されたら、まず女王の生まれ変わりをずたずたに引き裂くだろうな。まあ、だが、それも良しとしよう。自業自得ってな。しかし女王を屠ったあとはどうなる？　彼女たちは満足して、はいさいならと、遠くの空に消えてくれるだろうか？

　彼は口をつぐんだ。ユーストゥスに考えさせるために。

「……魔女たちの憎しみは闇の澱となって沈殿する……？」

——おお、見えるか？　見えるだろ？　そこここに。そら、足元に。

　男の親指の先に、魔女たちの闇が黒い種となって大地に横たわる。あるものはカダーへ、あるいはロックラントへ。キサンやオルン村に限らず。ローランディアの湿地帯やファイラントの森林へ。種は芽を吹き、たちまち幹を伸ばし、枝を広げ、黒ブナそっくりの大樹となる。だがその葉はすべて赤銅色、小さな無数の花も赤銅色に咲く。やがて黒い実をならせ、その実はまた種を落とし、種は方々に散らばってそれぞれの大地に根をおろし……。

　ユーストゥスは怖気をふるった。彼の震えを感じると、古の鍛冶工は重々しく頷いた。

——おいらの剣がおまえに反応したのは、

　周りをかきまわすように長く太い腕をふりまわし、

——この海だ。おまえが持っている、純粋でひたむきで広くて深いこの青い光のせいだ。だからおまえは、双子の女神と女王の願い、おいらの懸念に応えにゃあならん。いつまでもぬくぬくと遊んでいないで、この青さで剣を満たせ。そうして、魔女たちの闇をちゃんと帰してやるこった。

「どこに……？」

——大昔、そいつらが来た場所に。

ユースの困惑を見透かしたように、鍛冶工は眉を寄せた。眉間に小さな瘤が盛りあがる。

——ううう、そうだな、そいつは誰かの手を借りにゃあならん。おまえ一人では荷がかちすぎるか。

「誰が助けてくれるの？」

——心に従え。そんな情けない顔をするな。頭をあげろ。

鍛冶工の言葉に、海が反応した。青さを増して、無数の光の粒子が沸きたつのが見えた。ユーストゥスの背筋がひとりでに伸びた。海を呼吸し、光の粒子が身体の隅々まで行き渡っていくのを感じる。

——おお、そうだった。忘れるところだった。

踵をかえしかけた男が足を止め、ふりむいてまた腕をひと振りした。

——すべてがおさまるところにおさまったら、の話だがな。黄金の狐の男の言うことに耳を傾けちゃあくれないか。おまえにとってもみんなにとってもいい結末になるだろうよ。ああ、そうだ、少なくともおいらはそれを願っているよ。

ユースはそれに返事をすることはできなかった。剣が小さく叫び声をあげ、〈レドの結び目〉

の一端が呼応するのを感じたのだ。

――解放を。

トゥルリアラル女王のかすかな声が響いてきた。それは、ユースの心の隅に種となって落ちたが、黒い種ではなく、赤銅色をしていた。

12

青ブナの木々がざわめいている。山々が唸りをあげ、今にも動きだしそうだ。枝間に見える空を、白雲がちぎれちぎれに走っていく。おれたちは吹きつけてくる風を正面に受けながら、馬を駆る。

むかい風でよかった。さもなくば、背後に迫るオライヴ族の放つ矢が、最後尾の馬の尻に当たっていたかもしれない。彼らの体力には驚愕する。マーセンサスと合流してゆるゆると歩を進めていた翌日には、追いついてきていた。甘い焼き菓子で一服しようとしていたところへ、あの強弓から放たれる太い矢が、大気を裂いて飛んできた。火にかかっていた薬缶（やかん）が宙に飛び、灰がもうもうと舞いあがった。おれたちは身を転じてつかめるものだけつかみ、馬に飛びのって遁走（とんそう）した。

「ライディネスもいるのに、なんで攻撃してきたんだ？」

ふりかえって叫ぶ。むき直ると目の前に太い枝が張りだしていた。とっさに身をかがめてあやうく難を逃れる。

「おれが知るかよっ。本人に聞け、本人にっ」

マーセンサスが必死に馬を駆りながらも、笑いながら叫びかえしてよこす。

オライヴ族は自らの足で走ってくる。それでいてなかなか距離をはなすことができない。ユーストゥスも健脚だが、持久力も速さも彼らの方が上のようだ。

やっと彼らをひきはなして、昼すぎに小さな泉のそばで一休止した。おれたちは用心深く立ったままで干し肉をかじった。その折りに、ライディネスに尋ねると、

「わたしが躍起になっておぬしたちを追いかけまわしたそのわけが、とてつもない宝をとられたせいだと思っているのやもしれぬな」

とのんびりした口調で応えた。ユーストゥスが呆れたように、

「は？　軍団旗のこと？」

「連中はそうは思っていないようだ。ちゃんと説明したのだがね、その意味が理解できないようだった。彼らにも隠しておきたいすごいお宝に違いないと、思いこんだふしはあるな」

「人はおのれの価値観で物事を測るってなぁ」

マーセンサスの皮肉口調がユースに納得をもたらした。

「そうか。……なら、説明しても無理ってこと？」

「近寄ったとたん、やられるだろうよ」

トゥーラがそこへ口をはさんだ。

「あともう少しよ。行きましょう」

馬を励まし励まし、むかい風の林の中をしばらく進んでいくと、オライヴ族が再び追いついてきた。信じられん。やつらは休憩するってことを知らないのか。大きい歩幅でぐんぐん迫ってきたぞ。矢が飛びはじめる。おれたち全員、テイクオクで護られているが、馬までは気がまわらなかった。馬をやられたら、事態は悪化する。

おれとマーセンサスでくいとめるしかないか、と首を回して悪友に合図を送ろうとした。幹間に、彼らの一人が立ちどまって弓を引こうとしているのが見えた。マーセンサスに、気をつけろ、と叫んだ直後、突然木々が炎に包まれた。それでも矢はマーセンサスの脛(すね)をかすっていった。彼は悪態をついた。炎は青ブナをばきばきと言わせ、枝先にぼやをおこしたが、すぐに消え去った。梢(こずえ)の上を大きな影が走っていき、北風が吹いたためだった。

影は二呼吸後に再びやってきて、おれたちの背後にまた炎をもたらした。追っ手のわめく声がかすかに聞こえた。突風が左手から吹きつけ、馬の足どりがわずかに乱れた。

木立の薄くなっている場所に出て、浅瀬を渡る。黒い影はおれたちの頭上をとびこして、傾きはじめた陽の方へと上昇していく。大きな竜だった。悠々(ゆうゆう)と翼を広げ、長い尾を優雅に翻(ひるがえ)し、その背には小さな白いものを乗せている。銀の髪がたなびき、かすかな笑い声が届く。お先に失礼、か、むこうで会いましょう、か、とにかくそんな意味の言葉が切れ切れに聞こえた。あれは、もしかして、エミラーダか？

浅瀬の水をはねかして、再び森に入る。トゥーラは巧みに道を選んで案内していく。二度、小川の水を馬に与え、油断のない休止をした。追っ手の気配は途絶え、やっと連中もあきらめてくれたかと、しかしそれも半信半疑だ。

　マーセンサスの軍靴の片方は、かすった矢のせいで大きく破れていた。ぶ厚い革製でよかった。さもなくば、片足が裂けていただろう。いくらおれの魔法が効いていても、こういうこともあるのだ。

　夕暮れも近い頃あいに、ようやくキサンの廃墟についた。初夏の入り日に、かつての神殿跡は荒々しい真紅と濃い闇をあらわしていた。けたたましいしゃがれ声をあげて、鴉(からす)の群れが飛びたった。おれたちは馬を自由にしてやり、横たわった柱や落ちた破風のあいだを草をかきわけつつ奥へと進んだ。

　竜とエミラーダが待っていた。凪は微風に変わり、紫紺(しこん)に染まった空には、星々がまたたきはじめていた。残照は退いていき、地面は草の匂いをはなち、かすかに火の気配が感じられた。おれを認めた竜は、長い首を伸ばして鼻を近づけてきた。火の気配が強くなり、竜の目の中で碧(みどり)の光が躍った。おそるおそる頭をなでながら、無言でエミラーダに問いかけると、微笑んで頷く。

「やっぱり……ダンダンなのか？」

「ダンダンナノヨ」

　おれの三倍の背丈はあるくせに、声は蜥蜴(とかげ)のときと同じだ。

「なんでこんなにでっかくなったの？」

　ユーストゥスが手を伸ばして頬を軽く叩く。

「リコカラマンゲツノコイシモラッタノ。イツツタベタノヨ。ソレデオオキクナレタ」

「でっかくなって、エミラーダさんを乗せてきたの？　いいなあ。おれも空飛んでみたい」

するとエミラーダが笑い声をあげた。今まで、彼女がこんなに朗らかに笑ったことがあるだろうか。そうして、闇の中で彼女は月光を放っているかのように輝いている。

「パネーの月の裏を封じたんだな」

確信を口にすると、

「月に帰っていただきましたわ」

と笑った。

マーセンサスはライディネスにつきそって空地の入口付近で待機している。どうやら〈レドの結び目〉に近づけないでいるらしい。トゥーラは草地の中央で空を見あげていたが、やがておれたちの方へやってくると、

「今夜は新月。今夜こそ〈レドの結び目〉をほどく日よ」

「こ……今夜？　今ってこと？」

ユーストゥスの声がひっくりかえったが、おれも同じ思いだった。しかしエミラーダとダンもトゥーラに賛同した。

「新月は解放と同期しておりますよ。今夜が最適でしょうね」

「タイヘンナコト、ツライコトハサッサトオワラセテシマウノヨ」

わかった、わかった。気力をふるいたたせて女たちのあとについていく。

草地の奥で〈レドの結び目〉は最初に見たときと寸分変わらず、少しの緩みもない姿で輝いていた。ときに中心のゆるんだ結び目からは、銀月の光が放射して、あたりを照らしている。以前感じなかった軽い圧迫感を額に受けて、さらに近づくのをためらっていると、エミラーダが碧の石をとりだした。洞窟の地下池で光る苔さながらに、暗黒を払う。

「これを結び目の中央に置きますの。両端をほどいて地面に横たえていただかねば」

おれは〈レドの結び目〉をつなぎとめている二本の柱に目をやり、前回のことを思いだした。

「無理だ。できない」

「わたくしも月裏の力と相対することなどできないと思っていましたわ。でもごらんなさい。知恵を得て、荒ぶる冷酷を月裏に返すことがかないました。〈死者の谷〉を渡り、〈死者の丘〉に至り、再びこの世に戻ってきたあなたたちに、できないとは思われませんよ」

あなたたち、か。おれはトゥーラと目を合わせた。二人でやってみるか。しかし何を、どうやる？〈レドの結び目〉の前に並んでたたずんで、ためつすがめつしてみても、さっぱりだった。直感さえ浮かんでこない。

やっぱりだめだ、とエミラーダに告げようとしたとき、草地の反対側でマーセンサスの怒号があがった。ダンダンが宙空に金の光を吐き、あたりは昼のように明るくなった。ライディネスが縛りの輪をかなぐり捨てて、遁走しようとしていた。マーセンサスがそうはさせじととびかかる。

おれ、トゥーラ、それにユースが駆けつける。そのあいだに、マーセンサスの両手がライディネスの太腿をつかまえ、共に草地に倒れ伏す。ライディネスはノルルランノルルの名を呼びながら、マーセンサスの手を蹴りはずし、身体をひねりつつ腰の短剣をさぐる。とっさに抜いたマーセンサスの剣と短剣がぶつかりあい、火花を散らす。

おれたちは駆けつけたものの、打ちあう二人に手を出すことができない。ライディネスはマーセンサスの攻撃を受けとめながらさらに転がり、いつのまにか立ちあがっていた。

大したもんだ。衰えない筋力と俊敏さ、それに膂力。マーセンサスといい勝負だな。などと感心していると、森のきわから黒く大きいものがとびだしてきた。剣の先がぎらりと光り、マーセンサスの背中を狙って弧を描いた。おれはとっさにあいだにすべりこみ、まだ鞘も払っていない剣で受けとめ、おしかえそうとした。しかし何という力だ、鞘がはじけとび、おしかえすどころかマーセンサスにぶつかってしまった。裸になったおれの剣の刃に、オライヴ族の血走った白目が映った。これは滅多にない経験だな、と心のどこかで考えていた。おれより大きくて力の強いやつとやりあうなんぞ、金輪際ないかもしれない。

と、背中にあたっているマーセンサスの肩が、少し強めにおれを押した。こういうときの悪友ほど頼りになる者はいない。その一動きで互いに何をすべきかの意思疎通がかなうんだから。

おれは身体を四半分回転させた。相手は、勢いあまってつんのめりそうになった。しかし、さすがに踏みとどまる。そこへ、ほんの一瞬の隙ができた。すかさずマーセンサスの剣がふりおろされる。相手の剣と打ちあわさる音を聞きながら、回転したおれは、ライディネスの短剣を払いとばし、間髪を容れずにとびかかる。

ライディネスは足裏でおれの腹を蹴り、距離を空けようとした。腹の激痛をこらえつつ、させてはならじと彼の両肩を鷲づかみにする。彼の短剣が閃いた。おい、なんだってそんなに素早く動けるんだ、このおっさんは。軌跡を目で追うが、いかんせん身体がついていかない。額を割られる、と覚悟したそのとき、ライディネスの背後にユーストゥスが迫ってくるのが見えた。彼はなまくらを両手で捧げもつようにして跳躍し、ライディネスの後頭部にあてようとした。しかしさすがに百戦錬磨の元軍人、気配を察して――いや、気配を察したのはノルルランノルルの方か――身を翻した。短剣の先はとっさにのけぞったおれの眉毛を削って消え、次いでユースがおれの胸にぶちあたってきた。

身構えていなかったおれは、ユースを抱くようにしてひっくりかえった。数歩横で踵をかえしたライディネスが、最後の短剣を放った。ユースは子熊のように胸の上でもがいている。その身体を固定して横に転がっても、間にあうかどうか。歯をくいしばった刹那、ユースの重みが消えた。竜の爪にひっかけられて、悲鳴をあげながら夜を飛んでいくのが見えた。飛んできた短剣は、おれの左腕に刺さった。竜の出現で、やつの手元も狂ったらしい。彼は、あんぐりと口をあけて天を仰いでいる。その隙に、おれは手早く短剣を抜き、紐で止血する。

マーセンサスはオライヴ族との試合を楽しんでいるようだ。彼には、敵の膂力に対して技巧がある。熱血に対しては冷静な知恵を、体力に対しては瞬時の判断を持っている。心配はいらない。いらいらして焦った相手が闇雲に攻撃してくるが、最小限の動きでうまくかわし、そら、突きを入れ、足を払い、肩口から切りおろし、そろそろ試合終了か。

トゥーラは、とさがすと、もう一人のオライヴ族とやりあっている。二人めがいたのか、とちょっと慌てたのは、あの大男に対してトゥーラ一人では到底かないそうにもないからだ。それでも、善戦しているようだった。身軽さを存分に生かして、風切る太刀筋を悠々とかわし、右に左にふりまわし、翻弄している。これは早いところ、こっちを片づけて加勢しなければ。

ライディネスが歯茎をむきだして襲いかかってきた。おれも剣を投げだして立ちむかう。やつの顔が目の前に迫ってきた。目の中には黒と金の闇が暴れ、唇がめくれあがったその表情は、怒りと憎しみにあふれていて、ライディネスではない、イスリルの魔道師だ、とわかった。不意にやつの頭が沈んだ。下から来るぞ、と直感したおれは両腕を顎の下で交差させ、つきあげてきたやつの拳を防いだ。こちらも遠慮なく右手をくりだしながら、どうするべきかとめまぐるしく考えていた。

身体の方は意識しなくても動いてくれる。だから防御、攻撃は身体に任せて、必死に考える。ノルルランノルルがライディネスの肉体を乗っとっているのだとしたら、気絶させることはできないだろう。どうすればいいんだ？　いや、まてよ。ライディネスの肉体がへばったら、やつも動けなくなるのではないか？　気を失わせることはできなくても、動きを封じればいいだけの話じゃあ、ないだろうか。

腹に一発くらって、おれは身体をおりまげた。えい、こん畜生、さっき蹴られたところじゃないか。直後に頭を拳骨に襲われる。橙色の星が目蓋の裏に散る。よろめきながら、この戦い方はライディネスの意思でもあるのだろうと納得する。流れる視界に、やつの爪先が入ってくる。おれは倒れながらも両腕で脛をはさみこみ、共に倒れた。ライディネスの上半身が半円を描いて地面に叩きつけられる。お互い、相当な痛手をくらったな。

呻きながら上半身を起こすと、相手をとうとう倒したマーセンサスが、トゥーラの加勢に駆けつけるのが見えた。よし、あっちは任せて大丈夫だ。

おっと、よそ見をしているあいだに、またライディネスがつかみかかってきた。おれは押し倒された。頬を殴られるより一瞬早く、やつの身体をひっくりかえす。やつは膝をおれの腹に入れる。まただ。おれはとびのいて尻もちをつき、えずく。やつも息を切らしながら四つん這いになっている。そろそろ呼吸が辛くなってきたようだ。おれの方は痛みさえなければ絶好調、あと少しくらいはやりあえそうだ。口元を袖でふいて、今度はこっちから突進する。ライディネスは身体をひらいたが、おれは牛とは違う、腰をひねって拳をふるった。

鈍い音がして、もろに当たったとわかった。彼はひっくりかえる。それを追うようにして馬乗りになり、さらにふりあげた拳をとっさに止めた。

ライディネスは白目をむいて、ぐったりとしている。魔道師もろとも気絶したのか？　二呼吸待ったが、びくともしない。やれやれ。

おれはその体勢のまま、懐の紐をさぐった。縛の魔法をもう一度かけるしかないか。ライディネスが気がついたとき、魔道師の意識が勝っていれば、またひきちぎってしまうかもしれないが。

そのとき、ユースの絶叫が響きわたった。

「マーセンサスっ!!」

ふりむくと、オライヴ族の男とトゥーラとマーセンサスが、淡い光に浮かびあがって見えた。トゥーラはマーセンサスの左手に突きとばされて、大地に転がる瞬間。マーセンサスの右手にある剣は、相手の首根に斜めに埋まっている。しかし、相手の大剣もまた、マーセンサスの左腹を深々と貫いている。ユースの叫びが山鳴りのようにつづき、投げられた網さながらに闇がおおいかぶさり、再び金の光で明るくなる。ダンダンの吐いた光の下、ユースの影は、傾いていく大男二人に駆けよっていく。

おれは息をするのも忘れた。ユースが倒れ伏したマーセンサスにすがりつき、ゆすぶり、泣きわめき、名を呼んでいる。こんなことが起こるはずがない。

ぱっと身を起こしたトゥーラが、横倒れになったオライヴ族のもとへ跳び、マーセンサスの剣の柄を握って、切り株から斧をひっこ抜くように抜いた。血飛沫があがり、次いで脈動とともにあふれだす。男は勝利の笑いを泡とともに噴いていたが、次第にその声は弱々しくなっていき、ユースの声だけがあたりを震わせた。

おれは、ライディネスが息を吹きかえしたことにも、易々とひっくりかえされて体勢が入れかわったことにもほとんど気づかなかった。なされるままにやつが——ノルランノルルが——おれの虚ろな目をのぞきこみ、絶好の機会がめぐってきたのだと狂喜するのを辛うじて感じた。ライディネスの両目からじわじわと黒い瀝青めいたものがしみだしてきて、おれの目にしたたった。おれの中に入ったそいつは、金の目をした黒豹と化して、凍りついたおれの心をながめまわし、闊歩(かっぽ)した。

やつがそのまま奥へと進めば、おれはその意のままにおのれをあけわたしたはずだった。こよなき友を失った衝撃に麻痺(まひ)している一方で、何もかも投げだしてしまいたいと思った。一体何の意味がある？　この生きがたい世界で、必死に何かをなそうとしても、まばたき一つするあいだに、運命が反転するではないか。善が善のままに在りえず、悪は悪のままではびこっていく。あらがっても鉄壁に爪をたてるがごとく。おれもマーセンサスと行こう。わがこよなき友をただ一人で、〈死者の谷〉を歩かせたくはない。かつて知ったる道だ、彼と肩を並べて逝くのに、何か文句があるか？

——きれいごとを並べおって。

黒豹がふりむいた。

——どこまでも独善的な男よ。

「なんだって？」

おれは心底驚いてまばたいた。

——おぬしの本心はそんなものではあるまいが。ただ苦しみから逃れたいだけ。底知れぬ喪失感を味わいたくないだけ。友のことなど本当は二の次だろう。

これにはかちんときた。マーセンサスとは生と死をともに分けあってきた。互いに遠く離れていても、どこで何をしていても常に目に見えない紐でつながっていた。彼とともに行ってやりたいと思う気持ちに、おのれの苦しみなど立ち入る隙もない。

「おまえが友情について何かを語るとはな。これはおかしいな」

ふだんは人の良い素直なおれでも、相手がねじまがったやつならば、ひねくれた物言いも平気だ。むしろ敵愾心がわいてくる。

「友人の一人も作れなかったおまえには上っ面しかわかるまい。家族とでさえ、心のつながりを持てなかったおまえには」

毒の言葉を浴びせる。

――友などいらぬ。家族など邪魔なだけだ。何となれば――。

黒豹が突如として、ヨブケイシスに変化した。漆黒(しっこく)のヨブケイシスは、二本の足で立ちあがると、

――わが恩を忘れたのか、リクエンシス。漁を教え、舟のこぎ方を教え、魔法を教えてやったではないか。

と迫ってきた。ちくりとしたが、以前ほどの痛みは感じなかった。〈死者の丘〉に登ろうとしていたとき、罪に相対して受けいれたがゆえに、大々伯父に対する罪悪感は過去のこととして、また是非なきこととして、記憶の底に沈めることができている。そのうち、忘れてしまうだろう。

「ああ、たっぷりといろんなことをしてもらったな。少しは愛情もあったろうな。おまえの母親がおまえを愛したように」

痛烈な皮肉を投げつける。ヨブケイシスの顔がまともに強風を受けたように歪(ゆが)み、ひしゃげ

た。

「誰にも遅れをとるな、と執拗(しつよう)に教えこんでくれただろう？　おまえが一番になれるように。どんな手を使ってでものしあがっていけと口癖のようにくりかえしただろう？　おまえの将来を気にかけて、権力を握れば幸せになれる、と貧しい炉端で語ってくれたのだろう？　それで一番になれたか？　母の愛に恩を返したか？　頂点に立てたか？　幸せになれたか？　おれに意見する前に、自分の来し方をふりむいてみたらどうだ？」

やつは再び黒豹になり、噛みつき、爪をたて、唾をはき散らし、暴れまわったが、おれの心はびくともしなかった。やつの牙と爪が擦過傷を作ったくらいだろうか。

「なんで頂点に立てなかったか、教えてやるよ。頂点なぞ、ない、からだ」

黒豹はすさまじい叫びをあげた。まるで断末魔のように。

「ひょっとして皇帝が頂点だと思っていたか？　玉座のはかなさを知っているだろうに。一番、なんてものは人が創りだした幻影だよ。やがては誰かにとってかわられ、その誰かもまた滅び、永遠にくりかえすんだ」

やつはとびあがっては牙と爪をたてることを飽かずに反復している。

「そしてもしも、その頂点とやらに立ったとしても、真の幸福を得られるとは限らない。権力を握れば自在に人を動かし、贅(ぜい)の限りを尽くし、なるほど快楽は得られるかもしれない。だがな、快楽には際限がない。もっともっとと求めはじめる。あるいは過去の快楽の再現を願う。あのときの喜びをもう一度味わいたいってな。しかしなぜかはわからんが、二度と同じ喜びを得ることはできない。欲望は底知れず、求めれば求めるほど深みにはまっていくんだよ。すると、他人の持っているものが価値あるものに思えてくる。おまえが心に抱えているその嫉妬、悪意はすべて、まちがった目的を刷りこまれ、幻の幸福感をうえつけられたからだ。……考えようによっては、哀れなやつだ」

黒豹は虚（むな）しく落ちて、腹這いになった。舌を出してあえいでいる。

「どうしたら満足するか、おれにもわからん。だがな、平安な気持ちでいられるにはどうしたらいいか、考えたら道も見えてくるんじゃあないかと、思ってみたりはするんだが」

と言わずもがなのことを口走ったのは、

「少しく同情するよ、おまえの境遇には」

だからだった。

「おれだって、おまえのようになっていたかもしれん。だけどな、皇帝から魔力を賜ったときに、自分のもっている闇をちゃんと見分しなかっただろう？　分かれ道はそこだったんじゃあ、ないのか」

こういう輩（やから）に共感を示してはならなかった。ちょっと見下した心もちになって、油断していたかもしれない。這いつくばっていた黒豹が突然また襲いかかってきた。顔だけが崩れて、ヨブケイシスのものになった。

——おまえをよこせぇぇ。おまえになりたぁぁいぃぃ。

同情し、油断し、心の奥へつながる扉がほんの少しひらいてしまっていた。やつの身体はぐんにゃりと飴のようにとけて、その隙間にしみこんでいこうとした。慌ててとじようとしたが、やつの漆黒は扉をおしのけて侵入してくる。善意を示せば悪意が乗っとる。

これはまずい。死ぬよりまずい。奥まで入られたら、おれはおれでなくなってしまう。奈落の淵が大きな口をあけて、おれが落ちていくのを待っているようだった。何か方法はないかと焦り、もがいた。だが、心の手をふりまわせばふりまわすだけ、指のあいだから知恵がこぼれ落ちていく。ああ、もうだめか、闇に喰われる、と観念したそのとき、漆黒の飴が大きくはねた。

おれを押さえつけていたライディネスの手がゆるむ。耳には泣き叫ぶユーストゥスの声と、剣でライディネスを打つ音が届いた。剣は、青い炎をあげている。あたりが青くゆらめくほどの大きな炎だ。これはあれか？　あの、なまくらか？　まるで海の中に浸っているようじゃないか。

ライディネスは肩を、背中を、腕を打たれてのけぞった。彼の目と口から黒い霧状のものが伸びていた。そしてそれは、おれの目と口につながっていた。言うまでもなく、その先端はおれの心の中に残っている。うげげげ。

ユースがのしかかるようにして、ライディネスの側頭部に青炎（せいえん）の剣をさらに押しつけた。リクエンシスを返せ、マーセンサスを返せ、おまえなんかどっかに行っちまえ。

黒い飴はのたうって黒豹の咆哮（ほうこう）をあげた。大蛇が砂の上をすべっていくような音をたてて、宿主の肉体ごと、大きく後退する。青炎は潮のようにすべてを満たした。おれたちはわだつみの中にたゆたっていた。ぬくもりのある昼の海。光が網目をつくり、うっすらと青い影も遊ぶ、慈しみ深い豊かな海。

漆黒の咆哮が、ふっつりと途切れた。青炎にふれて、音もたてずに溶けていく。残滓もなく、消滅していく。

おれは闇の最後の断片が消え去る直前に目蓋をとじ、口を引き結んだ。どうしてそんなことをしたのか、自分でもわからない。ノルルランノルルへの同情心が残っていて、彼の生きた証を——闇ではあっても、証には違いない——とどめておきたいと思ったのか、とっさに、この闇も少しであるなら力の足しになるかもしれない、と、ちゃっかり計算したのか、ただ単におれの中の闇がそれを欲したのか。おそらくすべてだったのだろう。目蓋の裏に一粒二粒が舞い、やがてとけていった。口の中に残ったものには死と煤と無念の味がした。おれはそれをごっくんと呑みこんだ。

上半身を起こすと、剣を投げだしてユースが腕の中に飛びこんできた。慟哭する彼の重みと温かさに、失ったものの大きさを思い知らされて、ただただぼんやりと宙をながめるしかない。

あたりにはいまだにわだつみの青い炎が満ちている。

ひっくりかえっていたライディネスが、呻きながら頭を動かし、肘をついて起きあがろうとしていた。その頭の三馬身ほどむこうから、マーセンサスがやってくる。

——あれは、幻影か？

目をしばたたいたが、よろめきながら近づく友は消えなかった。トゥーラがかたわらで支えている。横っ腹と腕には、止血の紐――以前おれが怪我したときと、マーセンサスが脛をやられたときに使った、魔法のかかったやつ――が巻いてあった。おれは馬鹿みたいに口をあけたまま二人をながめ、空のように大きな安堵と、どんぐりのように小さいぼんやりした疑問を感じた。言葉が出てこない。滅多にないことではあったがな。それでも、抱いていたユースの背中を叩く。何度も何度も。ユースは泣きはらした目をあげる。おれは顎と視線で教える。ユースはふりかえり、絶句し、それからふらつきつつ立ちあがると、小犬さながらにマーセンサスにとびついていった。歓声と悲鳴と泣き声が入り乱れる。

トゥーラが近寄ってきて、おれに手をさしのべた。その手にすがりながら立ちあがると、くらっと眩暈がした。頭の中のそこここで青い光が小さな稲妻のようにはじけては消え、はじけては消えをくりかえした。おれは再び尻もちをついたが、ただでは転ばん、一緒にひっくりかえったトゥーラを抱きよせる。

「だ……大丈夫、エンス」

気がつくと笑いながら泣いていた。さらにトゥーラを抱きしめ、イルモアに感謝する。そしてトゥーラにも。彼女の機転に。瞬時の判断に。

「剣はマーセンサスのお腹と腕のあいだに入ったの。オライヴ族の大剣だったし、あの力だし、マーセンサス本人もやられたと思ったらしいわ。もうだめだって。そして、気を失ったのよ。出血も多かったし、傷口も大きかった。あなたの紐がなければ死んでいたと思うわよ」

「そこなんだ、トゥーラ。不思議だ。おれの魔力、そんなに強いものだったか？　結び直しても効力があるとはな」

トゥーラはおれの胸を二本の指でつついた。

「やっぱり、〈死者の丘〉から戻ってから、日増しに強くなっているんだわ」

「ははぁ。……自分のことが一番わからん」

言いながら再びトゥーラをひきよせ、大きく吐息をついた。

やがてマーセンサスが、怪我をしていない方にユースをぶら下げて歩いてきた。起きあがって彼の首を抱いた。

ライディネスは両足を投げだして、まだ頭をふっている。ダンダンとエミラーダは〈レドの結び目〉の前で、おれたちを待っている。

「結局、ノルルランノルルを退治するのに、〈結び目〉の力は要らなかったってことか」

するとトゥーラが明るい笑い声をたてた。

「結局、ユースの剣だけで退治できたってことは、とるに足らない魔道師だったということね」

だが、そのとるに足らない魔道師の悪意に、かなり翻弄された。ということは、おれはもっととるに足らない魔道師ということか。ふふん。鼻で笑ってやる。

エミラーダはいつもと同じ微笑みでおれたちを迎えたが、目の縁は赤らんでいた。

「あとでその傷、診せていただきたいわ」

とマーセンサスに言った。

「おそらく、月の光で回復を早めることができるでしょう」

誰も疑問を持たず、一様に頷いたのは、後光が射しているかのように彼女の全身がほのかに輝いていたからだ。ダンダンの吐いた金の光は少しずつ薄れて、あたりは暗闇に戻りつつあったものの、彼女と竜と〈結び目〉は一組の同じ輝きを発しているのだった。おっと。もう一つ、光っているものがあった。ユーストゥス自身の胸と、彼が持っているあのなまくら剣だ。彼はマーセンサスの腕に自分の腕をからみつかせて離れがたいようだったが、彼とその剣は青々とした光をはなって、闇を押しやっていた。

人は生きているあいだに、何度か真理を垣間見ることがある。それは突然やってくる。豚に餌をやっているとき、野原に薬草を摘んでいるとき、友と杯を傾けているとき、あるいは思いもしない出来事に出合ったとき。ユーストゥスもまた、一瞬、運命の流れを俯瞰したのだ。突然襲ってきた絶望に、ゆすぶられ、頰をひっぱたかれ、地面に叩きつけられた。それが、彼を目覚めさせた。

エミラーダが数歩横に動いた。〈レドの結び目〉の全面がおれの正面にあらわれた。蛍を縫いつけたタペストリーさながらのそれを目にしたとたん、頭の中に入りくんだ道筋が浮かんだ。おれもまた新たなる真理を垣間見たようだ。ノルルランノルルとの戦いのせいか、それともやつの闇の欠片(かけら)を呑みこんでしまったためか、今まで見えなかった糾(あざな)われる人の心の姿というものが見えた――ような気がした。

おれは足音も荒く近づくと、縛の呪文を逆から唱えながら、支柱の紐に手をかけた。道筋に従って銀の紐をちょいとひっぱり、上にかぶさるように結ばれている赤銅(あかがね)の紐をゆるめ、下から顔をのぞかせている、晴れた日の海の色をしている紐を爪でひっかくようにして持ちあげた。さらにその下には白金と黄金の紐が縒りあわさっている。だがこれはまだ触れずにおこう。その下にも同じ結び目がある。同じ手順で四つの結び目をゆるめた。

もう一本の柱の方は、逆さまに結ばれている。おれは裏にまわって、さっきとは逆にゆるめていく。海の色、赤銅、銀。するとまた、白金と黄金があらわれた。

また最初の柱に戻り、銀、赤銅、海色とゆるめていく。最初のときより抵抗が少ない。だがまだ全部をほどかない。このときには、もう、すべての紐がどのように組みあわされているのか、全体像が見えていた。だから、一本一本をたどっていけば、からみあっているのをほどくこともできそうだった。強力な魔法が、千五百年という時によって発酵し、熟成していなければ。問題はそこだ。これを解くには、技巧をこえたものが必要だ。根気と忍耐と丁寧さと敬意。それにもう一つ。

左の支柱、右の支柱、と何度往復したことだろう。少しずつ少しずつ、まるで野生の獣を手なずけるように、やさしくそっと、あっちを引き、こっちをおしこみ、辛抱強く。

おれはマーセンサスを思った。友が失われたと思ったあの瞬間。それから彼がこっちによろめきつつ歩いてきたあの姿。運命の車輪が反転する軋みが、まだこだまのように感じられる。どれほど闇にまみれても、どれほど深く棲まわせていても、どれほど何度も対峙しても、絶対に失いたくないものが確かにあるのだ。だからおれは指先に祈りをこめる。大いなる車輪の回転の前では、祈るしかないのだから。祈り、ただ、願う。

トゥーラの手が肩にふれる。肩から喉元、そして目蓋の裏へと、小さな星々がまたたく。めぐりながら歌い、求める。

憎しみを忘れよ。

恨みを忘れよ。

仇を忘れよ。

胸の痛みを打ち捨てよ。

鎖をほどけ。おのれを縛る鎖を。

頭をあげよ。星を見よ。悠久を馳せよ……。

相当な時を費やしたと思う。まる一日か、あるいは二日か。それでも、気の短いユーストゥスでさえ、じっと待機していた。トゥーラは息をつめておれの一挙一動を凝視し、エミラーダとダンダンは彫像のように微動だにせず、マーセンサスはどっかりと地面に腰をおろしていた。その横には、いつのまにかライディネスも座っていた。いつもさざめき笑う星々や、高らかな歌を歌う太陽でさえも、息をひそめて中天を渡っていく。森も草地も静まりかえり、何かを待つかのように。

やがてとうとう、一本の端がリスのように尻尾を立てた。赤銅の紐の端だった。イルモアとイルモネス、レブッタルスとキサネシアの名を呟き、押さえている銀の紐の下をくぐらせた。するとホウセンカがはじけるにも似た音をたてて、次々に端紐が名乗りをあげ、最後に金の鐘が鳴るような音が響いた。端紐が一気にほどけ、支柱からタペストリーが剝がれ落ちていく。

トゥーラが両手を伸ばして受けとめた。髪が逆だち、目尻がつりあがり、唇は激痛に歪んでいる。それでも彼女は、〈レドの結び目〉をうやうやしく地面に横たえ、激しくあえぎながら退いた。

そばにふっとんでいって、涙ぐむ彼女を慰めたいと思ったが、辛うじてこらえる。

エミラーダが進みでて、タペストリーの中央に碧の石を横たえた。静かに大きく息を吐くと、ユーストゥスにふりかえった。

少年はまごつきも怖気づきもしなかった。新しい真実を得た者特有の、確信に満ちた堂々たる歩みで近づくと、海色の剣を高々と掲げた。この、輝く魔法の編紐の上に、美の女神(イルモネス)の愛する海の炎がふり注ぐとは、何という祝福なのだろう。ユーストゥスは——もはや少年ではなかった。彼は一人前の男、解放の宿命を背負ってなお、頭(こうべ)をあげて立つ剣士となっていた——片方の指に剣の刃をあてて、強く引いた。なまくらの刃に傷つけられるのはとびあがるほど痛い。それでも彼は、唇をひき結び、少しも動揺することなくやりとげた。

指から血がしたたり、碧の石の上に落ちる。それから彼は、剣の先を石にそっとおし当てた。

これぞ予言の成就の瞬間、と思った。だが、光の放射もなく、結び目がほどける動きも生まれなかった。ただ、碧の石は水のようにとけて平らに光を広げ、結び目の隙間から大地にこぼれ落ちていった。ユースの血も一緒に流されていく。

呼吸を三回するあいだ、おれたちはじっと待った。待つべきだ、と何かが教えたように。そうして、三度の呼吸が終わったとき、足元にくぐもった轟(とどろ)きが伝わってきた。まるで誰かが、地底で大きな太鼓を打ち鳴らしているかのように、一度、二度、三度。

　三度めの轟きがまだあちこちにこだましているあいだに、結び目の中央から白金と黄金のよりあわさった紐が立ちあがった。ゆらゆらとゆれて、何かを求めている。おれが再び進みでてその紐を握った。トゥーラがタペストリーの左下隅の結び目に指先を置く。左上にダンダンの鉤爪（かぎづめ）がかかる。右上隅にはエミラーダの手が、右下にはユースの剣の先がふれた。

　おれが神々の名と縛の呪文を逆さに唱えはじめると、トゥーラが唱和する。ダンダンの胸の鱗（うろこ）の下から金の光がもれだしてくる。シャラナの若さと希望の光だと、いつかエミラーダが言っていたな。そのエミラーダ本人の手のひらにも、銀の月光が集まってきている。赦しであり癒やしであり力の源の月。ユーストゥスの剣はさらに青みを帯び、無垢と純真さ、ひたむきさの炎をはなっている。トゥーラは――。

　トゥーラは光を発していない。苦痛に歪んだ顔は、彼女ではなくなっていた。

　トゥーラより細面の、華奢（きゃしゃ）な女だった。目も髪も彼女とそっくりだったが、眉は細く、唇は大きく、鼻筋も少し長い。女王トゥルリアラルだろう。

　彼女は名前を口にした。アーフェル。するとその指先で、結び目がほどけた。音もなく、月の光に花ひらく蓮（はす）のように。蓮の中央に、黒いおしべさながらの闇がこごっている。

　おれは呪文をつづけながらも、彼女のあいている方の手を握った。彼女がそれに励まされたと感じてくれればいい。

　トゥルリアラルは次の結び目にふれて、また別の名を呼ぶ。結び目の花がひらき、闇の珠が浮かぶ。彼女の頬に汗がにじみ、目が充血してくる。次々に移っていく指先の震えがひどくなる。魔女たち一人一人の名を呼ぶ声がしゃがれていく。闇の珠は一つ、また一つと増えて、新月の落とし子のように沈黙を護っている。

おれの手は彼女の手を包みこむ。あともう一列。

ダンダンが身じろぎし、エミラーダはふれている手をもう一方で押さえこみ、同じように耐えている。平然としているのはユーストゥス一人。もしかして、この彼は、とんでもない逸材なのかもしれん。

トゥルリアラルは最後の名前を読んだ。メリッサ。

結び目がほどけ、闇の珠があらわれた。と思うや、〈レドの結び目〉全体が閃光を発してはじけた。光の突風に、全員があおられてひっくりかえった。片肘で身体を支えながらおれが見たものは、まぶしい光から飛びだしてきた闇の珠だった。それらは宙に一旦浮かんだあと、狙いを定めた猫のように、トゥーラに襲いかかった。

トゥーラは転がった身体を素早くたて直して避けようとした。しかし闇の珠は次々に彼女を貫き、反転しては貫くをくりかえす。

おれは彼女の上におおいかぶさったが、闇の珠は頓着(とんちゃく)しない。おれもろとも貫通していく。おれには大した痛手をもたらさなくても、魔女たちを見捨てたトゥルリアラルへの千五百年の恨み、憎しみは奈落の深さを女王に思い知らせる。トゥーラは身もだえし、叫びをあげる。やめてくれ、とおれもわめく。これはおまえたちの女王じゃない。彼女はもういない。トゥーラは彼女ではない。

耳のすぐ上で刃が風を切った。上目遣いに見れば、ユーストゥスが剣をふるっている。青い光が闇の珠に当たると、怪鳥の悲鳴をあげて粉微塵になっていく。おれはトゥーラを抱いたまま、仰向けに転がった。ユースの剣は、次々に珠を砕いていく。

いや、砕いたのは表層だけか。粉微塵と化していくのはぶ厚い闇の殻か。中心はひどく小さくて、よくよく目を凝らさないと光に紛れてしまうが、おお、確かに、中心だけは残っている。でかしたぞ、ユーストゥス。

残った中心は、トゥーラの瞳と同じ、赤銅色をしている。カラン麦の粒より小さいが、入り陽のように輝いている。闇の珠がすべて赤銅の珠となり、おれたちの上で一時、安堵したかのように不動となった。

横風が吹き、影と羽ばたきが同時にやってきた。と思うや、大きくあいた竜の口に、魔女たちの珠は呑みこまれ——あとで何度も思いかえし、トゥーラとも語りあったのだが、「マンゲツノコイシ！」と喜びながら呑みこもうとしたダンダンよりも早く、彼女たちが自ら竜の口にとびこんだように見えた——竜はおれたちに流眄をくれるや、翼を広げ、長い尾をたなびかせて、星も沈んだ暗黒の空に舞いあがっていった。

身体の緊張をといたときにはもう、明滅する竜の金の光は見えなくなっていた。

ユーストゥスがおれたちの隣に大の字に倒れ、終わったぁ、とか、なんとかなったぁ、とか大声をあげた。ああ、終わったな。そうね、終わったのね、とこっちは二人で心を通わせる。

エミラーダがよろめきながらユーストゥスの横にごろんと身体を転がした。彼女がこんなふうな振る舞いに及ぶとは。一瞬の沈黙のあと、誰からともなく忍び笑いがわきあがった。ユースが言った。

「おおい、おばさん」

「ええ、ええ、なんとでもおっしゃいな。おばさんで結構よ。……今夜は、ね」

13

〈星読みの塔〉の四階の窓から飛びだした鳥たちは、大きな編隊を組んで南へと渡っていく。夏の渡り鳥に、カラン麦の収穫を終えた村人たちは、呆れて一様に首をふる。季節はずれもいいところだが、狩人なみの視力を持つ者ならば、その群れがありえないものであることを見ぬいて、もっと目をむくだろう。雁(がん)はもとより、ヒヨドリ、キビタキ、オオワシ、ツバメ、カッコウ、バン、それに鳩までまざっている。

「おおい、トゥーラ。本当にいいのか？」

驢馬(ろば)に旅の荷物をつけているトゥーラに声をかける。おれはトゥーラの父に残していく薪割りの手を休めて、編隊が遠ざかっていくのを見送っていた。トゥーラは紐を結びおえて、一緒に晴れわたった朝の空を仰いだ。

「ここで朽ちていくより、エイリャの図書館に収められた方が、ずっと安心」

と、赤銅(あかがね)の魔女はさばさばしたものだ。

「そりゃそうだが、おまえの蔵書はオルンの歴史そのものだろうに」

「エイリャはちゃんと分類して大事にしてくれると思うわよ。わたしみたいに放ったらかしにして、黴（かび）やシミにやられるより、ずっといい。それに一番大事なのは、持っていくから」

驢馬の背には、本を入れた革袋が四つだけのせられている。

「おまえがそれでいいって言うんならいいんだがな」

「大丈夫。後悔しない。でも気にしてくれてありがとう」

そこへ、塔からエイリャがおりてきた。

「窓は閉めたよ。扉に鍵はかけるのかい？」

「そのままでいいわ。本、ひきとってくれて助かった」

「一つ疑問なんだが」

とおれは口をはさむ。

「あれの先頭はサンジペルスか？」

エイリャはにやりとした。

「あれの先頭はあたしの本四冊だよ。家に帰るだけだからね、鳩と同じでちゃんと道筋がわかってる」

「はぁん。でも、あれだけの大編隊だろう？　何冊あったんだか知らないが、あれを全部鳥に変えるには、相当の魔力が要ったよなぁ。気力体力、……使い果たしたようには見えないんだが」

「若い者にも修業させなきゃあね」

疑わしげなおれの視線に、エイリャはにやにやしながら頷いた。

「あいつも三流魔道師くらいにはなったしね。おかげでこっちは余力があって助かったよ」

「サンジペルス、今どこにいるの？」

トゥーラの声がちょっと尖った。エイリャの笑みが深くなった。やだ、もう、エイリャったら、わたしの寝台使わせているわけっ、と悲鳴をあげて塔の中に駆けこんでいく。その背中へ、

「いいじゃないか、あんたはもう使わないんだろうから」

と投げかけ、おれにふりむいて付け加えた。

「疲労困憊しているから、起きあがるようになるのは早くても明日の夜だろうねえ」

「あくどい魔女め。それで自分は余裕綽々か」

おれも笑いながら言った。

「若いのはいいねぇ。回復も早い」

エイリャは首を回して骨を鳴らし、

「どれ、あたしも帰ろうかね」

「サンジペルスはどうするんだ」

「放っときゃ自分で起きるだろうさ」

「そうじゃなくて」

ああ、と言いながら今度は肩を回した。

「自分の村に帰れと言っといたよ。あの子の力量は村の魔道師で生きるにはちょうどいい。外

輪山の見回りも言いつけといたからね」

　どうしてかはわからないが、それを聞いたおれの頭に浮かんだのは、もうもう鳴きながら山の中を見回っている牛の姿だった。そして、ちゃんとした役割があるってことは、彼にとってもいいことだと思った。

　おれがつまらぬことを想像しているあいだに、エイリャは雪豹に変身していた。おれを見あげてちょいと牙をむき、喉の奥で低い唸りをあげた。それが彼女の挨拶だった。長い尻尾をふりまわしたかと思うや、もう塔の西側の草原に身を躍らせていた。白い綿菅の花と遅咲きの赤い芥子の花のあいだに耳の先が見え隠れしていたのも、まもなくわからなくなってしまった。

　村の方からユーストゥスがのんびりと歩いてきた。

「あれ、エイリャさん、行っちゃったの？」

とがっかりしたふうでもなく呟いたのは、マーセンサスの傷がすっかり治ったら、二人でエズキウム方面を旅することになっているからだ。マーセンサスはキサンからの道中で悪化した傷を療養中だ。村長の館で、しばらく厄介になるだろう。キサンを発ったときには比較的元気だったが、残り半日のところで意識をなくした。おれのテイクオクの魔法も、エミラーダの月光の魔法も、なかなか効かなかったのは、傷口が膿んでしまったからかもしれない。大男を馬に縛りつけて、ユーストゥスが手綱をとって走った。元少年は歯をくいしばって一言も泣きごとをもらさず、ひたすらオルン村をめざしたのだった。一刻で館に駆けこみ、リコとエイリャが手当てをした。薬草をぬりこみ、煎じて飲ませるのに、五人がかりだった。三日三晩、ユーストゥスはつきっきりで介抱し、マーセンサスの意識が戻ったときには館が壊れるかと思うくらいにはねまわって喜んだ。そのあと彼も、突然倒れた。皆、青ざめたが、すうすう寝息をたてて眠っているだけだとわかって、大笑いした。マーセンサスもひきつる傷を押さえながら笑った。そしてそのあと、真面目な顔でおれを手招きした。

「なあ、エンス。おれたちはあちこち流浪って、様々なものを見聞きし、千差万別の人間を見てきたよなぁ」

「ああ、そうだな。二人してさんざん馬鹿をやったな」

おれは手招きした彼の手をそのまま握って頷いた。

「あいつにも、広い世の中を見せたいんだが、どう思う？　おまえもリコも、あいつに汚いものを感じてほしくないっていう、その気持ちはわかる。だがな、そうはいかないってことは二人ともちゃんと知ってるだろう？」

「ああ、そうだな、マーセンサス。おまえの言うとおりだ」

おれとリコが、ユーストゥスの無垢を護ろうとしていたのは、彼がまだ保護を必要とするひ弱な子どもだったからだ。親に売られ、重労働を強いられ、自由を得た代わりにたった一人で生きぬきながらも辛うじて彼の性根は曲がっていなかった。だが、あと一度か二度傷つくことがあったならば、ひねくれてしまう危険性を感じたのだ。子ども時代の試練は、人の一生を左右する。あのイスリルの魔道師もしかり。おのれを顧みることができなくなるほどの、脅迫的な価値観が、彼の一生をあのようなものにしてしまったとは考えられないだろうか。

「ユーストゥスは強くなった。頭の柔らかいうちに、エズキウムの都や、フェデルの市やナランナの繁栄を見てくるべきだな」

　コンスルの落魄が語る、薄闇以外のものを知れば、ユーストゥスの心には今以上の海の青が満ちるだろう。マーセンサスは唸るように付け加えた。

「ナランナ海や〈北の海〉も。パドゥキアやマードラも」

「おお。そっちはおれも行ったことがない」

「おまえはトゥーラとリコと、湖に帰れ。爺さんに食わせてやり、あの館を子どもでいっぱいにしろ。犬と猫と馬でにぎやかにするんだ。ユースはおれがつれていく。そんで、おまえがまとわりつく子どもたちに嫌気がさした頃に、顔を出そう。自由の風と外国の衣をまとってな、自慢しに寄ってやるぜ」

「とても怪我人の言うこととは思えんな」

　戻ってきた皮肉たっぷりの口調に、安心してそう答える。マーセンサスは、おれの手を握りかえし、まだ名残の熱に少し目を潤ませながら言った。

「子育てが一段落した頃な、パドゥキアやマードラに案内してやるぜ。それまでお互い生きてりゃの話だが」

「ああ、是非、そう願いたいね」

　彼は目をとじ、吐息をつきながらも最後にもごもごと言った。

「……そういえば、竜はどうしたんだ？」

そうなのだ。ダンダンがいない。

おれは我にかえって、また空を見あげたが、すっかり昇った朝陽だけが、また暑くなるぞと嘲(あざけ)っていた。竜の影も形もない。新月に飛んでいったきり、もう戻ってこないのかもしれない、と考えると、胃の腑(ふ)の両側が締まるようだ。ユーストゥスが言った。

「もう準備できたか、聞いてこいってさ、ライディネスが」

「おお。今すぐ行くと伝えてくれ」

わかった、と踵(きびす)をかえしかけてまたむき直り、

「ねぇ、また必ず会えるよね」

目の縁をすでに赤くして訴えかけてくる。おれも喉元にこみあげてくるものを無理矢理のみ下して、がっしりとしはじめた彼の肩を叩いた。背丈なんぞ、また伸びて、目の高さももうじき追いつきそうだ。

「また会える。心配するな」

ユーストゥスはかすかに頷いた。トゥーラが塔からとびだしてきた。いくら起こそうとしても起きないサンジペルスにぷんぷん怒っている。

「ユーストゥス。彼が目をさましたら、わたしのかわりに一蹴りしてやってよ。それから、寝台の敷布と上掛け毛布を洗濯して、中の藁(わら)も新しいのに替えて、部屋もちゃんと掃除してから帰れって伝えて」

「わかった、わかった」

「何よ、それ」

赤銅色の目がぎろりと睨む。

「随分偉そうなお返事ですこと」

ユーストゥスはぱっととびのいて彼女の拳をかわすと、

「洗濯、掃除、ちゃんと言っとくから」

とからかうように言って、村の方へ駆け戻っていく。

トゥーラはそれを見送って、数呼吸のあとに、父に、と短く言う。

「おれも行こう」

二人で母屋の玄関をくぐると、トゥーラの父親は鼻歌なんぞ歌いながら、机磨きの最中だった。整頓された家の中は、マンネンロウと薄荷の匂いがした。

「じゃ、父さん。行くから」

おいおいトゥーラ、その挨拶はないだろう。仕方がないなぁ。おれは一歩進みでて、付け加えた。

「トゥーラを預かります、親父さん。親父さんも元気でいて下さい」

大した補足ではないが。それでもトゥーラの父には充分だったようだ。彼は蜜蠟のついたぼろ布を放りなげて近寄ってきて、おれの腕に手をのせた。昔風のコンスルの挨拶だ。

「よろしく頼む。……トゥーラも元気でな」

ま、口数少なくても心は満ちてるってな。

踵をかえそうとすると、

「ああ、これを持っていけ」

と手渡されたのは、青い雫（しずく）のような花がこぼれんばかりに咲いているマンネンロウの鉢植えだった。

「父さん、旅するのに、鉢植えなんて」

と批難めいた口調になるトゥーラを抑えて、ありがたく頂戴する。

「ヨブケイシスの隣に直植えしよう。大きく育つぞ」

墓の、とは口にしなかったが、トゥーラははっとして悟ったようだった。外に出ながらおれは思った。マーセンサスの言うように、子どもを作ろう。少し育った彼らをつれて、おじいちゃんに顔を見せに来よう。

驢馬の手綱を取り、二人でゆっくり村へむかった。カラン麦の斜面は、刈り跡が黄金になって、残り香を漂わせている。道ばたにはアザミの紫、野バラの赤、エニシダの黄色がゆれている。

村長の館の前では、リコが足踏みをして待っていた。

「なぁにをしとったんじゃ、エンス。愚図（ぐず）愚図しとると、日が暮れてしまうぞい」

「年寄りは気が短くていかん」

「年寄り扱いするないっ。わしゃまだ若いぞい」

エミラーダとシャラナが別の二頭の驢馬のそばで顔を見合わせ、くすくすと笑っている。ライディネスが愛馬を曳いてやってきた。

「さあ、これで全員そろったな」

彼のあとから、村長をはじめとする村人がぞろぞろついてきた。ユースとマーセンサスもその中にまじっている。

おれはリコを驢馬の背中に押しあげてやった。

別れの挨拶は短かった。惜別は言葉数を少なくする。共に試練をくぐりぬけてきた者同士であればなおさらのこと。

おれは皆の心が紐でつながっているように感じる。細い紐、太い紐、すぐに切れそうな紐、丈夫そうな紐、千差万別だが、端をつんとひっぱれば、全員ひとからげになりそうだ。ぐしゅぐしゅしはじめた鼻をつまんで目をしばたたき、一頷きして、視界に皆をおさめ、北へむかって出発だ。

「リコさん、長生きして待っててくれよな」

ユーストゥスの、涙を含んだ叫びに、リコはふりかえらず片手をあげて応えた。するとそのこだまを追うように、人々の声が次々に重なった。風邪をひくな、元気でな、忘れないよ、いつかまた来いよ。

「トゥーラ、あんまり跳ねまわるんじゃあ、ないぞぅ」

「トゥーラ、旦那を尻にしくなよぅ」

「トゥーラ、夫婦喧嘩で薪を投げるのだけはよせよっ。家を丸焼けにしちまうからなっ」

ナフェサスのとりまきだった連中が、ここぞとばかりに野次をとばす。戻ってきて殴る心配がないからだ。するとトゥーラは肩越しにふりむいた。

「父の面倒見てやってねぇ」

思いもかけないその返事に、わっと笑いがわく。

進行方向に首を戻したトゥーラは、魔女の微笑みを口元に浮かべた。

「今度会ったとき、あいつら全員に、腐った林檎(りんご)ぶつけてやるわ」


おれたちは山間の古い近道をたどって、三日後にカダーについた。半壊の街門前で、アムドをはじめとするライディネスの配下の者たちが整列して出迎えた。一時は四千をこした軍勢も、今は千に満たない数になっていたが、

「これぞ精鋭、信頼のおける者だけが残った」

とライディネスは顎をあげて満足げに見わたした。

彼はエミラーダとあらためて契約を結んだのだ。それはオルン村の村長の館の炉端での口約束だったが、リコとマーセンサスと村長が証人となって交わされた、確かな契約だった。

カダーを建て直すのに、ライディネスの千人が力をふるう。拝月教は奥伽藍(がらん)を清掃して、留まった修道女たちの住居に変える。これまでの寺院敷地は公共の場として開放し、また以前のように、人々が月を拝むことができるようにする。男も、女も。政事(まつりごと)はライディネスが行う。

白い塔群は庁舎や兵舎、倉庫に生かされる。補強された街壁と、整備された街路、水路によって、町は護られ、栄えるだろう。安全と衣食住が確保されれば、人々が集まってくるだろう。ライディネスが夢に描いた王国にはほど遠いかもしれない。だが、コンスル帝国を長く支えた規律が、この町をも長く支えるだろう。

おれとトゥーラとリコは、二晩カダーに泊まった。満月と十六夜の月が皓々と照る石畳の上で、エミラーダが大軌師に、シャラナが次席軌師に任じられる儀式を参観した。全員で十数人の拝月教本山に縮小してしまったものの、エミラーダが水盤をのぞきこまなくても幻視のできる稀代の巫女であると評判が広がれば、じきに勢いが戻ってくるに違いない。

「そうなると一波乱ありそうだなあ」

と心配すると、リコが、なあに、と保証した。

「ライディネスとエミラーダであれば、二人とも丁々発止を楽しむじゃろうて」

都市の支配権をめぐって、宗教と政治が衝突するのはお定まりだが、あの二人ならばうまく均衡を保っていくか。

その二人に見送られて、三日後の朝、カダーを発った。あちこちに響く槌音、新しい木の香り、石を運びあげる器械の軋みの中、進路を南東にとる。ファムの町で一泊したあとは、真東に進み、ローランディアの湖沼地帯をめざす。

町の門を出てファムへの街道にさしかかるまでの短い距離を、エミラーダがついてきた。三叉路に至ったとき、彼女はそっとおれの袖を引いた。

「わたくしの幻視も、不確実性をはらんでおりますけれどね、リクエンシス殿。運命を変えるのは人の力ですから。それゆえ、絶対にそうなる、とは言いきれませんが、おしらせしておこうと思って。これは、あなた方にだけ、ライディネスは知らない方が万事うまくいきそうなので、あなた方にだけ伝えておきましょう。カダーが王国になるのを視ました。今よりもっと大きな国となって。あと何十年後のことかは、わかりません。その幻の中に、わたくしもライディネスもおりませんでしたから、二十年か三十年後のこととなりましょう。でもね、はっきりと視えた顔がありました。ユーストゥスです。彼は、少しばかり上等の軍衣を着て、青い炎の剣をかざしておりました。その横には玉座があり、壁にはシマフクロウの紋章の旗が飾られていましたよ」

そうか。彼はカダーの将軍になるのか。あの剣を持っているということは、魔を払う将軍として活躍するのだろう。

「本人にも内緒ですよ」

とエミラーダはいたずらっぽく笑った。

「道中気をつけていらっしゃい。平安あれ」

おれは再び歩みはじめながら、

「そうか、ユーストゥスが」

と呟く。トゥーラが、驚いたわ、と返事した。

「嘘から出た真、ね。やっぱりあれを蹴とばしたのは、偶然じゃなかったのかも。……彼が王様？」

　ぷぷっと吹きだす。

「おい。え？　待てよ、トゥーラ。彼は王様ではなくて、将軍、だろう？」

「エンスったら。何を聞いてたのよ。すぐ横に玉座、なんだから、彼は王になるんでしょ」

「エミラーダはそんなこと、一言も言ってないぞ」

「言ってなくても、そう言ったも同然でしょ」

　おれは慌ててふりかえった。五馬身ほど離れたエミラーダの背中に問いかける。

「エミラーダっ。ユーストゥスは王になるのか？」

　エミラーダはふりかえり、後ろむきに歩きながら手をふった。

「あら、言わなかったかしら？　額に薄い金の環をはめておりましたよ。あの子らしいでしょ？　王冠のかわりに額環、ですものね。ああ、それからもう一つありましたわ。指には、狐を形どった指輪をはめておりましたよ」

　唖然として立ちつくすおれをおいて、すたすたと去っていく。

「ねぇ？　でしょ？　わたしの予言も当たったのだわぁ」

　トゥーラがおもしろがる。

「でも……彼が、王様？　ユーストゥスが？」

　前の方で驢馬を止めたリコが、早く来いとせっついた。追いつくと、

「そうとわかっておったら、もちっとしっかり教育しておくんじゃったなぁ」

そうぼやいた。おれは、マーセンサスの真似をして、

「教育しなくてよかったよ。ひねくれ老人のかたよった帝王学なんぞ、叩きこまれたら民草が迷惑する」

とからかった。

ああ、そうだ。からかいながら、エミラーダの予言が心の中に落ちつくのを感じた。平和と安逸をもたらす、戦わない王様か。将軍なんかより、ずっとユーストゥスに似合っている。トゥーラはその後もちょくちょく、思いだしては吹きだしていた。偶然の符合ではあっても、運命の語る冗談のようで、うれしかったのだろう。

日に日に昼が長くなっていく旅路は、クロイチゴやキイチゴ、野葡萄（ぶどう）などの夏の恵みで彩られた。野営も心地良い気候になって、おれたちは炎を楽しんだ。川魚、兎（うさぎ）や鹿の肉、野生の玉葱（たまねぎ）、赤カブ、野草、と食糧も豊かだった。

リコの体調も気遣って、ゆるゆると進んだので、ローランディアにさしかかり、湖沼地帯がはじまったと気づいた頃には、夏至もとうにすぎていた。

その日、足元がじくじくしだしたところで、これ以上は進めないとわかった。おれたちは来た道をひきかえした。リコはおれの先見の明を口汚く罵（のの）ったが、乾いた地面に座るにこしたことはない。さて、どうしようか。小舟を造ってもいいが、造っているうちに秋が来ちまうぞ。葦（あし）群の中に、一艘くらい舟が残されているかもしれないと能天気にかまえていたが、そううまく事がおさまるはずもないか。

おれは湿地の端で両手を腰に、立往生した。風が葦原を横切っていく。水面にはかすかな波がたつ。空はさえぎるものなく青く、どこまでも広がっている。太陽はちょうど真上にあり、皮膚を刺すかのような熱を放射している。

おれの魔法でここを渡っていくことはできないだろうか。お日様も本領発揮というところか。水に濡れない紐結びと、旅程のはかどる紐結び、それからリコには特別、身体の冷えない魔法をかけて。島から島へとうまく渡っていけば、なんとかなる……もんではないな。だめか。

トゥーラとリコが一休みしている草地まで戻りながら、別の経路を考えた。湿地と乾地の境界をなしている、わずかに盛りあがった草地の道を北上する。おそらくこの自然の堤はおれたちを〈北の海〉まで導いてくれるはずだ。そこから海岸線に沿って東にむかえば、大きな河口に出るだろう。サンサンディアに直結するその川べりには、コンスル帝国が凋落しようが、イスリルが侵攻してこようが、ほとんど影響を受けない民が舟をもやっている。ときに海賊業にも加わる舟上の民だが、商才に長けた交易の民でもある。彼らの一人と交渉して、舟を出してもらえるかもしれない。ゆったりとした流れを遡っていけば、二日でサンサンディアに帰りつくだろう。

問題は、食糧と、リコの忍耐力と体力がそれまで保つか。海に出るまで延々十日はかかる。予定していた旅程の倍になる。だが、これしか方法が思いつかない。

二人が座りこんでいるところへ肩を落としてしゃがみこみ、説明しようと口をひらきかけたときだった。頭の上を黒く大きい影が行きすぎた。まるで夜の翼になでられたような気がした。

髪が逆だち、首筋が粟だった。トゥーラの顔が青ざめる。その視線につられて上を見ると、再び影が落ちかかってきた。

ソルプスジンターの襲来か。ならば、ここでおれたちの道行きはおしまいということだ。覚悟を決めて立ちあがり、剣に手を伸ばす。ところが、影はハヤブサさながらの垂直急降下のあと、十馬身離れた草地に着地した。大地は地響きをたて、切断された草の葉がまるで水飛沫のように舞いあがり、リコはつっぷし、驢馬は横倒しになり、トゥーラは尻もちをついた。おれもよろめいて五、六歩後ろにふきとばされかけた。

突風が去り、顔を護っていた腕を下げる。細めた目にとびこんできたのは、ソルプスジンターとは似ても似つかない、巨大な竜だった。蜥蜴に翼を生やしたような優美な曲線がそなわっている。蜥蜴と違って頭から背中にかけて、たてがみのような鱗が並んでいる。鱗一枚一枚が金の炎をあげている。ゆっくりとまばたいた瞳は、見覚えのある碧の輝きを宿していた。おれは思わず二、三歩進みでた。

「……ダンダン……か?」

竜は頭を下げ、すりよるような仕草を見せた。ダンダン? ともう一度尋ねると、変わらぬ声で、

「ヤミハライノリュウ、モドッタノヨ。ソラノソトハトオクテクラクテサムカッタ。ソノムコウニタクサンノヒカリガアッタノヨ。ミンナ、ソッチヘモドッテイッタカラ」

と語り、腹這いになった。

「ダンダン、オオキクナッテイラレルノモアトスコシ。ノルナライマノウチ。エンスノウチニ、カエルノデショ?」

遠慮をしている余裕はなかった。おれはトゥーラをせきたて、トゥーラはリコをせきたて、尻を押しあげ、たちまち竜の背中の上に陣どった。たてがみがわりの鱗はちょうど左右の手がかりになった。

ダンダンは両の翼を羽ばたかせて舞いあがった。ばっさばっさとやったあと、草地を逃げていく驢馬をその爪にひっかけ、じたばた暴れるのにもびくともせず、太陽めざして上昇した。リコの奇声とトゥーラの笑い声が、すさぶ風にまじって聞こえた。

ダンダンは大きな半弧を描いて東に頭をむけた。緑の大地と、湖沼地帯の深い青との境が、はっきりと見える。

「オウチ、カエルノヨ!」

おれは鱗を強く握りしめ、ぎゅっと唇をひき結んだ。目からあふれたのは涙じゃあないぞ。風にさらわれて陽光にきらめくあの滴は、多分ダンダンが空の外から持ち帰った星の欠片だ。そうでなければ、盛夏の陽からこぼれ落ちた光の滴だ。

竜はさらに高く昇っていく。陽は後ろに遠ざかり、〈北の海〉の水平線まで視界に入ってくる。

ああ、帰ろう!

おれも叫んだ。風に、陽光に、空に。忘れるべきものはとっとと忘れ、本当に大切なものだけを胸にとどめておこう。心穏やかに、日々を送っていこう。再び試練が不意をついて襲ってくる日が必ずくる。だが、その日まで、楽しみ、喜び、笑ってすごすのだ。能天気に、大らかに。

竜の尻尾が大きく左にふられる。翼が黄金の炎をあげる。

そら、魔道師の湖館(みずうみやかた)は、もう、あの島々のむこうだ！

あとがき

〈紐結びの魔道師〉三部作をおしまいまで読んでいただきまして、ありがとうございます。

あとがき、というものは、自分が書いたものになんだかんだと説明をつけるようで、ちょいと面はゆい、恥ずかしい。直截に言えば、大変不得手です。そこで、今回は、登場人物に助けてもらうことにしました。よろしければおつきあいください。

リクエンシスとトゥーラについて

〈オーリエラントの魔道師〉シリーズの登場人物の中で、最も楽天的でのんびりしているのが、紐結び(テイクオク)の魔道師リクエンシスです。この男が、剣呑(けんのん)なぶっとび姉ちゃんトゥーラと出会ったらどんな話になるか……、といったアイディアからこの三部作は生まれました。

わたしはいたって生真面目な人間ですが(どの口でそれを言う、という茶々は無視して)、ときどきその硬い枠を内側から破ってみたい衝動にかられ、特に女性を描くときにはその傾向が強まるようです。つまりは、「変な女性」におもしろみと魅力を感じ、肩入れしたくなる、と。そういうわけでトゥーラが登場したのですが、エンスといることで、どんどんまともな女性に近づいてしまい、書きながらちょっと寂しさも感じたりもしました。ほら、エンスって、根が誠実でやさしいから、彼女も成長していかなければならなくなってしまう、という皮肉が生じ……。

リクエンシスとグラーコについて

連作短編集『紐結びの魔道師』収録の短編「水分け」で、エンスとリコのコンビ成立の経緯を書きましたが、はじめに考えていたこの二人の役割は逆でした。謹厳実直な老いた魔道師が、黒い長衣を身につけて、テイクオクの魔法を縦横無尽にくりだし、筋肉隆々の大男剣士がこの爺さんの護衛をはたす、はずでした。

ですがこの設定、どう考えてもあたりまえすぎるでしょう。あたりまえすぎると、枠を蹴飛ばしてはみだしたくなる癖が、ねえ。ステレオタイプを破って、おもしろくするには……あ、そうか、逆にしちゃえばいいんじゃない？

働いているときの私の悪い癖──それこそ謹厳実直な先輩方から、眉をひそめられ、叱責されていた、「思いつきで方針を変えるな！」「閃（ひらめ）いたままに行動するな！」「計画を無視するな！」──が、こと創作においては、新しい世界をひらくきっかけとなりました。（ここで、はた、と思いあたる。社会に出て働いていたとき、もしかして私って、ぶっ飛び姉ちゃんだった？）だからねえ、Aの盤上では欠点だったものが、Bの盤上では長所になることもあるのよ。へこんだり落ちこんだりしたとき、それを思いだして元気を出すことにしよう。

──で、大男のくせに、「蟻（あり）のリボンも結べる」ほどに指先の器用な魔道師と、小うるさいが情に篤い年寄りの祐筆、というコンビが結成されたものであります。ちなみに、かわいい一面があるかと思うや、憎たらしい口をききもするこの年寄りは、今年九十六を迎える実父がモデルです。リコほどかわいくはないので、娘は、しょっちゅうきゃんきゃんと威嚇吠えをしています。エンスのように泰然とかいがいしく世話を焼けるようになれれば、と思う……いや、これ以上はもう、ちょっと無理……かな？　ま、お話はお話、現実は現実、として。

求めるものについて

前巻『白銀の巫女』の解説で、三辺律子先生が、この〈オーリエラントの魔道師〉シリーズを、「大人になって新たに出会った」と書いてくださいました。まさしく、これこそが、編集の小林甘奈さんと十年以上前に、目指す方向として語り合ったことでした。

一昔前、日本でファンタジイと言えば、児童文学にとどまっていました。今はもうこの範疇を越えていますが、いまだに、「主に若い人の読むもの」というイメージから抜けだせていないような気がします。海外ではすでに七十年前から、コナンやゾンガーやジョン・カーターを主人公にした作品群が書かれ、その後、J・R・R・トールキンの『指輪物語』、デイヴィッド・エディングスの〈ベルガリアード物語〉シリーズ、テリー・ブルックスの『シャナラの剣』、パトリシア・A・マキリップの『妖女サイベルの呼び声』、〈イルスの竪琴〉シリーズなど、大人むけのファンタジイが続々と刊行されてきています。現在では、ジョージ・R・R・マーティンやロイス・マクマスター・ビジョルドなどが気炎を吐いているところでしょうか。

「日本にも大人の読むファンタジイを」と、二人でひそかにもくろんだその要を、三辺先生が感じとってくださったことに、感謝の念がつきません。ちゃんと、認めていただいているんだ、と安堵の思いも大きくわいてきました。

ファンタジイの役割は、善と悪の境を明確にすること、というようなことを、アーシュラ・K・ル＝グウィン大先生が書いておられました（『いまファンタジーにできること』河出書房新社）。大人むけのファンタジイを書くにあたっては、その大原則を通しながらも、登場人物たちの複雑な心理をもあらわさなければならない、と思っています。それゆえ、エンスにしろエミラーダにしろ、「いい人」ではおさまらない闇を持たざるをえません。その一方、悪党の顔をしたライディネスでも、高い理想と妻への愛情は残っているし、ケイスやイスリルのまぬけ魔道師も、邪悪なやつには邪悪にならざるをえなかった理由というものがあって、いや、しかし、そこを乗り越えて、枠を破っていくのが、人間というものでしょう、と、ここはおとなりの分別（分別って私にあるのか？）で、描いてみた次第です。

東京創元社のファンタジイ新人賞の企画によって、たくさんのすばらしい書き手が登場してきました。彼らとともに、今後も大人のためのファンタジイの道を切りひらいていきたいと思っています。また是非、読んでくだされば、幸甚です。

1377	【コンスル帝国】グラン帝即位 【イスリル帝国】このころ内乱激しくなる	
1383	神が峰神官戦士団設立	
1391	【コンスル帝国】グラン帝事故死 内乱激しくなる	
1448		「冬の孤島」
1457		「紐結びの魔道師」
1461		「水分け」
1462	イスリルがローランディア州に侵攻	『赤銅の魔女』 『白銀の巫女』 『青炎の剣士』 『太陽の石』 デイス拾われる
1703		「形見」
1770	最後の皇帝病死によりコンスル帝国滅亡 【イスリル帝国】第三次国土回復戦、内乱激しくなる 【エズキウム国】第二次エズキウム大戦 エズキウム独立国となる パドゥキア・マードラ同盟	
1771	フェデレント州独立　フェデル市国建国	
1785		「子孫」
1788		「魔道師の憂鬱」
1830	フェデル市〈ゼッスの改革〉	「魔道写本師」 『夜の写本師』 カリュドウ生まれる 「闇を抱く」

〈オーリエラントの魔道師〉年表

コンスル帝国紀元(年)	歴史概要	書籍関連事項
前35ころ	オルン魔国滅亡	『赤銅の魔女』
1	コンスル帝国建国	「黒蓮華」
360	コンスル帝国版図拡大	
	北の蛮族と戦い	
450ころ	イスリル帝国建国	『魔道師の月』
		テイバドール生まれる
480ころ	【イスリル帝国】第一次国土回復戦／	
	北の蛮族侵攻	
600ころ	【コンスル帝国】属州にフェデレント	
	加わる	
807～	辺境にイスリル侵攻をくりかえす	「陶工魔道師」
840ころ	エズキウム建国（都市国家として	
	コンスルの庇護下にある）	
1150～ 1200ころ	疫病・飢饉・災害相次ぐ	
	【コンスル帝国】内乱を鎮圧／	
	制海権の独占が破られる	
1330ころ	イスリルの侵攻が激しくなる	
	【イスリル帝国】第二次国土回復戦／	
	フェデレント州を支配下に	
	コンスル帝国弱体化　内乱激しくなる	
1348	【エズキウム国】第一次エズキウム大戦	
1365		『太陽の石』
		デイサンダー生まれる
1371	【コンスル帝国・イスリル帝国】	
	ロックラント砦の戦い	

本書は2019年、
小社より刊行されたものの文庫化である。

下記サイトにアクセスすると
〈紐結びの魔道師〉の特別掌編第２弾をお読みいただけます。
期間限定公開（2022年３月31日まで）の物語を、
どうぞお楽しみください。

https://special.tsogen.co.jp/knotofledss

検印
廃止

著者紹介　山形県生まれ、山形大学卒業、山形県在住。1999年教育総研ファンタジー大賞受賞。著書に『夜の写本師』『魔道師の月』『太陽の石』『オーリエラントの魔道師たち』『紐結びの魔道師』『イスランの白琥珀』『滅びの鐘』『ディアスと月の誓約』『炎のタペストリー』がある。

紐結びの魔道師Ⅲ
青炎(せいえん)の剣士

2021年9月10日　初版

著者　乾(いぬ)石(いし)智(とも)子(こ)

発行所（株）東京創元社
代表者　渋谷健太郎

162-0814/東京都新宿区新小川町1-5
電話　03・3268・8231-営業部
03・3268・8204-編集部
URL　http://www.tsogen.co.jp
モリモト印刷・本間製本

ISBN978-4-488-52512-5　C0193